此岸的蝉声

张宗子 著

2019 年·北京

献给

父亲和母亲

目录

辑一

一个人的十本书……………………… 2

苏东坡的四段话……………………… 11

荒岛读书……………………………… 27

重读与精读…………………………… 34

十大小说……………………………… 48

辑二

食蜜解毒……………………………… 56

瑞香花与东坡………………………… 62

此心安处是吾乡……………………… 76

门前一树马缨花……………………… 83

红袖织绫夸柿蒂……………………… 91

梦幻蜡梅花⋯⋯⋯⋯⋯⋯⋯⋯⋯⋯⋯ 96

菊花和菊谱⋯⋯⋯⋯⋯⋯⋯⋯⋯⋯⋯ 107

梅兰竹菊⋯⋯⋯⋯⋯⋯⋯⋯⋯⋯⋯⋯ 116

蓼汀花溆⋯⋯⋯⋯⋯⋯⋯⋯⋯⋯⋯⋯ 121

诗中富贵⋯⋯⋯⋯⋯⋯⋯⋯⋯⋯⋯⋯ 129

十二敦盘谁狎主？

——读《明诗三百首》⋯⋯⋯⋯⋯ 135

乾隆诗与"哥罐体"⋯⋯⋯⋯⋯⋯⋯ 154

李白的仙诗⋯⋯⋯⋯⋯⋯⋯⋯⋯⋯⋯ 172

辑三

湘中老人⋯⋯⋯⋯⋯⋯⋯⋯⋯⋯⋯⋯ 186

天涯风雪林教头⋯⋯⋯⋯⋯⋯⋯⋯⋯ 193

兄弟义气和人情⋯⋯⋯⋯⋯⋯⋯⋯⋯ 205

多心⋯⋯⋯⋯⋯⋯⋯⋯⋯⋯⋯⋯⋯⋯ 216

蔡京的故事⋯⋯⋯⋯⋯⋯⋯⋯⋯⋯⋯ 221

好人，坏人⋯⋯⋯⋯⋯⋯⋯⋯⋯⋯⋯ 227

良知在哪里？……………………………… 233

魁首和班头…………………………………… 238

读《老子》札记……………………………… 243

说孔融………………………………………… 265

柳如是的尺牍………………………………… 275

酒鬼文字……………………………………… 282

磨镜少年……………………………………… 288

辑四

眉间尺，苏州俏，二十个大馒头
　　——《鲁迅全集》注释的几点"补遗"… 294

鲁迅的样子…………………………………… 305

鲁迅与旧诗…………………………………… 319

以忧延年……………………………………… 328

沈从文的忧伤………………………………… 334

虎耳草………………………………………… 356

辑五

梦中的忽必烈汗

  ——给儿子的一封信…………364

甘口的良药…………377

玛丽亚·尤金娜…………385

布伦特之罪…………396

尼采的幻象…………402

堂吉诃德及其他…………410

乔伊斯的雪…………422

关于《城堡》的二十五个随想…………432

马尔克斯和巴托克的钢琴曲…………452

也说哈姆雷特…………461

后记 …………471

辑一

一个人的十本书

我早年的读书都是意外因缘，没有大路可走，钻篱笆，翻墙头，不料一头跌进兔子洞，居然发现一片大好天地。人说无心插柳，我是种豆得瓜。收获浓荫的人纵然无心，柳毕竟是自己插的。我的田地里却是被人强种了黑豆，我从豆稞上摘到五颜六色的奇瓜异果，岂非天意。

一

"批林批孔"运动闹起来的时候，我上小学，因此知道了孔子和先秦诸子。"儒法斗争"一路忽悠，无意引介了至少几十位古代作家，很多是我至今仍然喜爱的，尽管柳宗元的《封建论》一个字也读不懂。拜全民评《水浒传》

之赐，我读到一百二十回的《水浒全传》。又因为读小说《红岩》，牵出蘅塘退士的《唐诗三百首》；读领袖诗词，顺藤摸瓜，发现了三李和小杜。高中政治课上，工农兵大学生出身的老师讲资本主义"血淋淋的"原始积累，使我第一次听说世上有一本叫作《鲁滨逊漂流记》的小说。

当然，最重要的，还是鲁迅。

其他的人和书，顶多管中一窥，连一斑一点都不曾看清楚。但是鲁迅，他的那么多著作摊开在眼前，懂的，不懂的，被曲解的，被乱贴了各种标签的，囫囵吞枣全都吃进去。消化和吸收，成为一辈子的功课。

我读的第一本鲁迅，是《鲁迅杂文书信选》。中学课本上的各篇，出自此书的最多。入选的文字，往政治上靠。我从不懂到略知，对政治都无兴趣，但鲁迅的文字吸引了我。我到那时为止读过的所有报刊文章，所有的时贤小说，都没有这样的文字。尽管不久以后就读到鲁迅的其他作品，对他小说和散文的喜爱超过此书，但这本书读的遍数最多。因为是家里的书，毋庸借阅，不需归还，随时拿起来就可以读上一篇半篇。

鲁迅教会我写文章，鲁迅也教会我怀疑和批判，养成不做奴才的起码人格。他书中的旁征博引，成为我后来读书的指南，正如孙犁先生参照鲁迅日记中的书账买书。在已过知天命之年的此刻，我仍然把鲁迅当作唯一的老师。

二

几十年里，没有间断过读唐诗。一直想自己选一本唐诗，还想写一本以唐诗为主的诗话。后来想明白了，这都是形式。即使一本关于唐诗的书也没写出来，唐诗也早已流淌在我的血液里，藏在我写下的每一句话里。唐诗和鲁迅及庄子一样，都是一种精神和态度、一种生活方式。

最初是从郭沫若等人的领袖诗词详注里了解唐诗这个概念的，虽然当时的课本里有李白、李绅和白居易的几首小诗。但我不知道唐诗这个概念有多大，想不到世界上有纯粹唐诗的书。书店没有，图书馆没有，老师也从没提到过。看到他们如数家珍地提到李贺，提到谭用之，我还想，他们是从哪里知道这些的呢？直到某一天，我读《红岩》，小说里写道："刘思扬走到图书馆门口，看见老袁正依着门念一本唐诗，津津有味地，发出咏诵的声音：月落乌啼霜满天，江枫渔火对愁眠。"刘思扬后来还几次去图书馆，每次老袁都在读唐诗，每次读的诗都不同。有一次他读的是："花间一壶酒，独酌无相亲。"想想看，七十年代初，这样的文字！我和父亲说起，他说，老袁读的就是《唐诗三百首》吧。然后从床下旧箱子里翻出一本颜色发黄的书，繁体竖排，这就是喻守真的《唐诗三百首详析》。

此后，从初中到高中，古诗词的书能见到的，不过"文革"前的几本小册子和两种破旧不堪的清末民初的线装《千家诗》。一九七八年，古籍解禁，父亲在新华书店为我买到三本书：《古诗源》、《聊斋志异选注》、复旦大学的《李白诗选》。父亲说，书店进了两套，说是要给文化馆和什么机关的，被他好说歹说"夺"走一套。这是我上大学前仅有的三本古典文学书。《古诗源》不怎么懂，另外两本书，则被我读得滚瓜烂熟，李白诗差不多全部背下来了。对李白的热爱支配了我的青年时代，在我胆小性格的深层，注入一点儿狂傲。这种情形颇似杜甫。如果没有早年的狂傲做底子，杜甫中晚年的沉郁很可能流于衰弱，变成呻吟。对《聊斋志异》的入迷则把我引进两个世界：对汉魏以来特别是唐人小说的兴趣，对幻想文学的终生爱好。

由于前者，很自然的，《太平广记》就像唐诗一样，成为我一直在读、永远也读不厌的一部书。大学时期，唐人小说，除了鲁迅和汪辟疆先生的两种选本，我还买到大概是齐鲁书社出版的三卷本《太平广记选》，读到那些一般选本不选的作品，包括纯为炫奇的游戏性作品，如《玄怪录》中橘中老人的故事。多年后在博尔赫斯身上看到了似乎遗风不再的牛僧孺和李复言式的唐人气质，备感亲切。

青少年时代的另一本书是《西游记》。关于《西游记》，我已经在不少地方提到过。它进入我的视野，也是因为老先生和郭沫若就三打白骨精故事的诗歌唱和。《西游记》虽然仍在禁书之列，《三打白骨精》作为戏剧，却到处搬演，还有根据戏剧编绘的小人书。我用打格子放大的方法，复制了连环画中孙猴子站在山峰上，肩扛金箍棒，笑指山下快要被烧死的白骨精的一页，还用蜡笔添加了颜色，贴在卧室墙上。画中的白骨精作女将装扮，盔甲锦袍，头戴长长的雉尾，和后来京剧里的穆桂英差不多。

《西游记》的好，不仅在神奇的想象、在程式化却异常简洁的风景描写，更在贯穿始终的机智和幽默，在其举重若轻的理想主义，因而在愉快和随和中，仍然有着超越现实之平庸和琐屑的崇高。对于一个生长于精神和物质双重匮乏之时代的人，它提供的，远远不止消遣和安慰。

三

十八岁以后，时代巨变，读书不再有阴差阳错的喜剧，而是有意识的选择。就像走在人海中，每时每刻都有无穷多的邂逅，而我们认出那些和我们心有灵犀的人，觉得亲近，引为同道，从此终生不渝，携手同行。大学里系统学习古今中外文学，数以百计的作家进入视野，喜欢的书可以列出几十页上百页的单子。在各种文学史和基础课中，对我影响最大的一门课是古代汉语，两学期，八个学分。是古代汉语而不是古代文学史，把先秦诸子和汉魏六朝小赋的大门打开了，更别提唐诗宋词。我读李白，读阮籍和陶渊明，读苏东坡和辛弃疾。这些我喜爱的作家身上，有一个共同的东西，如果只用一个词来形容，那就是"潇洒"。潇洒出自何处？我那时并不明白，只有感觉：它们都指向庄子。

大学里读过的《庄子》不过数篇，读完九万字的全书是很晚的事。但我很小就从"鲲鹏展翅九万里"的词句里知道庄子了。早年阅读，庄子不过是李白的化身。后来，他和《红楼梦》里的绝望建立了联系。庄子潇洒的空虚被曹雪芹用作悲剧的主旋律。再后来，从《红楼梦》里走出，看到了苏轼的旷达。苏轼比李白更现实，也就是说，更脚踏实地，毕竟他不像李白那样太把神仙当回事，因此他不张扬，和而不同，平易而更容易。但庄子还有形而上的一面，这是还可以再认真想一想的一面，可以留待未来的日子。

四

大学之前，除了苏联文学，不知道其他西方作家，《鲁滨逊漂流记》仅限于一个书名，我甚至不知道作者的名字叫笛福。大学读欧洲诗歌，喜欢过那么多诗人，普希金、莱蒙托夫、海涅、布莱克、英国浪漫派诸杰、美国的众多现代诗人、弗罗斯特、史蒂文斯、杰弗斯，但持久的影响，没有一个超过歌德。歌德的书，是郭沫若翻译的《浮士德》。《浮士德》是对读过的所有西方长诗的总结。拜伦、雪莱、普希金乃至密茨凯维支的长诗，都没有再读，《浮士德》却是不断重读的，读了不同的译本。郭译受到的批评极多，但他在译文中表现的才气，以及由此产生的狂放不羁的洒脱，营造了我心目中的歌德形象，使得"向上的追求"这一宗教味道的世俗主题变得优美而浪漫。此后的各种译本，或许由于先见的偏执，尽管各有其好，都觉得不能替代郭译。

欧美小说作家，如今喜欢的，不外乎普鲁斯特、博尔赫斯、乔伊斯、卡夫卡、马尔克斯，以及更古老的爱伦坡。可我在二十出头的年纪读到《月亮和六便士》，我得永远感激毛姆对我的启蒙：关于艺术，关于艺术和天才，关于艺术和现实，关于可能和不可能，一句话，关于"不食人间烟火"。人在年轻的时候，满怀理想，好高骛远，崇尚天才和英雄，向往盛事伟业，觉得奋斗的艰辛无非一杯烈酒，以为所谓牺牲不过是摔倒了跌破头再爬起来。大人物志向高远，不为俗世理解，故被目为怪异，因此，不怪异，不另类，反而不是天才的作为。天才就是要不近人情，不受道德约束，为所欲为。但因为他成就雄大，这些瑕疵都不成为瑕疵，反而具有特殊的魅力。这其实大错特错。即使是绝世天才，也没必要装腔作势，更没有损人利己的权力。我宁愿所有的人都亲切随和，所有的人都善良、温情脉脉而又气度恢宏。毛姆提醒我们任何事情中的"度"，告诉我们什么是正常，什么是不正常，什么是必要的牺牲，什么是不必要的牺牲。一句话，不论我们的理想有多大，我们想成为什么，首先我们要做一个有道德的人。

五

最后说几句杜甫。杜甫、韩愈、李商隐、苏轼和王安石是我近年常读的几位中国诗人，只能列举一位的话，我选杜甫。杜甫绝高的诗艺不再是我关注的目标，读他的诗，是在体会一个人的生活。世上有什么呢？对于人来说，一切都是生活。诗也是。我喜爱老杜并被他打动，正缘于他灌注在生活细节中的情感，总的基调是亲切和怜悯。他关心国家命运、民众疾苦，无时不挂念在近旁和远方的朋友。他爱古人，爱雄奇的山川和幽沉的先代遗迹，也爱弱小细微的草木虫鸟。他生活中的快乐不仅来自人类，也来自宇宙间所有平等的生命。他的超越建立在深入生活的基础上，让人难以觉察。作为生活着的人，他从不超越。他的超越是在留给后人的无限思索上。杜甫的煌煌楼阁是植根于大地上，一层层耸立起来的，而非来自云端的倒垂。他不虚无缥缈，他坚实，因此值得信赖。

此文应蓝紫木槿邀约为《天涯读书周刊》200期而作，现已作了补充和修改。影响一个人的书自然不止十本，这里的选择，重要的不仅在书本身，更在于它们在特定时代特定环境下显示的意义。

2014年5月5日

苏东坡的四段话

刘师培在《汉魏六朝专家文研究》中,谈到作文四忌:忌奇僻,忌驳杂,忌浮泛,忌繁冗。忌奇僻,是说文章要平正通达,虽然千锤百炼,而无艰涩费解之弊;忌驳杂,是说文体、用典、字句各方面,务必单纯,前后统一;忌浮泛,是说不可"文溢于意",亦即孔子指出的"文胜质则史"的意思;忌繁冗,是要"敛繁就简""意繁词炼"。他又强调文章的谋篇、转折和贯穿的重要性。关于谋篇,说得最精辟:谋篇就是先定格局,格局既定,才能确定如何取材。

  是知文章取材,实由谋篇而异;非因材料殊异,而后文章不同也。

>作文之法,因意谋篇者其势顺,由篇生意者其势逆。名家作文,往往尽屏常言,自居杼柚,即由谋篇在先,故能驭词得体耳。

历代讨论写作的文章,简牍盈积,浩如烟海,我个人对于《文赋》《文心雕龙》《诗品序》,直到《玉台新咏序》等篇,爱不释手,觉得为文的基本方面,高屋建瓴,都被说透说尽了。刘师培先生之言,也不脱其范围。然而原则性纲领性的东西,寥寥数语,易被等闲看过,即使视为精要,加意揣摩,也难以像"一生二,二生三,三生万物"那样,能从中生发出针对具体问题的切实可用的秘法来。亲切实用的经验,要到喜欢的作家的文集里去找。但前提是,你得广闻博识。否则,读到《婆罗馆清言》《小窗幽记》乃至金圣叹之类人物的所谓文章做法,你就一跌跌到私塾老儒和清客的窠臼里去了。

杜甫强调"转益多师",陆游强调"工夫在诗外",都在说读书的视野要宽。苏东坡读书的"八面受敌"法,是说多层次地理解作品。他们共同的意思,是强调大格局,强调兼容并蓄。这里的格局,比刘师培所说的格局含义更广大,不仅指文章的布局,还包括作者的胸襟和气度。

东坡的诗词文都写得好，也爱谈创作。在他大量论文的语录中，有四段是我印象最深的，我自己对文章写作的感悟，可以用他这四段话串联起来。

一

第一段出自他的《文说》，原文很短，也是题跋之类：

> 吾文如万斛泉源，不择地而出，在平地滔滔汩汩，虽一日千里无难。及其与山石曲折、随物赋形而不可知也。所可知者，常行于所当行，常止于不可不止，如是而已矣。

这里面有几层意思，"如万斛泉源"，是说他所感甚多、所思甚深，要表达的内容很丰富。丰富，来自三个方面，生活经历，阅读，包括艺术欣赏，还有思考。"不择地而出"，是说随时随地可以表达出来，就像我们今天常常说的，随时随地都有灵感，登山则情满于山，观海则意溢于海。何以能够如此？是因为有那种修养、那种气质、那种敏锐。然后是最重要的一点，行文如流水，随意所至，没有定法。初学为文，有规律，有章法，容易教，也容易学。如果有一个格式，就更好办。比如古诗中的起承转合，八股文中的破题承题和收结。美国的学校，很善于把我们看起来很神秘的东西，分拆成一二三四的步骤，把人文学科科学化，往定性定量分析上靠。我看过纽约小学三年级的书籍读后感的写作指导，三四百字的短文，老师告诉孩子，第一段是导语，一两句话，说说对这本书的基本看法，喜欢，还是不喜欢，等等。接下来，说说为什么喜欢或不喜欢，至少写两条理由。先说理由，再举例子。最后是总结。这样的定式，每个孩子都可以照葫芦画瓢。事实上，一般的书评和文学评论，精义也不过如此，不过挖掘得更深，写法更变化多端罢了。

过去写文章，读唐宋八大家，尤其是读韩愈，就是因为他们的文章有章法可循。唐宋八大家，并不一定就是唐宋文章写得最好的八家。这是明人评选出来的，是从八股文的角度、从实用的角度评选出来的。我注意过韩愈写人的文章，数量很多，所写的对象，既有熟悉的朋友、敬佩的人物、当代的名流，也有完全不相干的人，比如那些墓志铭，大半是应酬之作。但他根据具体情况，总能找到一个独特的角度，把文章写得有声有色。他有章法，但富于变化。你把这些变化学到了，举一反三，有取有舍，运用之妙，存乎一心，自然可以推至无穷。写作者都有学习模仿的阶段，通过模仿掌握技巧，然后你到达的境界，就是从心所欲而不逾矩。苏东坡说一日千里不难，行止皆出自然，就是在掌握了法度之后，不为法度所拘束，而又处处符合法度、处处恰到好处的意思。

这个心得，东坡是感受特别深的，不止一次谈到。在《答谢民师书》中，他再次指出，好文章"大略如行云流水，初无定质，但常行于所当行，常止于所不可不止"。但加上了八个字："文理自然，姿态横生。"仅仅自然是不行的，还得有姿态。流水的姿态，就是前面所说的"与山石曲折、随物赋形"。水遇到平地，是缓缓而流；遇到阻隔，则婉转环绕；遇到陡峭之处，疾泻而下；遇到沙土腐叶，则浸润其中。可见文贵自然，而自然中包含着丰富的变化。

规范、法度、格律，容易引起误解，以为有所遵守就是受到限制。限制确实是事情的一方面，另一方面，法度给写作者一种自觉、一种引导，甚至是一种启示。任何艺术都有形式，法度便是这形式的核心，是艺术的规定性。法度的形成，归功于前人的写作经验。一个人不可能完全放弃前人的经验，摆脱历史传统。东坡以流水为譬喻，流水自然，但也有其规定性："其流也则卑下"。就是《易传》

里所说的,"水流湿,火就燥"。它不会反着来。

二

苏轼的第二段话,出自写给他侄子二郎的信:

> 文字亦若无难处,只有一事与汝说。凡文字,少小时须令气象峥嵘,彩色绚烂。渐老渐熟,乃造平淡。其实不是平淡,绚烂之极也。汝只见爷伯而今平淡,一向只是此样,何不取旧时应举时文字看,高下抑扬,如龙蛇捉不住,当且学此。

中国的传统美学向有平淡为上的说法。我们赞扬一个作家,说他晚年的写作炉火纯青。这炉火纯青,常被简单理解为洗尽铅华、归于平淡。平淡,正如钱锺书先生在评说宋初诗人梅尧臣时所指出的,有不同的意思。一种是余味无穷的平淡,一种是淡得像白开水的平淡。苏东坡在这里指出,要达到平淡的境界,先得经过"气象峥嵘,彩色绚烂"的阶段。这和前面说法度的道理是一样的。不明法度,不把法度吃透玩熟了,如何超越法度?平淡是"渐老渐熟"的结果,是绚烂到了极致的结果。譬如女人的装扮,最会打扮的女人,她全身的搭配,看似漫不经心,看似平常,其实是精心安排的,是多年的修养熏陶出来的,优雅,却不着痕迹。这个安排,虽然精心,并不费力。在他人是高山仰止,在作者,却是信手点缀。

绚烂,也可以说是华丽,华丽和平淡,是一个辩证的问题,都有个度。这里不妨给苏东坡的话做点补充。或者说,是辩证地理解他的话。为了达意,该华丽的时候必须华丽,该平淡的时候必须平淡。一个成熟的作家,可以华丽,可以平淡,可以二者兼备,哪怕备而不用。苏东坡的话是根据具体情境而言的,他还有没讲出来的部分。他自己晚年的文章、他的好文章,未必都一味平淡。大作家的特点,是内容和风格的丰富性。

从青年时代到中老年,一个人的进步、造诣的不断提高,表现在各个方面,语言风格只是其中之一端。分开来,我们当然可以仔细分析一个作家的语言变化,但在实际上,语言的变化是和其他方面,比如思想观念、世事阅历、生活态度、思维方式等的变化分不开的。尤其需要强调的是,思想的深度决定了语言的性质。语言的变化从本质上讲,是思想变化的自然结果,而语言的变化只是这变化的最直观的部分。

刘师培谈作文，提到形似与神似的关系。他说："欲求神似，先求形似。形体不全，神将奚附？形似既具，精神自生。"道理和东坡总结的绚烂与平淡的关系是一致的。我屡次看毕加索画展和雕塑展，印象最深的就是这一点。古代笑话里说，一富翁欲起楼，他喜欢二楼三楼，可以凭高望远，不喜欢一楼，认为没用，要求直接从二楼造起。不知二楼三楼，都是靠一楼撑着的。绚烂和形似，就是那个很多人看不起的一楼。

这里有宋人笔记的两段话，都是谈论王安石的，谈的是王安石诗歌的前后期转变。

曾慥《高斋诗话》：

> 荆公《题金陵此君亭诗》云："谁怜直节生来瘦，自许高才老更刚。"宾客每对公称颂此句，公辄颦蹙不乐。晚年与平甫坐亭上，视诗牌曰："少时作此题榜，一传不可追改。大抵少年题诗，可以为戒。"平甫曰："此扬子云所以悔其少作也。"

这里提到的王安石诗，标题是《与舍弟华藏院忞君亭咏竹》：

一迳森然四座凉，残阴余韵去何长。
人怜直节生来瘦，自许高材老更刚。
曾与蒿藜同雨露，终随松柏到冰霜。
烦君惜取根株在，欲乞伶伦学凤凰。

咏物言志，这首诗不管在当时，还是在今天看来，都是一首很好的诗。诗话提到的两句，在我看来，还不是诗中最好的句子，不如颈联的"曾与蒿藜同雨露，终随松柏到冰霜"。这一联写到品格和历练，看似委婉而实则自负。这么好的诗，王安石为什么后来觉得遗憾呢？是因为过于直白。直白就浅了。有些话虽然很好，是不能直说的。直说，从艺术上来说，有失法度，而读者看了，会觉得不好接受。类似的例子还有。王安石有一首唱和他弟弟和甫咏雪的诗，其中有句"势合便疑包地尽，功成终欲放春回"。瑞雪自天而降，好像把大地全部覆盖了，可是，滋润万物的功劳达成，它自己又消失无踪，让春光照临世界。这意思多好！这在诗中，也是颈联，而此前的颔联是"平治险秽非无德，润泽焦枯是有才"。径直说出，情形和咏竹诗一样。这首《次韵和甫咏雪》，也是犯了同样的毛病。

叶梦得是宋人论诗的大行家，他在《石林诗话》中总

结王安石的诗歌创作说:

> 荆公少以意气自许,故诗语惟其所向,不复更为涵蓄。如"天下苍生待霖雨,不知龙向此中蟠""浓绿万枝红一点,动人春色不须多""平治险秽非无力,润泽焦枯是有才"之类,皆直道其胸中事。后为群牧判官,从宋次道尽假唐人诗集,博观而约取,晚年始尽深婉不迫之趣。

> 王荆公晚年诗律尤精严,造语用字,间不容发,然意与言会,言随意遣,浑然天成,殆不见有牵率排比处。

王安石年轻时的诗不是不好,而是过于"以意气自许",不能含蓄,到晚年呢,从藏书家宋次道那里借来大量唐人诗集,"博观而约取",终于达到从容不迫的境界。"博观约取"四个字,正是读书和学习的基本方法:广泛阅读,取其精华,为己所用,化为己有。

同样是抒情言志,我们来看一首王安石的晚期之作。《雨花台》写于罢相之后,其中有一联:"南上欲穷牛渚怪,北寻难忘草堂灵。"晋代温峤牛渚燃犀的故事,人所共知:温峤"至牛渚矶,闻水底有音乐之声,水深不可测。

传言下多怪物，乃燃犀角而照之。须臾，见水族覆火，奇形异状，或乘马车着赤衣帻"。草堂之灵，用孔稚圭《北山移文》的典故，说的是退隐。那么，燃犀照怪的意思，也就非常明确了，看得出他身上的豪情壮志依然存在。把意思说得委婉，这里固然依靠用典，但用典只是方法之一。比如下句说退隐，他不直说退隐，而说"难忘"。而上句说进取，他也不直说必将如何，而说"欲穷"，很想照一照，看清楚。都是意思到了，又予人联想的余地。王安石还有《贾生》一诗：

> 汉有洛阳子，少年明是非。
> 所论多感概，自信肯依违。
> 死者若可作，今人谁与归。
> 应须蹈东海，不但涕沾衣。

高步瀛评曰："寄托遥深。此荆公自喻也。"旧注说，诗后四句的意思是"言仲连蹈东海，不若谊仕汉切于救时"。高步瀛不以为然，他认为王安石的意思更深："此言贾生若作，恐非今人所能容。将安所归？应须蹈东海而死耳，不仅若当时之痛哭流涕也。"

由苏轼的信，我们可以想到，作家晚年的简单、平淡、质朴，有不同的情形。一种是风格的自然演变所致，以没有技巧的、浅显直白的文字，写出有趣味、有深度的内容。这里的自然演变，也包含着作者有意的追求。当代一个典型的例子是汪曾祺先生。还有一种情形，是江郎才尽，没有想象力了，没有驾驭语言的能力了，然而还要写，写出来，自然味同嚼蜡。

还有些作家，自始至终，风格变化很小，如李白和陶渊明。李白因为早期作品留存尚多，我们可以看出他早年的稚嫩和清新，"犬吠水声中，桃花带露浓"，和后来的诗有一些区别。陶渊明基本上"散淡"了一辈子，不过苏轼说得好，陶诗是"似淡而腴"，好比上等高汤，看着清水一般，味道却厚，有层次。汪曾祺到晚年才平淡，陶渊明是一直都平淡，鲁迅到《且介亭杂文》和《且介亭杂文续编》，还是魏晋风骨，还是不平淡。三种情形都是一流境界。朱熹谈到这个问题时说：

> 然而人之文章，也只是三十岁以前气格都定，但有精与未精耳。然而掉了底便荒疏，只管用功底又较精。向见韩无咎说，他晚年做底文字，与他二十岁以前做底

文字不甚相远，此是他自验得如此。人到五十岁，不是理会文章时节。前面事多，日子少了。若后生时，每日便偷一两时闲做这般工夫。若晚年，如何有工夫及此？

他很赞同程颐的话："人不学，便老而衰。"但读书贵在运用，所谓"得入还能得出"，如果不能出，读亦无用。那么，勉力为文的结果，就正应了他的比喻："人晚年做文章，如秃笔写字，全无锋锐可观。"这就是事情的不同方面。

三

东坡晚年，被流放到海南。江阴有一个叫葛延之的人，不远万里，来岛上看望他。东坡留他住了一个月。这期间，葛延之请教作文之法，东坡对他说，儋州这地方虽然小，也有几百户人家，生活中的所需，不可能样样都自己生产，怎么办？去市上买。但街市上的东西，你不能随便拿走，得以物交换。物品种类成百上千，交换很不方便，于是就有一个大家共同认可的东西作为中介，这个中介就是钱。有钱，就可以得到需要的一切。作文也是这样：

> 天下之事散在经、子、史中，不可徒使，必得一物

以摄之,然后为己用。所谓一物者,意是也。不得钱不可以取物,不得意不可以用事,此作文之要也。

这是他的第三段话。这里说到阅读与写作的关系。散文重在思想,重在趣味。写散文,要么阅历丰富,要么杂学博览。每个人的阅历不同,好的阅历只能赶上,不能强求。那么,杂学博览就非常重要了。博并不是说要在文章中炫耀学问,博是培养你的胸襟、你的见识,培养你的通达和机智。这些表现在文章里,就是令人愉快的趣味。趣味比学问重要。

东坡说世上一切知识,用之于文,要有一条线来贯彻,这就是意。在他之前,范晔曾经说过:"常谓情志所托,故当以意为主,以文传意。以意为主,则其旨必见;以文传意,则其词不流。"杜牧也说:"凡为文以意为主,以气为辅,以辞彩章句为之兵卫。"这里的意,不妨理解为志,即诗言志的志。王夫之论诗时说得更直白:"意犹帅也,无帅之兵,谓之乌合。"为什么是乌合?因为散了。以意作为文章的逻辑线,一气贯通,无论形散还是不散,文章都有内在的严密结构。我以前用过一个中药铺的比喻,和苏东坡的意思差不多。读过的书,就像药铺的一味味草药,当归、甘草、川贝、附子、半夏、黄连，分置在各个抽屉里，如果能按照君臣佐使配成一服药，那才有用。否则，虽然堆得满室满堂，不过一堆草根树皮而已。

四

东坡的最后一段话是何薳《春渚纪闻》中记载的。何薳说，东坡曾经对何薳的父亲和刘景文说过：

> 某平生无快意事，惟作文章，意之所到，则笔力曲折，无不尽意。自谓世间乐事，无逾此者。

这段话不是讲作文之法，是讲写作的快乐的。我常常想到这段话，觉得正是想说而未曾说出的。卢梭说，人生而自由，但却无往而不在枷锁之中。袁宏道引用宋人的话说，人生如衣败絮行荆棘中，步步牵挂。毛姆的自传小说，就叫《人性的枷锁》。在现实中，人的力量有限。大部分事情尽管意向高远，却是做不到的。做不到不是因为自身不具备能力，而是缺乏客观条件。一个人即使做到皇帝，还是经常力不从心，尤其是希望做好事的时候。这就使人产生一种无力感，面对现实，不得不做出妥协，做出牺牲。

人的一生，快乐总是与遗憾相伴。但在文字里，人是自由的，天马行空，思至笔至，随心所欲，无拘无束。写什么，怎么写，都由你自己决定。这就是写作的快乐所在，也是写作的最大动力。

对于文章的要求，鲁迅先生在《作文秘诀》中总结了十二个字：有真意，去粉饰，少做作，勿卖弄。非常精辟。对于写作的态度，我也有两句话：读书时，人人可师；下笔时，目中无人。苏东坡给人的启示，大略在此。

2016 年 5 月 24 日

8 月 12 日改

荒岛读书

经常在报刊和网络上看到有人提起"荒岛读书"的话题，意思就是，假定你流落到一个荒岛上，像鲁滨逊·克鲁索一样，长时间不能返回文明世界，让你只带一本书，你会带什么书？类似的话题还有"荒岛唱片""荒岛电影"，直至延伸到"愿意谁做你的异性伙伴"。虽说限制一本书、一张唱片，就像问人"妈妈和老婆落水你先救谁"一样荒唐，大家还是乐此不疲，可见这个假想本身自有魅力。魅力何在？就在于身处荒岛，远离尘嚣，生计无忧，杂事皆无，时间多到无限，只让你做一件事——读书。试问天下哪有这样的境遇？暂且不说穷措大只知读书不知品味人生的迂腐，就虚论虚，只把聚光灯暂时照在读书这个小小的生活角落，那么，一个朦胧的荒岛不仅胜过钱谦益的绛云楼，也胜过艾柯笔下中世纪修道院的图书馆。荒岛的迷人，就连詹姆斯·乔伊斯这样的人物也不免心折。据说在但丁和莎士比亚之间，他选择了在岛上读莎士比亚。

由于惰性，由于见异思迁的天性，由于本能的甘于追求玩乐，人要靠巨大的毅力才能坚持专心做学问。很多时候，快乐是结果而非过程。像我这样的懒人，自己都不知道是什么诱惑才使我安心读完一册册砖头似的厚书。我一个小时一个小时地计算读完的页数，计算五十页在一千三百四十七页中占了几分之一。假如是二十分之一，我就对自己说，照此进度，二十天才能读完这本名著。好吧，再读五十页。你看，日子立刻减少了十天。当然，还可以再减……

可是我读金庸的武侠小说，从来不嫌其长。不仅不嫌，还嫌它不够长。一百万字算什么长呢？我不是一个通宵就翻完了《射雕英雄传》吗？有本事，你每一部都写成《蜀山剑侠传》。

因为这个原因，我时常设想一些怪异的处境。在那个处境里，我什么事都做不了，只能看书。最好书也有限制，没法挑，只有一本，那么，我只好把一些恨得牙痒的书——

大部分是哲学书和历史书——恶狠狠地读完。这样怪异的处境，我当然不能像茨威格在《象棋的故事》里写的那样，是监狱。我想到的，也体验过的，是长途火车上、飞机上、旅馆的失眠夜，等等。在梦里，则曾经困在悬崖上。而荒岛的主意，最初一定是一位像我这样心态的家伙想出来的。我太理解他了。就形式而言，荒岛几乎是完美的。

　　选什么书，要看条件。停留的时间多长？是一天两天，还是一星期两星期？是一个月，还是一年？假如只有一天，我会选择一本厚的悬疑小说，四五百页那种，欧美日本的都行，比如罗伯特·洛德伦的特工小说。一天容易过，那么，带一本诗集、一本散文随笔，任何小说，甚至一本画册都可以。假如必须指定具体的一本书，悬疑小说看过的不能再看，不好列举。我的选择是一本唐人小说，最好是几部个人短篇集的合集。单独一种集子太薄了。哪几种呢？牛僧孺的《玄怪录》、李复言的《续玄怪录》、裴铏的《传奇》、袁郊的《甘泽谣》、薛渔思的《河东记》。《河东记》也可以换为张读的《宣室志》。但前三本不可动摇。在西元九世纪以前，全世界没有比他们更好的短篇小说家，再过几个世纪也没有。除了不用装的古典气质，这些小说——还有那些单篇行世的传奇——即使只论技巧，也不亚于当今的任何作品。

一星期或十天的话，我选杜甫或韩愈的诗集。乔伊斯的一部长篇，博尔赫斯的一本随笔集或短篇小说集，也很合适。这几种书，一星期能读完，两个星期不够读。好书如茶，经得起细品，还经得起几遍泡。泡第二遍就寡淡无味的，那算什么茶？可是天下的书，十之八九都是如此：尘土气尚未煞去，期待中的茶甘已经成为虚幻的追忆。

时间延长到一个月，恐怕要踌躇再三了。乔伊斯选择莎士比亚显然很讨巧，莎剧三十六七种，算一本还是多本呢？肯定是好几本啊。以三十二开本五六百页的厚度来看，一本中文书可以收五六个剧本。那么，卞之琳译的《莎士比亚悲剧四种》非常合适。假如为了照顾情绪，避开悲剧，那就换一本《莎士比亚喜剧五种》。喜剧没有卞译，那就找一本朱生豪译的。

其实，莎士比亚并不是我的第一选择，这都是因为说到了乔伊斯。抛开乔伊斯，我有两个选择——《文心雕龙》和《文选》。《文选》不知有没有精装成一本的。如果有，就是它。没有，只好《文心雕龙》。一个月，本来可以选《聊斋志异》或《西游记》的，可是这两本书，过去读得太熟了，还是歇一歇吧。

最后让我们假设一年的荒岛生活。我们不当鲁滨逊，开荒种地，积累财富，我们把人世的一切烦恼和快乐全部剥离。一年不做任何事，读一本书。哪本书经得起一年之中反复读，又能益智，又能消遣，又不觉得厌烦？我不用想，脱口而出就是《庄子》。可是《庄子》说过太多次了，一位网友说，"地球人都知道你爱《庄子》"。这就没新鲜感了。

我首先想到的，还是《文选》。一个月，不可能把《文选》读到像唐人所说的，"《文选》烂，秀才半"。一年差不多了。其次，字数在一本书的合理范围内的，不妨印一本《先秦经典七种》。哪七种？《论语》《孟子》《诗经》《楚辞》《易传》《列子》《韩非子》。还可以编一本《历代诗歌四千首》，自汉至清，只录诗，不加注。

我是一个以读书为乐的人，读书的无数好处中，有一项是我从前故意不提的，其实它很关键：读书是能够满足智力不同层次的要求、可以持续终生的娱乐活动中最不花钱的一种。如果愿意，你可以一分钱不花。去图书馆借，去网上免费阅读。事实上，我读过的书，九成以上是在图书馆借的。这个好处，其他事不能相比。音乐和影视也在朝这条路上走，尤其是音乐，我已经一年多没买唱片了，主要靠图书馆，也靠网站。但电影一时半刻，光盘的效果还不能和电影院媲美。

读书是这样好的娱乐，但我得承认，相当多的书，阅读它们是艰辛的劳动，艰辛到必须在临睡前补充一次食物。而正常情况下即使睡得更晚，也不需要。由于全力投入，阅读过程被模糊化，你记不清是怎样一字一句地走完了几千里长路。你感觉是在没有风景变化的林子里或沙漠中，或者是在一直向上、眼前只有苍色石壁的陡峭山道上。但你是充满期待的，你知道那是一条什么样的路，到达的是什么地方。你读完最后一句话，把书合上，长吁一口气：读完了。你定定神，所有肉身的感觉都回来了。你发现自己坐在喷泉和绿荫的阿拉伯庭院，面前的桌子上，是水晶盘中冰镇的瓜果，是冰得恰到好处的白葡萄酒。或者是在微风中，坐在半山腰的亭子间，看到所有的峰峦沟壑。

一个懒散的人最终是有毅力的，但他确实需要不时打起精神，来走完他以为是无奈的长路。他要到后来才知道，那里的每一个细节都光明四射。稍一犹豫，就错失了。而且，再小的事，也得拿定主意开始，何况还有那么多种选择。

这就是荒岛的诱惑力,就像一个朋友在你肩上大咧咧地一拍,说:兄弟,别想了,就是它了。

2014 年 4 月 18 日

重读与精读

一、重读

阿根廷作家博尔赫斯说,比阅读更好的事,是重读。他说:"我一生中读的书不多,大部分时间都在重读。""我要劝大家少读新书而更多地重读。"博尔赫斯喜欢反复读一些早年读过的书,温故知新,自得其乐。他回忆说,塞万提斯的《堂吉诃德》,读了第一遍,以后就反复读下去。当然,他提醒读者,《堂吉诃德》的精彩在第二部,第一部除了第一章,其他都可以略去。这样终生爱不释手的书,还有斯蒂文森的作品,还有《神曲》《一千零一夜》,吉卜林和切斯特顿的小说,以及瑞典神秘主义者斯威登堡和叔本华、贝克莱、休谟等哲学家的著作。

孔子说温故知新，后人对这句话有不同的理解。但最重要的一点，毫无疑问的，是温习旧学，有新的领悟。朱熹解释说："学能时习旧闻，而每有新得，则所学在我，而其应无穷。"读书一在精，一在博。精博的境界，在于贯通。重读，除了个人喜爱的原因，如博尔赫斯之于斯蒂文森，苏东坡之于《汉书》，是读透和悟彻一本书的必由之路。温故而知新，就是精。

朱子论读书，言语多，又切当。他反复强调的几个方面中，就有"熟读"和"透彻"：

> 大凡看文字，少看熟读，一也。不要钻研立说，但要反复体验，二也。埋头理会，不要求效，三也。

三条说的是一个意思：熟读精思，对于书中所言，穷追猛打，一竿子捅到底："看文字须是如猛将用兵，直是鏖战一阵；如酷吏治狱，直是推勘到底，决是不恕他方得。"朱子说，读书，先要杀进去，而后，还要杀出来。读通了，想透了，自然远近随心，进出如意："看文字，须要入在里面猛滚一番，要透彻，方能得脱离。"

读书，大多数时候是浮在表面的，好像游泳，在水面上扑打蹬踢。读懂了书中的每一个字、每一段话，尽管已经是很认真地阅读，就像游泳沾湿了身体的每一部分一样，但若止于此，就还是浮着的。进去，是有所领悟了，有所得了。而脱离，才是第三重境界：由他人而返归自我，博观约取，消化吸收，如此才能"其应无穷"。

东坡读书，有"八面受敌"之法：

> 每一书，皆作数过读之。书之富如入海，百货皆有，人之精力，不能尽读，但得其所求者耳。故愿学者，每次做一意求之。如欲求古今兴亡治乱圣贤作用，且只以此意求之，勿生余念。又别作一次求事迹故实典章文物之类，亦如之。他皆仿此。此虽愚钝，而他日学成，八面受敌，与涉猎者不可同日而语也。

也就是说，一部书其中涉及很多方面的学问，一次读，集中精力于其中一个方面，把这一方面彻底弄懂。郭沫若说他读先秦诸子，读一遍，看他如何说政治；再读，看他如何说社会伦理；接下去，看他如何说历史观、人性论，等等。大意如此。这也就是东坡的"八面受敌"法。朱熹很欣赏东坡这段话，教导学生以此为楷模。

博尔赫斯大概没读到过东坡的话，也没读到朱子的话，如果读到了，是必要引为知音的。我读到博尔赫斯的话，想起孔子、东坡、朱子，自然莫逆于心。几十年的阅读经验，证明了这些话说得多么好。

中国和西方的典籍，很多都是可以终生阅读、受用无穷的。一个人脑子里如果没有几十部读懂读通了的书，不离不弃，一辈子重温不已，仿佛家乡或根据地，又仿佛一个宝库，取用不尽，作为安身立命的场所，那么，涉猎再多，只如满天花雨，往好了说，不过图个好看罢了。

《庄子》读了一辈子，《西游记》我读了至少十几遍，仍然爱不释手。唐诗宋诗像茶或咖啡，几乎一日不能搁下。全部的唐人小说，恨不得永远读不完。《世说新语》，随时想起来，翻到任一页，读两条，往往心满意足。曾和朋友说，读一部《水浒传》，胜过读杂书一百。这话一点也没夸张。相反，说得太保守了。

二、江湖无碍人之心

宗璞《东藏记》第四章写到英伦留学回来的夫妇尤甲仁和姚秋尔，恃才傲物，目空一切。言谈之间，钱明经有意探探尤甲仁的底，出了个小题目考他：

> 钱明经忽发奇想，要试他一试，见孟先生并不发言，便试探着说："尤先生刚从英国回来，外国东西是熟的了，又是古典文学专家，中国东西更熟，我看司空图《诗品》，'清奇'一节……"话未说完，尤甲仁便吟着"娟娟群松，下有漪流"，把这节文字从头到尾背了一遍。明经点头道："最后的'淡不可收，如月之曙，如气之秋'，我不太明白。说是清奇，可给人凄凉的意味。不知尤先生怎样看法？"尤甲仁马上举出几家不同的看法，讲述很是清楚。姚秋尔面有得色。明经又问："这几家的见解听说过，尤先生怎样看法？"尤甲仁微怔，说出来仍是清朝一位学者的看法。"所以说读书太多，脑子就不是自己的了。有些道理，这好像是叔本华的话。"明经想着，还要再问。

这个尤甲仁，有人说是影射一位大学者的，但这位大学者学问之渊博，一般人未必深知，恐怕不是轻易好嘲讽的。《诗品》并非多难的题目，别说这位大学者，读过的人都能谈出点看法。这里就小说的虚构情节而论，只当尤甲仁是尤甲仁，满脑子学问，却没有自己的见解。周作人说，这种读书人，不过一个"两脚书橱"。写出的文章，尽管旁征博引，是"獭祭"，一种水边小动物玩的把戏。

叔本华论读书的话，因早年读鲁迅而知，印象很深。鲁迅在《华盖集》的《碎话》里引述道：

> 我们读着的时候，别人却替我们想。我们不过反复了这人的心的过程。……然而本来底地说起来，则读书时，我们的脑已非自己的活动地。这是别人的思想的战场了。

这段话出自叔本华的《论阅读和书籍》，后文说：

> 在阅读的时候，思维的大部分工作是别人帮我们完成的。这就是为什么当我们从专注于自己的思想转入阅读的时候，会明显感受到某种放松。但在阅读的时候，我们的脑袋也就成了别人思想的游戏场。当这些东西终于撤离了以后，留下来的又是什么呢？这样，如果一个人几乎整天大量阅读，空闲时候只稍作不动脑筋的消遣，长此以往，就会逐渐失去独立思考的能力，就像一个总

是骑在马背上的人最终会失去走路的能力一样。

叔本华并不反对读书,他强调的是读书时的思考。他的傲慢在于,他显然觉得大多数人的阅读是"让别人的思想在自己的脑袋里跑马。"这话不能说没有道理,但一个人再不肯动脑筋,读到的哪怕是再烂的书,潜移默化的影响肯定是会有一点的——即使是负面的影响。再说了,通过阅读而知道更多的东西,比方"多识鸟兽虫鱼之名",也比什么都不知道的好。叔本华是在一个很高的层次来说这些话的,他的貌似刻薄其实并不刻薄,相反,几乎是温情脉脉的:

> 只有经过重温和回想,我们才能吸收阅读过的东西,正如食物并非咽下之时就能为我们提供营养,而只能在消化以后。如果我们经常持续不断地阅读,之后对所读的东西又不多加琢磨,那些东西就不会在头脑中扎根,大部分我们都会遗忘。

形诸文字的思想,从无绝对的正确。因为任何思想,都是出自一个和我们一样靠"吃五谷杂粮"维系的头脑。

我们有七情六欲，他们也一样。我们为了达成某种目的，会改变述说的方式，突出一些内容，掩藏和美化一些内容。我们会说谎，他人亦然。思考就是透过文字看清这一切，在从他人的智慧获益的同时，又不为他人牵制。宋朝的禅师说，人牵着自己的心，好像牵着一头牛，一番奔波，安然归家，最后人牛俱忘。但要记住，你自己不能变成牛，被别人牵了鼻子走。

《景德传灯录》卷十七有湖南龙牙山居遁禅师的一段对话。有僧人问居遁：祖佛有没有骗人之心？他说：我先问你，江湖有没有阻碍人之心？僧人大概回答说没有吧。居遁禅师就给他讲：江湖虽然没有阻碍人之心，但江湖横在那里，人过不去，它确实阻碍人了，不能说江湖不阻碍人。祖佛虽然没有骗人之心，可是，人如果读不懂、读不透，祖佛等于把人骗了，不能说祖佛没有蒙骗人。"若透得祖佛过，此人过却祖佛也，始是体得祖佛意，方与向上古人同。如未透得，但学佛学祖，则万劫无有得期。"

这段话说读书的道理，极为通透。著书者本存善意，读者若一味痴信，不独立思考，自家迷途，就怨不得别人了。读书，单单一个多字，那是远远不够的。

附记：《诗品·清奇》一节的全文是："娟娟群松，

下有潺流。晴雪满竹，隔溪渔舟。可人如玉，步屧寻幽。载瞻载止，空碧悠悠。神出古异，淡不可收。如月之曙，如气之秋。"此处描写的是一种清幽的意境，也可以说有点空寂，但清幽空寂中透着从容和闲逸，与所谓"凄凉"真是八竿子打不着。不知这钱明经是如何读书的。

三、两种书

人和书一样，有很多类别，有你喜欢的，有你不喜欢的。你喜欢的，不一定是最好的。但你喜欢了，这比什么都重要。因此，喜欢就是更高的好。但事物之间，分离聚合，有因缘在。时候到来，机会合适，事情发展到某种程度，恰如其分，自然建立起某种关系，达到所谓契合。人活到后来，学会的无非是懂得：得到可以有很多种层次、很多种方式，而且不一定是得到。得不到也是一种得到。一件事，你悬想十年，无数焦虑和喜悦在里头。那些日子，你觉得充实，不会无聊。十年下来，一切可能被你想尽，所有细节被你反复揣摩，它影响你、改变你。因为这件事，你的生活被暗中替换了，你不再是原先的自己。这个时候，实际的得与不得，已经没有太大意义。

世上有一类书，它的好处是随着时日的流逝而展示出来的。就像我们曾经喜欢过无数首歌，可是等我们老了，常在心头哼唱的，只剩寥寥几首，那才是真正使我们没世不忘的歌，是萦系了我们最珍贵的情感的歌。一件事，在当初，附加了太多和情势、和处境、和一时的得失相关的东西。我们衡量它，是和这些附加物一起衡量的。我们自己如此，别人又当如何。

　　书有两种，好的和不好的。好书的命运也有两种，终于被认知和彻底毁弃了的。图书馆的善本书库收藏了大量手稿，它们可能要在那里等上几百年上千年，才会遇到一个喜欢它的人，雕版印刷，著文推荐。也许需要更长时间。但只要图书馆还在，机遇总是存在的。有的书运气实在不好，人类历史上的每一次浩劫，都有无数的孤本书失传。命定的百年后将会欣赏它的人，与它再也没有一次神奇的邂逅了。比如在中国，那些失传的书完全可以写成另外一本文学史，而绝不比现在的文学史逊色。有一些人，我们知道名字，但已无法有任何表示。还有一些，连名字都没留下。他们可能在偏僻的乡间，或者虽然身在都市，却是在无人知晓的陋巷，终生的心血不过是一堆乱纸，被老鼠咬碎做了软暖的小窝，被小铺子的人拿去包肉饼、包猪下水，被填塞进灶膛，化作几分钟的火焰。如果世上的所有写作都出自天命,都是神灵们的意志,毁灭又是为了什么?

四、记忆的秘诀是喜爱

头脑是个人最可信赖的图书馆。我买书不多,没有书房,有朝一日再次远迁,现有的微不足道的藏书,还将散失殆尽。假若如此,我不会觉得太惋惜,原因有二:一、基本的书可以再买;二、我信任自己的记忆。

网络尚未普及的时代,初来纽约,手头中文书不过三几本,写文章时需要引用,全凭记忆,就那样,也不显寒酸。有朋友问,你怎么着也能背下两百首唐诗吧。我说,那可不止,当盛年之时,差不多可以背两千首古诗词呢,现在虽然忘了很多,一千首还是有的。

这不是瞎吹,因为事情很简单:记忆的秘诀是喜爱。真心喜爱的东西,过目难忘。我从小学到高中,四处搜罗古诗,得到一首,如得一枚珍稀的邮票或古钱。抄写背诵,藏之于心。直到大学的前两年,还是如此。我忘不了那时如何从各种选本和杂书中找王维的诗,最终所得,不过四十多首而已。放在今天,随便取一本诗选就行了,就是赵殿成的《王右丞集笺注》,网上一下单,几天之内书就到手。中学时得到和借到的几本小书:《千家诗》《宋诗一百首》《唐宋词一百首》，全都抄录和背下来了。不抄不背怎么办呢？书还给别人，可能再也见不到了——谁能想到几十年之后，世界会有那样巨大的变化呢？而在当时，见一本古书，就像在大街上见到一位活生生的古人。也许这说法太夸张，但我就是这样的感觉。不过书少也有好处，它使人专注和热爱，记忆力超常发挥：你记住的，就是你拥有的，你过眼而没记住，等于把好东西白白丢了。

读生物系那时候，每天背一首诗，实际成绩超额。较长的诗，一天背不下来，就多背几首绝句来平衡指标。七律以内长度的诗，对照注解逐句看过，从头到尾念几遍，基本能背下来。比较难的是《诗经》，更难的是楚辞，《离骚》在读中文系时才拼命背会，但很快就记不全了。唐诗是最好背诵的，音韵显然起了作用。所以叶芝说，韵的作用是唤起回忆，是在一首诗中唤起阅读者对前面诗句的回忆。在文字书写不便的古代，口传文学只好是韵文。没有韵的话，节奏感强、音节和谐的散文，也容易记，《左传》《国策》乃至《易传》的文字，背诵都不难。

不好记的诗，还有个办法，就是抄一遍，效果真是好极了。

我时常想，假如十多岁的时候，古诗词的书唾手可得，上课要学、要考，我可能就不会那么喜欢它们了吧。

庄子感叹生有涯而知无涯，他那时候，书相对有限，泛览一遍不难。今天的书岂止浩如烟海，我们只能取九牛之一毛。所以，对于读书，我的理想正如我对生活的要求，但求温饱罢了。算一算，这一辈子，宋朝以前的诗，唐五代五万首，唐以前一万首，不妨全部过一遍。宋诗，选读几家，加上零散的，三几万首。宋以后，随意涉猎。这样，大致能读到十万首古诗。再想多些，不是不可能，但没必要。

好诗在任何时代都是极少数，绝大部分读过的诗，都是过眼云烟。读完一个朝代、一个流派、一群人和一个人的全部作品，也许是为了满足心中求"全"的虚荣心吧。当然还有第二个原因，也是更好的原因：好奇。好奇也是不放心，想知道李白、杜甫究竟是怎么回事，名作见识过了，不那么好的作品又是怎样的？他们忧国忧民的时候如此，那么，他们天天吃饭睡觉，情形又如何？看到他们和我们有相同之处，顿时觉得踏实。他们在我们这里，才真正被接受。

诗作为诗肯定是最重要的，但诗还可以作为其他的东西。在诗里，我们能知道唐人喜欢什么花、不喜欢什么花，宋人和他们有何不同；知道李白很白，王安石很黑，杜甫很瘦，而韩愈比较胖；知道唐代的酒价，宋人的灯节之盛；知道东坡能睡而李商隐常常失眠。这些把我们带到他们身边，带进他们的日常生活。

再好的选本也不能代替全集，再有眼光的选家也不可能和我们的心思完全一致。他因为这个原因那个原因遗漏的篇目，可能恰好是我们特别需要的。

人如果只活在他自己的时代，未免单调。既然现实进入我们的经验，不过是充当了记忆的素材、铸造了我们的形象，那么，我们借助前人的文字而分享的生活感受和思考，同样丰富了我们的记忆和人生。这样，我们不仅生活在几千年的过去，还将生活在未来。因为我们自己的文字，也将成为后人的记忆，成为他们生活的一部分。

2015 年

十大小说

英国小说家毛姆写过一本名叫《世界十大长篇小说》的小册子,虽然他在前言里声明,所谓十大,纯属瞎掰,好小说一百本也数不完,但他还是列出了自己心目中的"世界十大小说":《汤姆·琼斯》《傲慢与偏见》《呼啸山庄》《大卫·科波菲尔》《白鲸》《高老头》《红与黑》《包法利夫人》《战争与和平》《卡拉马佐夫兄弟》。他是英国人,很自然,英文小说占了一半,其中英国四部、美国一部。接下来,法国三部、俄国两部。仅仅四个国家,真是简洁至极。

这个榜单,我们肯定嗤之以鼻,英法俄之外的欧洲人,也不会认同。《红楼梦》和《西游记》,固然不在其视野之内,

《堂吉诃德》也名落孙山。同样不及第的还有德国人、南美人，等等。德国早先的小说确实不那么发达，可是托马斯·曼总还不俗。《魔山》虽不敢说有多伟大，比起《呼啸山庄》，并不逊色。晚近的小说，两部旷世杰作，普鲁斯特的《追忆似水华年》、乔伊斯的《尤利西斯》，大约因为时代太近，他不敢轻下结论吧。

欧洲人喜欢在自家院子里玩总结、搞统计，总结出来的结果，名之曰"世界之最"。譬如他们写欧洲哲学史，书名偏不叫《欧洲哲学史》，叫《世界哲学史》。其他领域也一样。美国人好一些，除了自己家，还肯照顾欧洲，以示不忘本之意。当然，二十世纪以来，情形是多多少少改变了，但法国人一本十几卷的《世界文学作品选》，据说中国还是得和很多中亚或非洲作家一起，挤在附录似的一卷或两卷里，稍稍粗心的读者，手一哆嗦就漏过去了。西方是尊小说的，可是他们说起短篇小说来，似乎不记得唐朝小说那么发达。不少作家的短篇小说、短篇小说集，即使拿到十九世纪，无论内容之细腻深刻，还是技巧之精熟繁复，都不逊色。说约翰皮特导夫先路，张三李四首创发明，你道始创者是那么容易当的吗？

世上没有客观和公正的评判。换句话说，一切评判都是偏见。偏见有蓄意的，也有限于条件的，后一种比较容易理解，也容易消除。比如毛姆，他大概没有读过中国小说的四大或五大名著，也没有读过《源氏物语》，你让他就此雌黄一番，显然难为他。我要是毛姆，就老老实实地说，我的十大乃是"欧美十大"。或者说，我喜欢的十大，这就很好。喜欢是个人的事，别说在李杜之间我可以偏心，就是我说爱《西游补》胜过《西游记》，那也无伤大雅呀。毛姆说了，这是"他心目中的"世界十大。他没只选英国小说，已经够客气，已经够"国际主义"了。

美国科幻小说家雷·布莱德伯里，写过一本关于未来世界焚书的反乌托邦小说《华氏451度》。在这本关于书的书里，布先生提到了更多的书，他心目中的人类文化遗产（个别提到的书因故事情节而浮现，算是例外）。或许因为外语不好吧，布莱德伯里的阅读也以英文为主。如此一来，他的人文典籍清单，英美系独霸半壁以上的江山（在全部三十多种书中占十七种），美利坚的书（五种）比英国之外的所有国家都多，包括西方人视为他们文明之源头的古希腊（四种）和罗马（两种）。可怜亚里士多德忙了一辈子，犹自榜上无名，不如只写一本《汤姆叔叔的小屋》。

欧洲和美国之外，布莱德伯里给了东方一点面子，模模模糊糊提到了孔夫子、释迦牟尼和甘地。为什么说他模模糊糊？因为从字里行间看，东方这三位圣贤的书，别提他读过了，估计连书名都闹不清楚。

《华氏451度》里说得最多的书，是基督教的《新约》和《旧约》，其次是莎士比亚的《哈姆雷特》。他单独标举的一首诗，是英国诗人阿诺德的《多佛海岸》。

有意思的是，《华氏451度》被法国导演特吕弗拍成了电影。英国之外的近现代欧洲作家和思想家，布莱德伯里只提到四位：叔本华、意大利剧作家皮蓝德娄、西班牙哲学家加塞特，以及爱因斯坦。从古到今，法国人一位都没有。雨果，没有。波德莱尔，没有。笛卡尔、伏尔泰、卢梭，统统没有。特吕弗当然不买布氏英语独尊的账，在影片中的烧书镜头里，特吕弗用特写照出了一大批法国文豪的英名：巴尔扎克、普鲁斯特、让·科克托，甚至萨德。特吕弗时尚，他突出的是现代性和个人兴趣，所以，"小偷兼同性恋作家"让·热内的《小偷日记》、保罗·格高弗的剧本、圣女贞德的传说、现代诗人安德烈·布勒东的《娜嘉》，以及萨尔瓦多·达利的画册，得以在银幕上橘黄色的火焰里摇荡生姿。

特吕弗好像故意在和布莱德伯里对着干，后者只字不提的，他在影片里大书特书：男主人公蒙塔格深夜读禁书，读的是《大卫·科波菲尔》；首次出现的搜书场面，查获的第一本书是《堂吉诃德》；小男孩在搜查现场捡起翻看的书，是毛姆的《月亮和六便士》；关于哲学家，特别提到亚里士多德和尼采；就连在布莱德伯里那里大大受宠的美国文学，特吕弗也特地补充了布氏忽略的爱伦·坡……

读哥伦比亚小说家马尔克斯的访谈录，他说最初使他获得写小说的信心的作家是卡夫卡，他认为《战争与和平》是最伟大的一部小说。我觉得他比毛姆专业。奇怪的是，很多人认为马尔克斯受了福克纳的影响，但马尔克斯似乎对福克纳没有兴趣。如果让美国人来评选世界最佳小说，福克纳和梅尔维尔不用说是要占据重要位置的，其他的，我们猜想，还会有霍桑的《红字》、菲茨杰拉德的《了不起的盖茨比》、海明威的《太阳照常升起》乃至德莱塞和帕索斯的作品。亨利·詹姆斯当然也会入选，但我好奇是哪一部。

我更好奇的是，如果让博尔赫斯来选，他会选哪些书。他似乎更爱短篇小说，他自己也只写短篇。长篇小说，毫无疑问，排第一的是《堂吉诃德》。其他可以想到的有梅尔维尔的《白鲸》、卡夫卡的《美国》和《城堡》，以及康拉德、亨利·詹姆斯、吉卜林、福楼拜的作品。他那么喜欢《马丁·菲耶罗》，喜欢《一千零一夜》，会不把它们也算作小说？

我对小说外行，这不妨碍我有自己心目中的伟大小说。中国的古典长篇小说，《红楼梦》《水浒传》《西游记》《金瓶梅》《醒世姻缘传》《儒林外史》都堪称伟大。欧美的，我选《堂吉诃德》《追忆似水年华》《尤利西斯》《战争与和平》《悲惨世界》《卡拉马佐夫兄弟》《百年孤独》《魔山》《包法利夫人》《白鲸》。

狄更斯和奥斯汀的小说当然也很好，比如《大卫·科波菲尔》《荒凉山庄》《傲慢与偏见》。我还特别喜欢布尔加科夫的《大师和玛格丽特》。

如前所说，这也是偏见，既体现了我的驳杂，也体现了我的孤陋寡闻。

2014年8月5日

辑二

食蜜解毒

从前读《基督山伯爵》,对检察官维也福家中发生的下毒事件印象最深。维也福夫人利用番木鳖碱杀人,维也福前妻所生的女儿瓦朗蒂娜,因为祖父暗中安排她每天食用少量毒物,培养出抗毒能力,得以逃过一劫。毒药是神秘之物,一般人难以接触,也不敢接触。小说中与此相关的情节,因此总有特别的魅力。金庸写下毒就很拿手,《倚天屠龙记》第二卷蝴蝶谷的故事中,有关毒物的描写详细生动。而《飞狐外传》的女主角是毒手药王的弟子,后半部的故事,高手斗法,更以毒药为武器。

中国历史上大名鼎鼎的毒药,除了曼陀罗为人熟知,乌头和砒霜也很常见,名气最大的鹤顶红和鸩毒,我至今搞不清到底是什么玩意儿。古代真的有鸩那么一种鸟吗？为什么今天没有了呢？书上说，有些至毒之物，已被佛祖以大智慧力化去。鸩，传说中的断肠草，《神雕侠侣》里的"情花"，鲁迅先生提到的佛经里说的最厉害的蛇毒，所谓"见毒"——不需接触，看见了它的人便被毒死，所有这些，难道都是被佛祖去除了？天道良善，大概如此吧。所以元明清的小说里，下毒还是以砒霜为常见，西方的侦探小说里，则是氰化钾。因为常见，读者感受到的，便只是犯罪气味，没有神秘感和崇高感。一句话，没有传奇色彩了。

苏东坡写过《安州老人食蜜歌》，是写给著名诗僧仲殊和尚的。陆游《老学庵笔记》里说，仲殊吃蜜，"豆腐、面筋、牛乳之类，皆渍蜜食之，客多不能下箸。惟东坡性亦酷嗜蜜，能与之共饱"。东坡爱吃甜食，彼时的四川人又有吃甜的习惯，嗜蜜是天生的。仲殊则不然，他是因为中了毒，不得不吃蜂蜜来解毒。

宋人不少书里都讲了仲殊的这段经历，大约确有其事。

仲殊和尚俗姓张，名挥，本是士人，年轻时放荡不羁，到处拈花惹草，惹得老婆大人不高兴，便在他爱吃的肉里，小小地下了一点毒，差点把他毒死。他服用蜂蜜得救。医生警告他,从此以后,决不可再吃肉,否则吃肉毒发,彻底没治。仲殊无奈,只得出家做了和尚。

还有一种说法是,在他外出游历期间,老婆与人私通,等他回来,老婆和情夫害怕事发,决定下毒把他做掉。

第二种说法比较离谱,也太落俗套,相信的人不多。提到的毒药是鸩毒,显然也是顺手拈来的。

仲殊做了和尚,所做的词却以写艳情著称,想来他年轻时风流的传说,不是一点影子没有。他有一首《踏莎行》,写一前来打官司的妇人,等候在雨中的官署庭院:

> 浓润侵衣,暗香飘砌。雨中花色添憔悴。凤鞋湿透立多时,不言不语厌厌地。
> 眉上新愁,手中文字。因何不倩鳞鸿寄。想伊只诉薄情人,官中谁管闲公事。

语气很轻佻,民间对此颇有微词。后来仲殊不知因何事自经而死,便有人笑话他,说他是在枇杷树上吊死的,仿佛出言不谨的报应。他的词句也被人改为:"枇杷树下立多时,不言不语厌厌地。"

仲殊中毒,毒素在身体里面,多年不能拔除。他必须长期食蜜，压制抑或克制毒性。最好的结果，是把毒性一点点化解掉。这是一个需要耐心和毅力的工作，在复原之前，毒性不时发作，肯定痛苦莫名。我猜想他最后自杀，可能就是因为忍不下去了。

武侠小说里写下毒，最简单的，下在酒食之中，令人一服丧命。《水浒传》中使蒙汗药，一概这个套路。其次，是在武器上喂毒，下毒者甚至浑身布满毒物，他人中了刀剑，或触摸到他，立刻中毒不治。

下毒害人，多半使被害者不知不觉。即使是对付像武大郎那样矮小懦弱的人，会拳脚的西门庆加上英姿飒爽的潘金莲，能用强也不用强，而要骗他把砒霜当药喝下去。骗的好处，除了对方不反抗、风险小，还有情感上的舒服：当你把满满一杯毒酒无比亲切地递给受害人，看着他一饮而尽时，这个将死的倒霉蛋，脸上最后挂着的，还是快乐和感激的笑容。

用强，如我们在金庸小说里看到的，是档次不高的家伙在恼羞成怒、黔驴技穷时才会干的。《倚天屠龙记》里，并不精于下毒的昆仑派掌门何太冲的夫人班淑娴，在企图毒杀丈夫小妾的阴谋被张无忌揭穿后，就硬逼着张无忌带来的小姑娘杨不悔把毒药喝下去。

高级的下毒法，花样多了。比如长期慢慢下毒，等到毒物在受害者体内积累到超过极限后，受害者才暴死或受尽折磨而死。比如明明是两种无害之物，阴差阳错让它们混合，产生极大的毒性。《倚天屠龙记》里绿柳庄一节，赵敏为了对付明教一众高手，就采用了此法：水阁外种植了无毒的"醉仙灵芙"，桌上留下一把用"奇鲮香木"制作的假倚天剑，两股香气混合，"便成剧毒之物"。当代作家周浩晖的小说《鬼望坡》里，也写到这种下毒法，却是用在静心茶里。还有一个办法是欺骗，让一个无辜的人相信所得毒药是治病的良药，是珍贵的补品，而拿去给亲人朋友服用，不知不觉间成了人家下毒的工具。隔一层的做法，不是拿毒来毒人，而是用药物让人失去抵抗或辨别的能力。如此一来，危害很小之物、不容易引起警惕之物，都可以充当害人的利器。

在金庸笔下，使毒是武侠世界中最可怕的东西，比所有武功都可怕。《射雕英雄传》里的黄药师、洪七公、段王爷，统统斗不过西毒欧阳锋，因为毒物防不胜防，因为下毒的人不按牌理出牌，不遵从江湖规则。也就是说，使毒是没有道德底线的。使用没有解药的毒药的人，更是十足丧心病狂的恶棍：他把事做绝了。作为对比，金庸在《飞狐外传》里塑造了两位心存忠厚的使毒高手——无嗔大师及其女徒程灵素,并借程灵素之口说:"即令遇上生死关头,也决不可使用不能解救的毒药。这是本门的第一大戒。"

对于毒,有什么办法呢?当然有。除了武功高到不可思议,还有非常简单的一条路。《天龙八部》里,书呆子一个的段誉,无意中吞食了百毒之王的莽牯朱蛤,以毒抗毒,从此百毒不侵了。

人的头脑,免不了有误食毒药、被骗服毒药,甚至被强灌毒药的时候,迷途难返。很多人一辈子浑浑噩噩地活着,如同傀儡,被牵线而动,却以为自己得天独厚、高人一截。但不要怕,自觉的人,可以像仲殊和尚那样,靠耐心,靠坚持,通过吃药,自我解毒。段公子的"毒王"也不难得,你的理性和独立思考能力,就是让你百毒不侵的莽牯朱蛤。

2015 年 3 月 30 日

瑞香花与东坡

瑞香如今是很普通的花卉了,但在三十多年前我的老家,还有些传奇色彩。我上大学前后那些年,家里种了很大一盆瑞香,搁在院里的砖地上,有时搬到窗台。我的印象,瑞香不易得,种好费工夫。说它的枝子一年长一节,一股分权为两枝。逐年生发,几何级数一样越分越多,植株繁茂起来,开花自然也多。一棵瑞香,数数茎的枝节,就知道养了多少年。这说法我没考证过,可能张冠李戴,与别的花卉弄混了,但听起来很有趣,所以经年不忘。

瑞香的年头决定价值,父亲种的一盆,形态好,又健壮。有一年放假回去,听我妈讲,县里某机关想买去,摆在会议室或什么地方,出价八百元,我爸不舍得。当时父母的工资每月只有几十元，我在学校，一月的零用钱是十元，八百是很大的数字。

瑞香是常绿小灌木，枝叶委婉精致。枝丫有形，不像夹竹桃那样恣意疯长，乱抽长条，特别适合盆栽。叶子较厚，质感近似黄杨。瑞香开花香气浓烈，这个科属的花，似乎都是这样，香型也差不多。书上说，瑞香花有黄、白、紫三种颜色，我家种的那盆，记不得是什么颜色了。

亲友相聚，多爱忆旧，这是一道淡泊的茶，不那么利口，却有余味。仿佛我们一生的快乐，都寓存于那些不经意的言谈举止之中，而自以为轰轰烈烈的壮行豪举，回头再看，并无可夸耀之处，甚至不值得念记。人成年之后，为五斗米折腰，为琐事卑躬屈膝，天涯分飞，聚难散易。古人常说的夜雨对床、剪烛西窗，虽不至于如使蚊负山、使商蚷驰河一样困难，毕竟千里一滴，只沾湿一下舌尖，不足润泽枯肠。幸好书可以时刻相伴。读书，也是与人倾谈，哪怕只听不说。多年来，我阅读的重心，日益偏移到唐宋人以及之前的诗文里去，其中一个原因，便是在那里常常得到他乡遇故知的快乐。要说这也是奇怪的，难道千年前的古人，和我们今天的生活那么重叠，因此较之同时代的高头讲章，还更亲近些吗？

然而情形确实如此：在杜甫那里，我们一再找到童年喜爱的小花小草、小鱼小虾；在李商隐那里，我们看见自身可贵的弱点，那使我们在垂老之年免于愧疚的弱点；在王安石那里，尚存着我们曾经有过的傲气和理想，如今它们似存若亡，变得连我们自己都不认识了……而在东坡这里，千岩万壑之中，见到的是久违的瑞香。

我常年东坡诗文不离案头，得到冯应榴的《苏轼诗集合注》却很晚，之后又蒙朋友寄赠孔凡礼先生的《苏轼年谱》，于是每有闲暇，便读上几页苏诗，以年谱为参照，看他作诗当日的行止，于是诸多生活细节便一一浮出。夜深人静，东坡便宛在目前，音容笑貌无不毕现。如果没有这两种书，很多作品一晃而过，比如这首《刁景纯赏瑞香花忆先朝侍宴次韵》，也就不会勾起我的回忆和联想了：

> 上宛夭桃自作行，刘郎去后几回芳。
> 厌从年少追新赏，闲对宫花识旧香。
> 欲赠佳人非泛洧，好纫幽佩吊沉湘。
> 鹤林神女无消息，为问何年返帝乡。

编选东坡七律时，此诗读过多遍，当时还想，他写瑞香花，为何一上来就用刘禹锡《玄都观桃花》的典故？刘禹锡性格刚强，因参与王叔文的新政而被贬谪，十年后重返京城，朝中衮衮，都是新贵。他不改直言的旧习，作诗《玄都观桃花》进行讽刺："玄都观里桃千树，尽是刘郎去后栽。"之后再遭外放。十多年后，他重游玄都观，先前盛极一时的桃花，已经"荡然无复一树"。刘禹锡为此作《再游玄都观》诗，调侃说："种桃道士归何处？前度刘郎今又来。"东坡一生几起几伏，与刘禹锡遭际很有几分相似。读刘诗，他是心有戚戚的。

冯应榴书注释详赡，适合细读。细读书的好处，就是学到很多额外的知识。关于瑞香花，书中提到的典故非常有意思。五代宋初陶谷的《清异录》，在"花事门"记载：

> 庐山瑞香花，始缘一比丘昼寝磐石上，梦中闻花香酷烈不可名，既觉，寻香求之，因名睡香。四方奇之，谓乃花中祥瑞，遂以瑞易睡。

《庐山记》补充说："其花紫而香烈。非群芳之比……盖出此山云。"点明和尚所得的是紫色瑞香。

读到瑞香原名叫睡香，不禁莞尔。我家乡的土话，瑞睡同音，念作 sèi，第四声，所以瑞香理所当然就是睡香。

辑二 65

按照《庐山记》等书的说法，瑞香原产庐山，别的地方没有。这位无名的大和尚白天在石头上睡觉，梦中闻到浓烈的花香，居然被惊醒。他循着香气找到花，命名为睡香。睡香开在冬春之间，大约和梅花同时。季节寒冷，百卉凋零，见到瑞香的人都觉得惊奇，认为是一种祥瑞，后来觉得睡字不文雅，按谐音改名为瑞香。北宋的达官贵人多在汴梁和洛阳，汴洛二地，难道说话也是睡瑞不分？

《清异录》没有提故事发生的年代，依理推测，总在晚唐五代或之前，很可能是南唐时候的事。桑乔《庐山纪事》说：瑞香产山中，南唐中主李璟喜欢，移植到宫里，种在含风殿，命名为紫蓬莱。吴曾《能改斋漫录》则说，瑞香南唐时移植入宫，种在蓬莱殿，所以叫紫蓬莱。吴曾的说法更近情理，但他没说具体是哪位君主的韵事。南唐一帝二主三十九年，开国之主李昪大概没有闲工夫莳花弄草，剩下的，不是中主李璟，就是后主李煜。这两人都是风花雪月的文艺才子，庐山恰在南唐版图之内，瑞香发迹于南唐小朝廷，简直是理所当然。

宋人笔记异口同声，都说瑞香广为人知是宋朝以来的事。王十朋的《瑞香花》诗说："真是花中瑞，本朝名始闻。"言简意赅。《能改斋漫录》讲得比较详细：

庐山瑞香花,古所未有,亦不产他处。天圣中,人始称传。东坡诸公,继有诗咏。岂灵草异芳,俟时乃出?故记序篇什,悉作瑞字。《庐山记》中亦载《瑞香花记》。讷禅师云:"山中瑞采一朝出,天下名香独见知。"张祠部强名佳客,以瑞为睡焉。其诗曰:"曾向庐山睡里闻,香风占断世间春。窈花莫扑枝头蝶,惊觉南窗午梦人。"

吴曾说,庐山瑞香花过去不曾听说,别处也不产,到北宋天圣年间才为人盛传,苏东坡等人都有诗吟咏。吴曾感叹:奇异的花草,一定等到恰当的时候才肯出世,大家都觉得这花算得上祥瑞,叫它瑞香,只有张耒坚持用"睡"字。

吴曾提到的张耒诗,题为《睡香花》,正是根据庐山和尚的传说而作的。

瑞香出庐山,似无疑问,查慎行注苏诗,引惠洪和尚的《冷斋夜话》,说瑞香有黄色和紫色两种,还有一种紫瓣金边的,最初出产于庐山,现在到处都有。(冯应榴说,《冷斋夜话》中没有这一条,查慎行可能引错了。)而《咸淳临安志》记载:瑞香有一种大的,叫锦熏笼。

天圣是宋仁宗赵祯的年号,此时距东坡出生还有好些年,按吴曾的说法,瑞香是这时才流传开来的。具体情形,

辑二 | 67

他没有说。根据苏轼的诗来推测，可能也和南唐时一样，是皇家引进宫中，近臣纷纷作诗赞颂，于是声名鹊起，经由士大夫而渐入民间。刁景纯的诗写赏瑞香花而回忆前朝的宫中宴会，可见他曾在宫中观赏过瑞香。苏诗更明确地说："厌从年少追新赏，闲对宫花识旧香。"称瑞香为宫花，是多年前的相识。看到瑞香，怀念在朝廷的日子，希望早日回到京城。

在次韵刁约诗之前，元祐六年的二月九日，苏轼在杭州，还写了另一首著名的瑞香诗《次韵曹子方龙山真觉院瑞香花》：

> 幽香结浅紫，来自孤云岑。
> 骨香不自知，色浅意殊深。
> 移栽青莲宇，遂冠薝卜林。
> 纫为楚臣佩，散落天女襟。
> 君持风霜节，耳冷歌笑音。
> 一逢兰蕙质，稍回铁石心。
> 置酒要妍暖，养花须晏阴。
> 及此阴晴间，恐致忾墙霖。
> 彩云智易散，鹎鴂忧先吟。

明朝便陈迹，试著丹青临。

曹辅字子方，是东坡的晚辈，他父亲曾经跟随东坡学习文章。曹辅从福建到杭州，作为东道主的苏轼极为热情，陪他游览西湖等名胜，多有诗歌唱和。而到真觉院赏瑞香，宾主兴致尤高，东坡除了这首五言诗，还做了三首西江月词。第一首题作《真觉赏瑞香二首》：

公子眼花乱发，老夫鼻观先通。领巾飘下瑞香风，惊起谪仙春梦。

后土祠中玉蕊，蓬莱殿后鞓红。此花清绝更纤秾，把酒何人心动。

客中有人唱和，东坡就再次韵一首《坐客见和复次韵》：

小院朱阑几曲，重城画鼓三通。更看微月转光风，归去香云入梦。

翠袖争浮大白，皂罗半插斜红。灯花零落酒花秾，妙语一时飞动。

瑞香和紫丁香相似，因此有人质疑说，他们在真觉院观赏的恐怕不是瑞香，而是紫丁香。东坡为此作了第三首《再用前韵戏曹子方。坐客云瑞香为紫丁香，遂以此曲辩证之》：

> 怪此花枝怨泣，托君诗句名通。凭将草木记吴风，继取相如云梦。
>
> 点笔袖沾醉墨，谤花面有惭红。知君却是为情秾，怕见此花撩动。

前引的五言诗中，东坡说曹子方"君持风霜节，耳冷歌笑音。一逢兰蕙质，稍回铁石心"。意思是曹子方这个人，为人刚直，不苟言笑，一旦见到瑞香这样奇异美丽的花，铁石心肠也变软了。这是和朋友开玩笑。词中则再次拿曹子方打趣："知君却是为情秾，怕见此花撩动。"怕被好花打动，不能自已，才故意错认吧。词前自注说"坐客"错认，细玩词意，错认者不是别人，就是曹子方。

瑞香花的形色与紫丁香区别很大，不知为何古人总说分不清。宋人吕大防的《瑞香图序》说：

瑞香，芳草也，其木高才数尺，生山坡间，花如丁香，而有黄、紫二种，冬春之交其花始发，植之庭槛，则芳馨出于户外，野人不以为贵，宋景文亦阙而不载。予今春城后二十年守成都，公庭、僧圃靡不有也。

《广群芳谱》也提到这一点：

瑞香，一名露甲，一名蓬莱紫，一名风流树。高者三四尺许，枝干婆娑，柔条厚叶，四时长青，叶深绿色，有杨梅叶、枇杷叶、荷叶、挛枝。冬春之交开花成簇，长三四分，如丁香状，共数种，有黄花、紫花、白花、粉红花、二色花、梅子花、串子花，皆有香，惟挛枝花紫者更香烈。枇杷叶者结子，其始出于庐山，宋时人家种之，始著名。挛枝者其节挛曲，如断折之状。其根绵软而香，叶光润似橘叶，边有黄色者，名金边瑞香。枝头甚繁，体干柔韧，性畏寒，冬月须收暖室或窖内，夏月置之阴处勿见日。此花名麝囊，能损花，宜另种。

这里说瑞香"名麝囊，能损花"，后来李渔在《闲情偶寄》里加以发挥，把瑞香称为花之小人：

取而嗅之，果带麝味，麝则未有不损群花者也。同列众芳之中，即有明侪之义，不能相资相益，而反祟之，非小人而何？

他又说，幸好瑞香开在冬春之际，除了梅花和水仙，其他花都已凋落，所以危害不大。麝能损害花，这个我不懂。惠洪的《次韵真觉大师瑞香花》：

> 浅色映华堂，清寒熏夜香。
> 应持燕尾剪，破此麝脐囊。
> 有恨成春睡，无人见洗妆。
> 故山烟雨里，寂寞为谁芳。

杨万里的《瑞香花新开五首·其一》：

> 外着明霞绮，中裁淡玉纱。
> 森森千万笋，旋旋两三花。
> 小霁迎风喜，轻寒索幕遮。
> 香中真上瑞，兰麝敢名家。

都以麝香比瑞香，看来瑞香的香气确实近似麝香。也许只是因为瑞香的香味太浓烈。但瑞香仅仅因为香味如麝，就和麝一样，会损害其他的花？

瑞香浓烈到什么程度呢？它能把昼寝的和尚从梦中惊醒。还有记载说，把瑞香整棵砍下，和其他草木放在一起烧，满屋都香气弥漫。紫色瑞香最香，与别的花混在一起，诸花都失去香味，只剩下瑞香的香冉冉袅袅、沁人心脾。所以民间说，这是瑞香把其他花的味道都夺走了，故瑞香又叫夺香花。

东坡次韵刁景纯诗，作于熙宁七年，即一〇七四年，那年他三十九岁。游真觉院赏瑞香诗，作于元祐六年，即一〇九一年，他五十六岁。相隔十七年，两首诗不约而同都提到屈原："纫为楚臣佩""好纫幽佩吊沉湘"。香草象征高洁。虽远谪蛮荒之地，爱国济世之心不变。除了个人遭际，苏轼想到屈原，还有一个原因，就是明朝杨慎在《升庵诗话》中指出的："瑞香花，即楚辞所谓露甲也。"露甲，一般作露申，见屈原《涉江》："露申辛夷，死林薄兮。"露申指申椒，也有说法是指瑞香。东坡可能也想到了后一种说法。瑞香和辛夷，两种香草，都枯萎在林中。"香草美人本离骚"，奇怪的是，屈原之后，诗文中提到瑞香，并不多见，倒是楚辞中的其他香草，如兰芷蕙茝之类，成为习用的典故。屈原香草不离身，纫以为佩的众芳之中，也许就有瑞香。杨慎自己也写了瑞香诗：

> 小屏残梦暖香中，花气撩人怯晓风。
> 绣被堆春蝴蝶散，开帘忽见锦薰笼。

锦薰笼得名于陈子高的《九日瑞香盛开有诗》："宣和殿里春风早，红锦薰笼二月时。"说到这个别名，东坡元丰元年作《浣溪沙·徐州藏春阁园中》，词中有两句："化工余力染夭红""甚时名作锦熏笼"，但显然与瑞香没有关系。

瑞香千余年"默默无闻"，到北宋中期才为士大夫所赏识，和蜡梅的经历相似。宋朝是中国文化最发达的朝代，仅就文人赏玩的雅趣而言，不少野生花草是在宋朝才从深山大泽走入千家万户，进入诗词歌赋里的。比如黄庭坚《戏咏高节亭边山矾花二首》序中提到的山矾：

> 江南野中，有一种小白花，木高数尺，春开极香，野人号为郑花。王荆公尝欲求此花栽，欲作诗而陋其名，予请名山矾。野人采郑花以染黄，不借矾而成色，故名山矾。

连名字都是他起的。在唐朝，钱起有一首五律：

> 得地移根远，交柯绕指柔。
> 露香浓结桂，池影斗蟠虬。
> 黛叶轻筠绿，金花笑菊秋。
> 何如南海外，雨露隔炎洲。

有人认为是写瑞香的，但题目明明是《赋得池上双丁香树》。

今人以金边瑞香为贵，古人独尊挛枝紫花的一种。《广群芳谱》说，瑞香"挛枝花紫者更香烈"。杨万里写瑞香最好的一首七律《瑞香》，也是宋人写瑞香最好的一首诗，就特地点明是挛枝的品种：

> 买断春光与晓晴，幽香逸艳独婷婷。
> 齐开忽作栾枝锦，未坼犹疑紫素馨。
> 绝爱小花和月露，折将一朵簪银瓶。
> 今年偶忆年时句，倦倚雕栏酒半醒。

2017 年 3 月 21 日

此心安处是吾乡

宋神宗元丰二年,乌台诗案发生,苏轼被捕。经多方营救,他死里逃生,被贬为黄州团练副使。苏轼的亲朋好友,有多人受牵连,其中北宋名相王旦的孙子王巩,字定国,被贬到宾州,即如今的广西宾阳,监督盐酒税务。宾州当时属广南西路,地处偏僻,生活极为艰苦。王巩南迁,带了家中歌女柔奴同行。三年后北归,与苏轼相见。苏轼问柔奴,岭南蛮荒之地,风土很不好吧?柔奴回答说:此心安处,便是吾乡。苏轼闻此,大为感动,写下著名的《定风波》词:

  常羡人间琢玉郎,天教分付点酥娘。自作清歌传皓齿，风起，雪飞炎海变清凉。

万里归来颜愈少，微笑，笑时犹带岭梅香。试问岭南应不好？却道：此心安处是吾乡。

词前有小序：

> 王定国歌儿曰柔奴，姓宇文氏，眉目娟丽，善应对，家世住京师。定国南迁归，余问柔："广南风土，应是不好？"柔对曰："此心安处，便是吾乡。"因为缀词云。

孙宗鉴《东皋杂录》记此事，添加了一句，说"东坡喜其语"。这个"喜"字，真是令人思绪万千。东坡岂止是"喜"其语呢？"此心安处"这句话，世人多以为旷达而爱之，自无不可，但知堂老人说：此言甚柔和，却是极悲凉。这才说到深处。古代贬官，流落于遥远荒凉之地，多有病死者。东坡晚年被贬海南，最大的心愿，便是死前能够北归。黄庭坚被贬宜州，也是在今天的广西，结果病死于当地，年才五十一岁。秦观被贬在今日广东的雷州，放还途中病故，年才五十二岁。更往前，韩愈因谏迎佛骨被唐宪宗贬至潮州，他那样以道义自许的倔强汉子，流放途中遇到侄孙韩湘，所赠的诗中，也不免哀情毕露："云横秦岭家何在，雪拥蓝关马不前。知汝远来应有意，好收吾骨瘴江边。"他不认为自己能够生还，所以拜托侄孙收拾他的骸骨。

事实上，在乌台诗案受牵连的诸人中，王巩是处罚得特别重的。王巩曾经跟随苏轼学文，和苏轼关系之亲密，不亚于苏门六君子中的各人。诗案主事者之一的舒亶，诗词都算名家，但不知为何，对苏轼恨之入骨，必欲置之于死地，对苏轼的朋友，也不肯放过。他说苏轼"与王巩往还，漏泄禁中语，阴同货赂，密与宴游"。用词非常险毒。王巩遭贬时，幸亏人还年轻，才三十二岁，体格尚健，终能熬过异乡的磨难。另外，他性格也很豁达，这一点，与东坡相似。苏轼诗集施注说他："亦几死，而无幽忧愤叹之意。"真是了不起。

王巩在宾州期间，和苏轼往来通信。苏轼对他受自己连累，心中愧疚，十分不安。王巩反而转过来安慰苏轼，说自己精于道家养生之法，修行不废，身体是无碍的。广西出产丹砂，苏轼写信给王巩说："桂砂如不难得，致十余两尤佳。如费力，一两不须致也。"可以看出两人的亲密无间。

元丰六年，苏轼为王定国诗集作序，其中说：

今定国以余故得罪，贬海上三年，一子死贬所，一子死于家，定国亦病几死。余意其怨我甚，不敢以书相闻。而定国归至江西，以其岭外所作诗数百首寄余，皆清平丰融，蔼然有治世之音，其言与志得道行者无异。幽忧愤叹之作，盖亦有之矣，特恐死岭外，而天子之恩不及报，以忝其父祖耳。孔子曰："不怨天，不尤人。"定国且不我怨，而肯怨天乎。余然后废卷而叹，自恨期人之浅也。

又念昔日定国遇余于彭城，留十日，往返作诗几百余篇，余苦其多，畏其敏，而服其工也。一日，定国与颜复长道游泗水，登桓山，吹笛饮酒，乘月而归。余亦置酒黄楼上以待之，曰："李太白死，世无此乐三百年矣。"

今余老，不复作诗，又以病止酒，闭门不出。门外数步即大江，经月不至江上，眊眊焉真一老农夫也。而定国诗益工，饮酒不衰，所至翱翔徜徉，穷山水之胜，不以厄穷衰老改其度。今而后，余之所畏服于定国者，不独其诗也。

敬佩王巩，非独其诗，更在其品格，不怨天尤人，不以穷困而改变生活态度。儿子夭折，王巩自己也差点病死，这样的遭遇够悲惨了。柔奴说心安，正如朝云深知东坡，也是说出了王巩的心里话。

此心安处，便是吾乡，这个意思，颇似出于佛书。然而我对佛书所知甚少，不知其中可否找到来源。类似的话，白居易诗中倒是屡屡提到，最明白的一例是"老来尤委命，安处即为乡"。那是他想在庐山结一草堂隐居时写下的。这一年，也正是他写下《琵琶行》的时候。《琵琶行》中多凄苦之语，那时他贬谪在江州。在《初出城留别》中，白居易还写道："我生本无乡，心安是归处。"香炉峰下新卜山居，草堂初成，他"偶题东壁"，做了一首七律。随后，又以此题再做三首。第三首如下：

> 日高睡足犹慵起，小阁重衾不怕寒。
> 遗爱寺钟欹枕听，香炉峰雪拨帘看。
> 匡庐便是逃名地，司马仍为送老官。
> 心泰身宁是归处，故乡何独在长安？

从这些诗句来看，可见心安云云是有无奈的意思在里头的。赵翼说白居易出身贫寒,生活容易满足,故能自得其乐。白居易字乐天,真是名副其实。苏轼很佩服也很喜欢白居易,自号东坡,便是从白居易诗中而来的。这两位都以乐天知命著称,但无妨也有悲伤的时候。旷达和无奈,本就是一件事的两面。苏轼晚年,作《自题金山画像》,备极沉痛:

> 心似已灰之木,身如不系之舟。
> 问汝平生功业,黄州惠州儋州。

贬谪海南之际,苏轼作诗给弟弟苏辙,表示要以古代的贤人箕子为榜样,人到哪里,就把哪里作为家乡,并把文化的种子带到哪里。《吾谪海南,子由雷州;被命即行,了不相知。至梧乃闻其尚在藤也。旦夕当追及,作此诗示之》:

> 平生学道真实意,岂与穷达俱存亡。
> 天其以我为箕子,要使此意留要荒。
> 他年谁作舆地志,海南万里真吾乡。

但在《澄迈驿通潮阁二首·其二》中,他说:

> 余生欲老海南村,帝遣巫阳招我魂。
> 杳杳天低鹘没处,青山一发是中原。

远望中原,归思难耐。虽然心中已做好终老海南的准备,但即使死后,灵魂也是要回到故乡的。唐末诗人韩偓晚年因战乱流落在福建南安,《春尽》诗中有句:"人闲易有芳时恨,地迥难招自古魂。"也用了招魂的典故。家乡,不管怎么说,总是不可替代的。

2015 年 5 月 2 日

门前一树马缨花

中学时候读《聊斋志异》，有几篇特别喜爱，其中就有《王桂庵》。故事里，北方世家子弟王桂庵南游，泊舟江岸时，邂逅邻船上一位姑娘芸娘。他诵诗达意，眉目传情，那姑娘也为之心动。不料好戏刚开始，姑娘的船忽然驶开。王桂庵多方追寻，没有结果。回到家里，心里搁不下，思久成梦，在梦里见到心上人。后来借助这个梦，千里追寻，终于成就姻缘。梦境的核心是一句很美的诗：

> 一夜，梦至江村，过数门，见一家柴扉南向，门内疏竹为篱，意是亭园，径入。有夜合一株，红丝满树。隐念诗中"门前一树马缨花"，此其是矣。过数武，苇

笆光洁。又入之,见北舍三楹,双扉阖焉。南有小舍,红蕉蔽窗。探身一窥,则榻架当门,胃画裙其上,知为女子闺闼,愕然却退。而内亦觉之,有奔出瞰客者,粉黛微呈,则舟中人也。喜出望外,曰:"亦有相逢之期乎!"

马缨花就是合欢,也叫夜合花,因为花丝绯红纷披如马缨,故名。这是汉朝人特别喜欢的花,不仅树和花都洁净好看,名字的意思也好。"门前一树马缨花",《聊斋志异》的注本说,出自元代大诗人虞集的《水仙神》诗。全诗如下:

> 钱塘江上是奴家,郎若闲时来吃茶。
> 黄土筑墙茅盖屋,门前一树马缨花。

注者吕湛恩说,有人告诉他这是虞集的诗,但他在虞集的《道园学古录》和《道园类稿》中,都没有找到。

没找到理所当然,因为这首诗并非虞集的诗,而是张雨的《湖州竹枝词》。只不过,诗的首尾两句文字有异。在《湖州竹枝词》中,首句是"临湖门外是侬家",末句是"门前一树紫荆花"。地名暂且不说,花从马缨花变成紫荆花,画面很不相同了。

张雨也是元代名诗人，他是道士，但交游广泛，和同时代的文人关系密切。史书对他的诗评价很高，说他"虽出处不同，其为词章之宗匠一也"。他比虞集小十一岁，认虞集为师，彼此之间，多有酬赠。他是钱塘人，熟悉南方风物，《湖州竹枝词》清新雅丽，能代表他诗风中最好的一面。绝句如《吴兴道中》，也是如此：

> 眠溪大树不见日，牧鹅小儿兼钓鱼。
> 南风相送玉河口，舟子饭时吾读书。

> 扁舟偶趁采樵风，题扇书裙莫恼公。
> 何处人间无六月，碧澜堂上雨声中。

张雨的诗如何变成了虞集的诗，《竹枝词》又如何变成了《水仙神》诗呢？

陶宗仪的《南村辍耕录》记载了另一位元代大诗人揭傒斯的一次奇遇：

> 揭曼硕先生未达时，多游湖湘间。一日，泊舟江涘，夜二鼓，揽衣露坐，仰视明月如昼。忽中流一棹，渐近

舟侧，中有素妆女子，敛衽而起，容仪甚清雅。先生问曰："汝何人？"答曰："妾商妇也。良人久不归，闻君远来，故相迎耳。"因与谈论，皆世外恍惚事。且云："妾与君有夙缘，非同人间之淫奔者，幸勿见却。"先生深异之，迨晓，恋恋不忍去。临别，谓先生曰："君大富贵人也，亦宜自重。"因留诗曰："盘塘江上是奴家，郎若闲时来吃茶。黄土筑墙茅盖屋，庭前一树紫荆花。"明日，舟阻风，上岸沽酒，问其地，即盘塘镇。行数步，见一水仙祠，墙垣皆黄土，中庭紫荆芬然。及登殿，所设像与夜中女子无异。

揭傒斯和虞集都名列元诗四大家，他和张雨也是熟人。故事中的诗与张雨之作大致相同，只把地名改为"盘塘"。盘塘，钱塘，读音近似，因传诵而误，不足为奇。值得注意的是，在这个显然是从白居易的《琵琶行》移植来的故事中，女主人虽然自称商妇，实际上是水仙。文人遇仙，唐人盛称。绝大多数时候，遇仙，还有会真，不过是章台柳巷狎邪之游的文雅说法。陶宗仪的这个故事，使张雨诗发生了两个转变：一是原作者张雨被隐去，二是把这首诗和水仙联系起来。以后进一步嫁名虞集，或许是后人把他和揭傒斯弄混了。

到清朝,郑板桥抄写了这首诗,因此还有人把这首诗归到郑板桥名下。郑板桥继续改换地名,"盘塘江"变成了"溢江",然而花还是紫荆花。紫荆花改为马缨花,似只《聊斋志异》一例。

蒲松龄不见得读过张雨,但他应该读过《南村辍耕录》中的《奇遇》。关于停船相逢,前有崔颢的"停船暂借问,或恐是同乡",后有白居易的"同是天涯沦落人,相逢何必曾相识"。崔诗亲切,白诗怅惘,两种情怀结合在一起,便造就了揭傒斯的故事。而《王桂庵》开头的情景,未尝不是崔白诗境的又一次美好演绎。蒲松龄渲染芸娘居住的环境之美:疏竹为篱,红蕉蔽窗,夜合一株,红丝满树。合欢和美人蕉搭配,不仅更有诗情画意,而且富于暗示意味。

说到这里,还有一个问题:为什么说是张雨的诗被误当虞集诗,而不是反过来,是虞集的诗误归到张雨头上呢?我想,除了诗集收录的情况,还有两点,也是非常重要的两点,可以说明这个问题。第一,诗中的景物描写,以及景物描写中透露出的随便和亲切,更像江南乡村的民家,而不是神祠,尽管乡下的神祠确有简陋一如民家的。第二,人物说话的口气,也更像民间少女,而非女神。虞集大诗人,不至于一首诗都写不贴切。第三,《湖州竹枝词》中交代地点,是家在"临湖门外",后面以"黄土筑墙茅盖屋"形容之,前后自然,符合逻辑。虞集版,地点成为"钱塘江上",当然更切合水仙的身份,但泥墙茅顶的小屋,就显得突兀了。水神身在烟波缥缈之间,曲终人不见,江上数峰青,大致是这样的风韵,不好完全坐实。何况说水仙祠在江上,也容易引起歧义。

虞集、揭傒斯和张雨互相都有交游,张雨的名气远不如虞集,由于《南村辍耕录》中的故事,《湖州竹枝词》渐被传改,而归于名气更大的虞集名下,实在也很顺理成章。可以想象,若非《聊斋志异》使得此诗广为流传,"涨江"版被当作郑板桥的创作而为民众所接受,也不是不可能的。

张雨的绝句,大体上是丽而雅,又有一种风流态度在里头。方外之人,偏能如此,也是有意思的事。苏曼殊的绝句颇受时人推崇,我不知道他是否读过张雨,受过张雨的影响。事实上,张雨的绝句,是既比他早、比他多,也比他好的。读过张雨,再来读苏曼殊,印象会约略有些改变的吧,虽然苏曼殊要绮靡得多了。

这里且抄几首张雨的小诗:

凌波仙

春云如水碧粼粼,谁见凌波袜上尘。

洛浦湘皋都是梦,手中花是卷中人。

偶成

黄篾楼中枕书卧,双鹤交鸣惊梦破。

青天坠下白云来,卷帘一阵杨花过。

遵道竹枝

筼筜谷口白云生,云里琅玕万玉声。

惊破幽人春枕梦,一窗斜月半梢横。

题理妆士女

谁见新妆出绣帏,辛夷花下六铢衣。

莫教蜂蝶知踪迹,闲与邻娃斗草归。

在《马远小景二首》中,张雨提到了水仙祠:

其一

柳未藏鸦雪未消,春衫游子马蹄骄。

去年沽酒楼前路,错认桃花第一桥。

其二

玉砂卷海白模糊，千树梅花扫地无。
仿佛水仙祠下路，金枝翠带不胜扶。

除了《湖州竹枝词》，他还有一首《西湖竹枝词》，不过不是那么好：

光尧内禅罢言兵，几番御舟湖上行。
东家邻舍宋大嫂，就船犹得进鱼羹。

还可顺便提一句。龚自珍的《梦中述愿》也写到水仙，是《乙亥杂诗》中最美的几首之一：

湖西一曲坠明珰，猎猎纱裙荷叶香。
乞貌风鬟陪我坐，他身来作水仙王。

这首诗显然使用了《南村辍耕录》的典故。以此而论，诗中女子，即妓女无疑，而不可能是纷纷传言中的贵族女性。

2014 年 4 月 4 日

红袖织绫夸柿蒂

金庸先生《笑傲江湖》第十四章，身负重伤的令狐冲坐船东行，各路江湖人物为讨好身为日月神教"圣姑"的任盈盈，千方百计大献殷勤一节，奇人异事层出不穷。如钱锺书先生盛赞的苏东坡诗中令人应接不暇的博喻，一波未平，一波又起，匪夷所思而又理所当然，读来特别痛快。祖千秋谈酒论杯，尤为书迷津津乐道。关于梨花酒，祖千秋说：

> 饮这坛梨花酒呢？那该当用翡翠杯。白乐天《杭州春望》诗云："红袖织绫夸柿叶，青旗沽酒趁梨花。"你想，杭州酒家卖这梨花酒，挂的是滴翠也似的青旗，映得那梨花酒分外精神，饮这梨花酒，自然也当是翡翠杯了。

这里提到的白居易诗,全诗如下:

> 望海楼明照曙霞,护江堤白踏晴沙。
> 涛声夜入伍员庙,柳色春藏苏小家。
> 红袖织绫夸柿蒂,青旗沽酒趁梨花。
> 谁开湖寺西南路,草绿裙腰一道斜。

白居易的七律,若论风致,以此首为第一。颔联、颈联,乃至最后的"草绿裙腰",都是难得的佳句。所谓梨花酒,白居易有注:"其俗,酿酒趁梨花时熟,号为梨花春。"唐人称酒为春,这又是一例。至于"红袖织绫夸柿蒂",各选本均有注释。金庸晚年修订其作品,上述一节,在引用了白诗之后,扩充为:

> 你想,杭州酒家在西湖边上卖这梨花酒,酒家旁一株柿树,花蒂垂谢,有如胭脂,酒家女穿着绫衫,红袖当垆,玉颜胜雪,映着酒家所悬滴翠也似的青旗,这嫣红翠绿的颜色,映得那梨花酒分外精神。

这段文字优美迷人，赶得上《水浒传》中武松醉打蒋门神一回对孟州道上夏日小酒店的描写，问题只在于，如此演绎白居易诗就不对了。所谓红袖，是织绫的女子，不是卖酒女郎。那有漂亮图案的绫，也不是穿在当垆女身上，而是正在纺织的织物。柿蒂，不是真有一棵柿子树，而是绫上的图案。柿蒂是柿子果实的蒂，不是花蒂。柿蒂幼时青色，柿子成熟时为棕黄色，不可能红如胭脂。柿蒂纹，是仿柿蒂的图案，先秦两汉即已流行，也有人称为四叶纹。唐时南方的丝绸上，是常见的图案。白居易这句诗也有注："杭州出柿蒂，花者尤佳也。"吴自牧《梦粱录》记载：杭州产绫有柿蒂、狗蹄多种，"皆花纹特出，色样织造不一"。

绫是一种质地柔软轻薄的丝织品，"光如镜面有花卉状者曰绫"。花样繁多的绫中，浙江的缭绫最为有名。沈从文先生《中国古代服饰研究》里说："江南则有方棋、水波、龟子、鱼口、绣叶、马眼、白编、双距、蛇皮、竹枝、柿蒂等绫。"先织后染的纺织物，叫作"染缬"。唐代的技术特别发达，普通有绞缬，"以青碧花色为主"，有蜡缬，即蜡染，"花纹特别细致"，有夹缬，"能套染多种颜色"，"缬有大撮晕、玛瑙、柿蒂、鱼子、斑缬等等名称"。

柿蒂绫值得"夸"，因为这是极精美的一种绫，或即缭绫的一种。白居易新乐府有一首《缭绫》，就专咏其工艺之美、制造之难：

> 缭绫缭绫何所似？不似罗绡与纨绮。
> 应似天台山上明月前，四十五尺瀑布泉。
> 中有文章又奇绝，地铺白烟花簇雪。
> 织者何人衣者谁？越溪寒女汉宫姬。
> 去年中使宣口敕，天上取样人间织。
> 织为云外秋雁行，染作江南春水色。

宋人诗云："遍身罗绮者，不是养蚕人。"绫这样贵重的丝织品，穷人是穿不起的。织绫的姑娘，只能荆钗布裙。

唐代仕女着柿蒂纹长裙的实物，最典型的是西安王家坟村九十号唐墓出土的三彩俑，沈从文先生形容为"高髻，着锦半臂，小袖衣，柿蒂绫长裙"。李知宴《中国陶瓷·唐三彩》中描写得更具体：

> 长裙高束胸际，裙裾宽舒，长垂曳地，领镶酱色锦边，衣上绣出八瓣菱形宝相花，袖边绣出绿色连续的双圈纹，嫩绿色长裙，向上下作放射状褶条，每个褶条上

绣柿蒂纹,脚穿云头鞋,端坐在藤条编织的坐墩上,坐墩作束腰形,镶嵌双圈、宝相花、石榴花纹,左手作持镜照面状,右手伸出食指作涂脂状,她应当是唐代宫廷中的人物,或是身份很高的贵妇形象。

金庸原版文字本来无误,修订版画蛇添足,反成误解。为什么会出现这种情况呢?一种可能是金庸故意抛开原诗,尽兴写出他梦中旖旎的江南烟景。还有一种可能是,他以此来表现祖千秋的洒脱,同时对祖千秋的风雅,来点不动声色的讽刺。后文写到,祖千秋说喝八种美酒,须用八种酒杯,即羊脂白玉杯、犀角杯、夜光杯、古藤杯、琉璃杯、古瓷杯、翡翠杯、古铜爵,每一种均极难得,而他都随身而带。只可惜,不巧加不幸,野牛闯进了瓷器店,古藤杯被桃谷六仙中的桃根仙咬碎吞吃了,剩下的,藏在祖千秋怀里,又被桃枝仙恶作剧,故意一撞,全部撞碎撞扁了。

2015 年 11 月 9 日

梦幻蜡梅花

宋人称蜡梅为黄梅花。我没见过梅花,早先读书不求甚解,以为黄梅花顾名思义,就是黄色的梅花。梅花颜色在红白之间,书上说还有绿的,大概和绿色的菊花一样,是洁白中隐隐浮着一层绿意吧。这种绿菊我在武汉磨山的菊展上见过。如果绿色绿到和叶子差不多,那就不可思议了。花的颜色很有意思,变种中常有意想不到的情况出现。大仲马的小说《黑郁金香》,写一个青年医生培育出没有一点杂色的黑郁金香。现在,"黑色的"郁金香已经有了,但看照片,不过是蓝紫色重一些罢了。金银花先白后黄,司空见惯,可是在纽约路边第一次看见粉紫色的金银花,还是大为惊奇。牵牛花有白的、红的、蓝的、紫的,据说没有黄的，不知是否如此。受大仲马启发，日本侦探小说家东野圭吾写了一本《梦幻花》，说的就是牵牛花中的"神异"品种：黄色牵牛花。黄牵牛的种子可作迷幻剂，因此引出一桩凶杀案来。蜡梅和梅花本非同类，以梅相称，不过因开放季节相近，花的大小和形状近似，且又皆具幽香。称作黄梅花，似乎从侧面证明，梅花确实没有黄色的。

小时候熟悉的花，大半是山野之物。机关院里种植的，无非指甲花、一串红之类。泡桐花和槐花，没人觉得是观赏植物，也不是为此而种的，虽然真是不俗。桃花自然有，但不成林，偶尔一棵两棵，渲染不出"川原近远蒸红霞"的气氛。后来到武汉大学，喜欢校园山坡上到处点缀的碧桃，花朵重瓣异色，衬着比桃叶更绿的叶子，是天然的工笔画。剩下来，觉得最可一说的，第一是兰花，第二就是蜡梅了。上市的兰花是农民从山上采的，只取花茎，不带叶，用一根湿稻草缠扎成小束卖，一束七八枝。买回插在水瓶里，可以养好多天。兰花颜色浅，是一种象牙黄，不起眼。颜色稍重的，淡褐色，带斑点和色纹，就更加普通。很少人会去欣赏花的姿态，只喜欢它的清香。相比兰花，蜡梅很少，没听说有野生的，街上也没有卖的——也许有，我没见到。一般都是从种花人家讨来。不能多，顶多两三小枝。

每年冬天，春节前后，家里多半插几枝蜡梅。简朴的日子里，插兰花，折蜡梅，案头碟子里供一只木瓜，盘子里铺几十粒小鹅卵石养一圈蒜苗，就像寒夜围着炭火，烧几颗栗子，烤一块红薯或糍粑，是随意的一点超越物质障碍的享受。

宋人咏黄梅花的诗，最爱王安石弟弟安国的这首七律《黄梅花》：

> 庾岭开时媚雪霜，梁园春色占中央。
> 未容莺过毛先类，已觉蜂归蜡有香。
> 弄月似浮金屑水，飘风如舞曲尘场。
> 何人剩着栽培力，太液池边想菊裳。

尤袤的一首五律《蜡梅》也值得一提：

> 破腊惊春意，凌寒试晓妆。
> 应嫌脂粉白，故染曲尘黄。
> 缀树蜂悬室，排筝雁着行。
> 团酥与凝蜡，难学是生香。

曲尘我也没见过，读了尤袤的诗，才明白王安国说"飘风如舞曲尘场"也是形容蜡梅的颜色的。蜡梅花萼色泽淡黄，薄而稍硬，掰下一瓣，圆凸的形状不变。捻在指间似滑而涩，轻掐有痕，仿佛蜡的质地。所以王安国和尤袤两位不约而同，都以蜂蜡来比喻。李时珍《本草纲目》中就直截了当地说蜡梅"色似蜜蜡"。"弄月似浮金屑水"，写得迷离朦胧，有悠远的韵致。按说金屑一词有点干巴巴、硬邦邦的，加上水和月，就柔和了。只有自家庭院里种了蜡梅的人，朝夕相伴，才会有如此感受。

三十多年前，我在高中念书，校长办公室所在的一所小院，中庭便有一株很大的蜡梅。开花季节，必须细心看护，不然会被外人折尽。外人防住了，学校自己人像分红利一样，少不了每年一番瓜分。结果，那株蜡梅年年都是同样大小，枝条既不见高，也不见密。小院两边，一间间办公室，人进人出，几无停时。我们几个要好的同学，曾经窥探过几次，未能逮到机会，但看是看熟了。

几年前，摸索着学填词，填了一首《念奴娇》，题为《忆中学内院蜡梅》，就写这一段往事：

夕吹撩乱，恍轻寒，幽砌暗分香缕。金屑似浮流水去，依约舟痕烟溆。雀语空檐，苔残冻井，缟素风前舞。

一枝难折,娟娟霜月庭路。

　　别后云浅山圆,兰成未老,事过如飘絮。幸不相随,尘影重,却误他乡春暮。何事情牵,几曾醉醒,剩有闲诗句。天涯唤起,为倾千树花雨。

词中的"兰成",指北朝大诗人庾信,庾信小字兰成。兰成离开家乡到北方,仍当壮年。词中"夕吹撩乱"四字,是从杨万里那里借来的;"金屑",是从王安国那里借来的。杨万里的诗《蜡梅》写得可爱:

　　　　栗玉圆雕蕾,金钟细著行。
　　　　来从真蜡国,自号小黄香。
　　　　夕吹撩寒馥,晨曦透暖光。
　　　　南枝本同姓,唤我作他杨。

这里蜡梅又有个别名叫小黄香。杨万里的"真蜡"和"黄香"两个词,像是八股文里的破题,好玩至极,我想借用而未得。这首词只求达意,其实是经不起推敲的。宋人有菊花究竟落不落的公案,我的"为倾千树花雨",肯定犯了错误:蜡梅不会如桃花和海棠一般纷纷飘落。可是,要是在蜡梅树下，晚风起时，真有花瓣弥漫，堕人一身，不是很可回味吗？

我十七岁离家，我长大的那座县城早已面目全非。离家时和父母挥别的西门口早已不存在，幼时紧邻而居的湖已被填平，盖成一片黑压压的商品楼。除了地名和亲友，县城和我的记忆再无联系。中学里外，和三两同学经常攀爬、坐在横枝上聊天的大柳树，围墙外杂草丛生的旧城墙埂，墙埂上临水照影的刺槐，都不在了。我不相信，也不敢期望，当年的那株蜡梅还能幸存到今天。

对于蜡梅，我全部的记忆不过如此。后来在武汉和北京，十年之间，不曾再见。居纽约二十余年，更恍然不知蜡梅为何物。然而人与外事外物的关系，不能简单地以接触的长久和频繁来衡量，有视而不见，也有一见难忘。古人说人与人的交往，有白头如新，也有倾盖如故。这话延伸到书、画、玩物、城市、景色、音乐，直至某个特定时刻、特定情景下的风、声音、温度、触感、颜色和气味，我都觉得真切。

想到蜡梅，有时会把它的叶子和丁香混在一起，它的枝条又使我想到迎春和连翘，因为丁香、迎春和连翘都是常见的。但我终于想不起蜡梅究竟是乔木还是灌木，它的果实又如何。网上和书上的图片倒是越来越多，我可以对着图片作最细致的描绘,细致到千言万语而不觉冗杂和空洞,就像普鲁斯特描写他心爱的山楂花一样。但我不想这样,宁愿凭有限的记忆来拼写其姿容。

宋人诗话中颇有关于蜡梅的典故,当年曾摘录不少。首先当然是赵彦卫《云麓漫钞》中广为人知的一则:

> 今之蜡梅,按山谷诗后云:"京洛间有一种花,香气似梅花,亦五出而不能晶明,类女功捻蜡所成,京洛人因谓蜡梅。木身与叶乃类蘘荷。窦高州家有一丛,能香一园。"

因为这个故事,花名一词,我更愿用"蜡梅"而非"腊梅"。第二个典故出自《王直方诗话》:

> 蜡梅,山谷初见之,作二绝。一云:"金蓓锁春寒,恼人香未展。虽无桃李颜,风味极不浅。"一云:"体熏山麝脐,色染蔷薇露。披拂不满襟,时有暗香度。"

两则故事都牵涉黄庭坚。蜡梅在北宋末才在士大夫间流行开来,说来真是难以置信。大约最初只是山野间物,开时又值严冬,故此识者不多。这两首五言小诗,在山谷诗中不算好,但为蜡梅扬名,功德无量。山谷还有几首向人索求蜡梅的诗,由此可见当时蜡梅不太容易得。《从张仲谋乞蜡梅》写道:

闻君寺后野梅发,香蜜染成宫样黄。
不拟折来遮老眼,欲知春色到池塘。

其中的描写,和王安国、杨万里等人一样,也透着新奇之感。蜡梅入诗入世都不如梅花那么久远,人们对它所知不多。因此,王安国才会写出这样的首联:"庾岭开时媚雪霜,梁园春色占中央。"庾岭梅花天下闻名,写蜡梅用庾岭的典故,严格说来是不准确的。同样,西汉梁孝王的花园里奇花异草繁多,从没听说过有蜡梅。谢惠连作《雪赋》,假借梁园为背景:"岁将暮,时既昏,寒风积,愁云繁。梁王不悦,游于兔园",召来众文士饮酒作赋。以后说起梁园,必夸耀雪中胜景。想象丰富的人再把各种寒冬植物移植其中,梅花当然是题中应有之义。安国用了这两个典故,说明在他心中,蜡梅马马虎虎,也算是梅花的一种,不过颜色有异罢了。

两宋之交的洛阳诗人陈与义，七律写得极好。他有四首蜡梅小诗，是简单的大白话，对花自语，好似对着一群小孩子说话。爱屋及乌，抄三首如下：

其一
花房小如许，铜剪黄金涂。
中有万斛香，与君细细输。

其二
来从底处所，黄露满衣湿。
缘憨翻得怜，亭亭倚风立。

其三
奕奕金仙面，排行立晓晴。
殷勤夜来雪，少住作珠璎。

到南宋杨万里，我们知道，蜡梅在诗词中已经占有一席之地了。周紫芝的《竹坡诗话》里说：南方有蜡梅，是不远的事，他小时候都还没有见过。到元祐年间，黄山谷等前辈才在诗里写到，之前没有写蜡梅的诗。政和年间，李端叔在姑溪，正月十五在僧舍中看见，写了两首绝句。第二首说：

> 程氏园当尺五天，千金争赏凭朱栏。
> 莫因今日家家有，便作寻常两等看。

读李端叔的诗，我们知道，以前可不是家家户户都种有蜡梅的。

周紫芝是绍兴间人，距离黄庭坚去世，不过三几十年光景。可见蜡梅因为黄庭坚等诗人的称扬，很快被广泛引种，歌咏者也渐渐多起来。

前年上元节，在纽约市郊南亚人聚居的牙买加，案牍劳形之余，重读旧作，有感而再作一诗，题为《上元再赋蜡梅》：

> 魂魄不曾梦，裴回尘外寒。
> 小斋人久卧，芳馥夜初阑。
> 云暗丹台影，光分白玉盘。
> 青瓶疏牖下，相对且相欢。

说不曾梦，确实这些年里，从没梦见过蜡梅。大部分童年熟悉的事物，都没有梦见过。在很多梦里，它们一概是模糊的背景，固执地等待我走马回头，停下来，抬头或俯下身子仔细看一看，拉过枝条，抚摸一下，捻一捻它们的叶子，闻一闻它们的味道。它们一直在，而我们无暇关注。也就是说，尘世浸染太深，我们不免变得粗糙、变得麻木了，失去了一些能力。或者换一种说法，我们慢慢把自己抛弃了。瓶中一枝斜伸，窗下案头相对，这情景，希望它还是一个梦。在纽约这些年，熟悉的故乡风物，天涯永隔。即如曼哈顿年年有的兰花展，展出的却非兰花，而是热带各种奇形艳姿的花，叶子和花朵都极肥大。大街小巷，见惯了三色堇、紫罗兰、玫瑰和杜鹃，中国淡雅清芬的兰花，它没有。菊花和忍冬倒是非常多。时移世变，人们习惯的是一眼看去就觉得绚烂的东西，无须深思，不要回忆。如同在麦当劳点一杯可乐、一碟炸土豆条，一阵嚼饮，一番热闹，然后扬长而去。很多初看并不显眼、需要静心细味的事物，也许将慢慢从大众的视野里消失吧，好在我已经过了只知道进取的年纪。

> 2015 年 1 月 15 日
>
> 2017 年 1 月 19 日改

菊花和菊谱

暑假过去，学生返校，好莱坞的暑期大片热潮也随之消退。入秋天凉，渐能静下心来，读书观画。书架上有《范成大笔记六种》，得来一年多了，未及细看，这次粗粗翻过。其中有《梅谱》和《菊谱》各一卷，记其在范村栽种的这两种花的品类。菊花部分，自云三十六种，《四库全书总目提要》辨明实止三十五种，猜测原文有脱误。早晨上班，经过图书馆门前，对路边的菊花，不免多看了几眼。花是一个月前移栽的，如今大半枯萎。这是美国常见的小菊花，植株高不盈尺，花形瘦小，花瓣全部张开，不过铜钱大小，正应了杨万里的诗句"何必黄金铸小钱"。叶子亦相应小，好处是花朵甚密，小小一盆，就是几十朵，大盆要上百朵了。

那天一个慈眉善目的黑人小伙子移植的时候，停步看了一会儿。花有三种，黄色的、粉紫色的和一种重赭红色的。花池里铺了一层黑色的碎木，菊花之间夹植开了淡紫色小花的吉祥草。吉祥草的叶子、菊花的叶子都是浓绿色，映衬之下，唯有黄花鲜明可爱。粉紫色的那种，在淡荫之下，就还亮丽，若阳光直射，则很不起眼。赭红的一种，老气横秋，颤巍巍、干巴巴，一副无精打采的样子。要凑近了看，才看出花瓣也是很鲜嫩的。

范成大《菊谱》后序中说：

> 菊有黄白二种，而以黄为正。人于牡丹独曰花而不名，好事者于菊亦但曰黄花，皆所以珍异之。

黄为正色，所以他在《菊谱》中的排列是先黄而后白。关于菊花的品第，刘蒙《菊谱》有类似的说法：

> 或问菊奚先？曰："先色与香，而后态。"然则色奚先？曰："黄者中之色。"土王季月，而菊以九月花，金土之应，相生而相得者也。其次莫若白。西方，金气之应，菊以秋开，则于气为钟焉。陈藏器云："白菊生

平泽，花紫者白之变，红者紫之变也。此紫所以为白之次，而红所以为紫之次"云。

颜色之美，当然是视觉的作用。明黄和白色都有洁净的感觉，结合菊花的形状和花瓣的质地，加上秋天这季节，尤其如此。黄和白之后，唐代药学家陈藏器说，紫色是白色的演变，红色又是紫色的演变，所以紫不如白，红不如紫。

枯萎的菊花，颜色变化各自不同。黄色的，花瓣枯干之后，变成棕黄色、深棕色。粉紫的，颜色先变浅，变成很淡的藕荷色，差不多是白色了，然后才干枯，干枯之后，亦成棕黄色。重赭色的，花瓣先萎缩，同时颜色中的红逐渐褪去，越来越黯淡，近于酱色了。

菊花的姿态，是一枝大朵，花丝纷披，或悠悠低垂，或如握爪，或张扬舒展。小菊花丛聚，热热闹闹，谈不上什么姿态，但也有其喜乐在。街头路边，菊花那么多，基本上是这些普通的菊花，和我小时候看到的漫山遍野的野菊不差多少。

范成大《菊谱》序中说：

> 山林好事者或以菊比君子，其说以谓岁华婉娩，草

木变衰，乃独烂然秀发，傲睨风露。此幽人逸士之操，虽寂寥荒寒中味道之腴，不改其乐者也。神农书以菊为养生上药，能轻身延年。南阳人饮其潭水皆寿百岁，使夫人者有为于当世，医国惠民，亦犹是而已。菊于君子之道诚有臭味哉。

中国文人赞扬的花，多半与高洁联系起来，高洁而又耐寒，则好上加好。好上加好不是什么花都当得起的，得生对季节。荷花虽然俗雅共赏，奈何开在夏天，是特别怕冷的花，而且荷叶早早就枯了。菊花当秋，"傲睨风露"，硬要较劲，到底比梅花开在雪里"稍逊风骚"。幸亏它的两位大粉丝，一是屈原，二是陶潜，资历既老，声名又高，别人很难盖过一头。菊花的第二个好处是服用可以养生延年，南阳人饮菊花潭水得长寿的故事，传说已久。稍晚的葛洪《抱朴子·内篇·仙药》，讲得比较详细：

> 南阳郦县山中有甘谷水，谷水所以甘者，谷上左右皆生甘菊，菊花堕其中，历世弥久，故水味为变。其临此谷中居民，皆不穿井，悉食甘谷水，食者无不老寿，高者百四五十岁，下者不失八九十，无夭年人，得此菊

力也。故司空王畅、太尉刘宽、太傅袁隗，皆为南阳太守，每到官，常使郦县月送甘谷水四十斛以为饮食。此诸公多患风痹及眩冒，皆得愈，但不能大得其益，如甘谷上居民，生小便饮食此水者耳。

范成大《菊谱》序中讲到世人的爱菊：

《月令》以动植志气候，如桃桐华直云始华，至菊独曰菊有黄华，岂以其正色独立不伍众草，变词而言之欤。故名胜之士，未有不爱菊者。至陶渊明尤甚爱之，而菊名益重。又其花时，秋暑始退，岁事既登，天气高明，人情舒闲，骚人饮流，亦以菊为时花，移槛列斛，萃致觞咏，间谓之重九节物。此非深知菊者，要亦不可谓不爱菊也。

去年秋天，在网友的微博上得见清人王延格的彩绘《菊谱》册页，连着看了几个晚上。虽然谱上的名菊都是现实中无缘目睹的，对着满纸的佳颜丽色，如闻其语，如嗅其香，也觉惬怀。据介绍，这套册页是绢本，"四函十三册，图文对开，各纵40.5厘米，横32.5厘米，共计二百六十六开。

其中画一百二十一开，书法一百四十五开"。书法部分是对图绘菊花品种的介绍，文字颇可读，如：

> 杨妃晚装：瓣类薄绡，曲而妥，心促边缓。大于木芙蓉，色亦如之。白肤朱理，侧印红丝，当风愁摧，当雨愁堕，夭如裘如，轻惰婀娜，拟诸玉环，固其匹也。叶淡碧，便娟入媚，亦与花称。
>
> 金膏水碧：瓣尖细，金英句屈，迭次以理，瓣皆细筒，了不可见。花最大赢七寸，色正黄，心沉碧如赤水珠，圆浑饱湛。赤松子服水碧，西王母享穆天子黄金之膏，疑二宝和合铸成此品。

植物和花卉的图谱，只要画得精细、淡雅，据以足以识物，足以想象原物的姿态，便已可观，不必有潘天寿、齐白石画菊那样的艺术性。我这样看王谱，心满意足。王谱如有出版社精印出版，是很想购置一册的。将来再看菊展，兴许能多认出几种名品，也可和范谱、刘谱、史正志《菊谱》对照看。

《抱朴子·内篇·仙药》说："仙方所谓日精、更生、周盈，皆一菊而根茎花实异名。"菊的别名很多，葛洪说的这些，都见于《神农本草经》："一名日精，一名女节，一名女华，一名女茎，一名更生，一名周盈，一名傅延年，一名阴成。"日精、周盈、傅延年这三种最有意思，而后两种俨然人名。

纽约的小菊花，说来很便宜，一盆不过八元。前后买过几次，置于茶几，满屋幽香。温室里培育出来的，到冬天还有卖。但室内暖气太足，菊花在烘烤之下，虽未枯干，却无精神。我没有院子，不能种菊，买回的花，花朵枯萎之后，只好丢弃。想起来，觉得很对不起它们。

菊花枝条甚长，野外所见，并不直挺，扭着，歪着，横卧着，花叶开得散散漫漫的。寻常院子里所种，若不捆扎，也会东倒西歪，在地上成乱蓬蓬的一团。见到很多这样的情景，不知是被碰倒或被踏踩了，还是它本来就是这样的天性。但对那些乱糟糟的菊花，我丝毫不减喜爱。叶子肥大，花也开得不错，乱而处处随意、处处安适，也是一种姿态。

菊花开罢，会不会花瓣飘落，是宋代诗坛一大公案。史正志《菊谱》后序辩说此事，可当一则诗话看：

> 菊之开也，既黄白深浅之不同，而花有落者，有不落者。盖花瓣结密者不落，盛开之后，浅黄者转白，而

白色者渐转红，枯于枝上。花瓣扶疏者多落，盛开之后，渐觉离披，遇风雨撼之，则飘散满地矣。王介甫武夷诗云："黄昏风雨打园林，残菊飘零满地金。"欧阳永叔见之，戏介甫曰："秋花不落春花落，为报诗人子细看。"介甫闻之笑曰："欧阳九不学之过也。岂不见《楚辞》云：夕餐秋菊之落英。"东坡，欧公门人也，其诗亦有"欲伴骚人赋落英"，与夫"却绕东篱嗅落英"，亦用《楚辞》语耳。王彦宾言："古人之言有不必尽循者，如《楚辞》言秋菊落英之语。"余谓诗人所以多识草木之名，盖为是也。欧王二公文章擅一世，而左右佩纫，彼此相笑，岂非于草木之名犹有未尽识之，而不知有落有不落者耶？王彦宾之徒又从而为之赘疣，盖益远矣。若夫可餐者，乃菊之初开，芳馨可爱耳。若夫衰谢而后落，岂复有可餐之味？《楚辞》之过，乃在于此。或云《诗》之《访落》，以"落"训"始"也，意落英之落，盖谓始开之花耳。然则介甫之引证，殆亦未立思欤？或者之说不为无据，余学为老圃而颇识草木者，因并书于《菊谱》之后。

他说菊花有落的，也有不落的，那么，王安石是对的。

至于屈原说的他要吃的"落英",究竟是落花,还是初开的花,大学学《楚辞》时就啰啰唆唆扯不清。钱锺书先生在《管锥编》里已有详细辩证,这里不再抄引。

前日送儿子返校,一早去广东人的馆子喝早茶,叫的正是菊花茶。壶里的菊花与画谱上的菊花,自然难以并论,但我还是想起了一生所见的那些最好的菊花,有一些,惊鸿一现,恍然而逝。我知道,我是再也见不到了。去年因王延格的图谱起兴,写了四首五言菊花诗。今年追忆,再作三首七律,其中的第二首,很多朋友看了,说是喜欢,我自己也喜欢。王安石赞扬孟子:"故有斯人慰寂寥。"故国之花,隔海相望,亦复如此:

> 寄我高情破我愁,对花若此又残秋。
> 平生快意诗千首,盖世声名酒一瓯。
> 欹枕聊成烟水梦,抱书谁得稻粱谋。
> 东篱莫话少年事,未到黄州已白头。

2015 年 10 月

梅兰竹菊

梅兰竹菊四君子,中国人耳熟能详,知堂给他们排了个次序:"据传说孔子称兰为王者之香,要算辈分最长,竹则有王徽之恭维为此君,陶渊明称秋菊有佳色,都在晋代,梅花因林逋才有名。"

林逋在北宋,按知堂的说法,梅花成名算是相当晚了。其实在唐朝,梅花入诗,已经有不少名作。比如齐己的《早梅》诗"前村深雪里,昨夜一枝开",郑谷改原作的"数枝"为"一枝",被称为"一字师"。老杜《和裴迪登蜀州东亭送客逢早梅相忆见寄》也是写早梅的,我觉得是梅花诗中最感人的一首:

> 东阁官梅动诗兴，还如何逊在扬州。
> 此时对雪遥相忆，送客逢春可自由。
> 幸不折来伤岁暮，若为看去乱乡愁。
> 江边一树垂垂发，朝夕催人自白头。

中间的两联，轻声念来，令人回肠荡气。至于为什么，我却说不出。老杜诗学庾信，善于描写，但在这首诗里，不写梅花的姿韵，只是从旁抒情。杜甫提到何逊，何逊写梅花的诗并不十分好，反倒是陆凯《赠范晔诗》的"江南无所有，聊赠一枝春"，成为一个佳话。这时候是南朝的刘宋时期，比梅妻鹤子的林和靖先生早了五六百年。

兰花我小时候，家乡市上多有农民采摘的野生种来卖。野生兰花纯朴而美，现在大概见不到了。菊花则是处处皆有，黄色的正宗，白色的也很可爱，但粉色和紫色之类，配以绿叶，却不见得好看。我在图书馆工作十年，每到秋末，门外路边，都会种上花朵如金钱大的小菊花，花期很长，不怕冷，可以开到新年前后。今年不知何故，没有种，花坛里剩下乱糟糟的枯草，土也裸露出来，看着颇为没落。

清代晚期，四川民间铸造了一套四枚的梅兰竹菊诗文花钱。一面是寥寥几笔的写生图案，喜欢的人觉得有点像芥子园画谱里的样本。另一面，分别用楷、行、草、篆题写两句七言诗。这样的设计正对中国人的胃口，所以这套花钱尽管年代不早、制作不精、存世量不少，在市场上却价格不菲。

我玩钱不久，便在一老藏家手中见到全套，缠着人家死活要买。对方笑眯眯地劝我别买，说了好多理由，但最终拗不过我，还是卖给我了。过些年，所见渐多，摸出点门道，看出那套钱是新仿做旧的。得此教训，我对这套花钱反而特别关注，题诗也都一一查出。

咏梅的两句最好："而今未问和羹事，先向百花头上开。"据《古今诗话》，这是北宋的王曾献给吕蒙正的《早梅》，文字和钱币上的略有不同：

雪压乔林冻欲摧，始知天意欲春回。
雪中未问和羹事，且向百花头上开。

吕蒙正读后说，诗的气势非凡，作者是做宰相的材料。后来王曾果然做了宰相。和羹喻治国，报上一些谈收藏的文章把"和羹"认作"和美"，大概是钱币上的字迹太粗糙了。

咏菊的也不错："莫嫌老圃秋容淡，唯有黄花晚节香。"

同样出自北宋名臣之手,原作是韩琦的《九日水阁》诗:

> 池馆隳摧古榭荒,此延嘉客会重阳。
> 虽惭老圃秋容淡,且看黄花晚节香。
> 酒味已醇新过熟,蟹螯先实不须霜。
> 年来饮兴衰难强,漫有高吟力尚狂。

原句在颔联,前后有照应,单独拿出来,语气稍弱。钱币上的引用,换了句首的虚字,加强了语气,就好多了。

咏兰和竹的诗句是郑板桥的题画诗。板桥题画,诗有自己做的,也有改头换面从别人那里挪用的,不知这里是什么情形。要说意思,写兰花的两句还不错:"欲寄一枝叹道远,露寒香冷到如今。"但"欲寄"二字给人的感觉是偷偷用了陆凯的典故,而陆凯的典故是说梅花的。"露寒香冷"形容兰也不合适,兰是春天的多。写竹的"明季再有新生笋,十丈龙孙绕凤池",命意和造句都直白,大约赠人用,只好用这种富贵吉祥的套话。

苏东坡喜欢梅花和竹子搭配,他写西湖梅花《和秦太虚梅花》:

江头千树春欲暗,竹外一枝斜更好。

孤山山下醉眠处,点缀裙腰纷不扫。

和林逋专写小园黄昏的篱落水边,意境大不相同。潘天寿先生画菊花,也常和竹枝或其他细长叶子的草画在一起,疏疏落落,相互映衬,极有味道。入画,竹子是三枝两枝好看,在生活中,还是成片的竹林更有意境。王维的诗说:"坐看苍苔色,欲上人衣来。"在竹林里,真的是连空气都是翠绿的。地上厚厚的一层竹叶,踩上去沙沙作响,那感觉也很好。小时候外祖母村子的后山坡上有一片竹林,每次进去,都会觉得紧张。不仅因为林子密,不见人,还听说林中有蛇。但我从没遇到蛇,连蛇蜕也没见到。

2017 年 3 月 10 日

蓼汀花溆

莎剧《哈姆雷特》第四幕第五场,发疯的奥菲丽亚报花名:

> 这是表示记忆的迷迭香;爱人,请你记着吧:这是表示思想的三色堇。这是给您的茴香和漏斗花;这是给您的芸香;这儿还留着一些给我自己;遇到礼拜天,我们不妨叫它慈悲草。啊!您可以把您的芸香插戴得别致一点。这儿是一枝雏菊;我想要给您几朵紫罗兰,可是我父亲一死,它们全都谢了……

忘了是在雷蒙德·钱德勒的小说里,还是艾略特的诗剧里，或者别的书里，有人调侃宴会上的友伴，让他把西装领口的芸香插好。注解提到出处，却没解释有什么微妙含义。因此去翻查莎士比亚的原著，这段话从此就牢记在心里了。奥菲丽亚所说，不过是小女孩才会痴迷的花语。想来在剧中，她的年龄不会比朱丽叶大多少，顶多十六七岁吧。

人类亲近的花草虫鱼，从《诗经》和《楚辞》开始，被赋予一定的情感和伦理意义，历代沿袭，便成为文化传统的一部分。人对世界的拥有，一个具体的表现是对事物的命名。命名不仅是主权的宣称，还是意义的规定。菊花高洁，牡丹富贵，可是贵族园林的菊花，多半丰硕艳丽，野径荒地的牡丹，十九瘦瘠不堪。情感与伦理意义，和过分坐实的花语，本质上并无区别，就像预言和算命的关系一样。作为一个对传统满怀敬意的人，我不能拒绝草木和节令约定俗成的附加意义，因此对于文学作品中的花语之类，一向青睐有加。比如《红楼梦》中的占花签，尽管丝毫不懂也没有兴趣去弄懂。

莎士比亚笔下的朱丽叶，体现着青春和爱情之美，方才十四岁，正是杜牧所说的豆蔻年华。奥菲丽亚稍大一些，但还是天真烂漫。她父亲说她："You speak like a green girl." "green girl"，朱生豪译为"不懂事的女孩子"，没有译出"green"的味道。《红楼梦》里的宝玉和一众女孩子，年纪也差不多，说起来，也都还是一群孩子。如此，书里的故事情节，才让我们觉得清新可喜，若都像哈姆雷特一样，已是而立之年，不就太装了吗？

闲来捡起《红楼梦》翻看，本想只读后四十回的，不料往前一翻，就停不下来。翻到的，恰是宝玉生日的怡红夜宴。行酒令，抽花签，宝钗抽到牡丹，"任是无情也动人"；探春抽到杏花，"日边红杏倚云栽"；湘云抽到海棠，"只恐夜深花睡去"；麝月抽到荼蘼，"开到荼蘼花事了"……读罢，意犹未尽，继续回溯，读"大观园试才题对额"，读到更多的花花草草。这其中，就有一种蓼花，那种在河畔的暮色里恍惚摇曳着的细小的红花。

话说水边的植物，从小接触多，又特别喜欢的，首先要算红蓼和香蒲。香蒲植株粗壮，叶似芦苇，雌花大拇指粗细，棕红色，软软茸茸的，像支香烛，故而另有一个名字叫水烛。我在乡下识得这些草木，听到的都是土名。以后渐渐忘记了，多年后回忆起来，一直以为是菖蒲，因为菖蒲在古诗词里常见。至于蓼花，比香蒲更不起眼，不仅水边有，一些较潮湿的地方也有，叶子细如韭叶，紫花小如米粒。蓼花的土名我忘不了，叫辣蓼子，因为揉了它的叶子后，不小心揉到眼睛，会把眼睛辣出泪来。

芦苇、菖蒲、水烛、荷花、菱、水芹菜、田字萍，我都觉得各有其美。铺天盖地的水浮莲、水葫芦，却令人讨厌。它们千篇一律、没有个性，而又一呼百应、肆意疯长，把多半的水面都覆盖了，使人看不见轻波，看不见水下的游鱼。连那些纤长秀出的水草，本来可以在晴空下映出清爽的倒影的，也因它们的疯狂而变得萎靡了。

和以上两类不同，蓼花我是在多年暌违之后才想起它们别具风味的美的。我能回想起的情景不外是，在傍晚的河边，自春至秋，身后一望无际的油菜地、紫云英地、麦地，快要收割的稻子，其貌不扬的芝麻和花生，更加低矮的红薯藤，以及天晓得是哪些种类的瓜果。昆虫里头，蝴蝶和蜜蜂早已消失了踪影，蚊蚋蠓虫之类，轻烟似的盘织、旋转和飘移在懒洋洋的微光里。如果坡地和岸边有比较高大的成丛的小灌木，就有大群的暗黄色的蜻蜓在上空飞舞，然后一只接一只地挂在枝条上。凑近了看，不是挂，更像是用前爪抱住叶梗或细茎。这时候，临水的红蓼忽然变得鲜明起来。不是光线，是它颜色的味道，像是淡淡的苦涩，以及其他很专一的情绪，莫知所来，久久散不掉。红色这个系列，粉色是很容易让人觉得轻佻的。太淡的粉色疏朗了，却又在绿叶的映衬下，接近了白色。紫色必得其中的蓝色特别重、特别深，才有神秘的韵味。然而阳光不能太亮，太亮，就像久久直视一个人的脸，各种细节都太清晰。加了很多黑色的红，适于做某些较小的花的花萼，最好旁边有颜色亮丽的同类花相伴，如菊花。橙黄色是最无懈可击的颜色，可是它们的欢乐太直接，太肆无忌惮了，人很难持久地保持在这样的幸福中。蓼花的红，在暮色里，我觉得只有一个词可以形容，就是"猩红"。尽管严格地说，它不是猩红。猩红屏风画折枝，就是这种感觉。把这种感觉往青春的朱丽叶那边联想一下，它又成了李贺笔下的鲤鱼尾的红，尽管蓼花的红也不是这种红。

如果蓼花有花语，在朱丽叶那里和在奥菲丽亚那里，含义是不一样的。《哈姆雷特》是悲剧，《罗密欧与朱丽叶》不是，因为奥菲丽亚死于失恋，而朱丽叶死于爱情的欢乐和希望中；奥菲丽亚死于必然，朱丽叶则死于一个不幸出了差错的美好计划。

在《红楼梦》里，大观园题对额那一回，书里写到，贾政和众清客引带着宝玉，"转过山坡，穿花度柳，抚石依泉，过了荼蘼架，再入木香棚，越牡丹亭，度芍药圃，入蔷薇院，出芭蕉坞，盘旋曲折。忽闻水声潺潺，出于石洞；上则萝薜倒垂，下则落花浮荡。"众人都道："好景，好景！"贾政让清客们拟题，结果拟出来的，无非是什么"武陵源"，什么"秦人旧舍"。宝玉不满，说："越发背谬了。'秦人旧舍'是避乱之意，如何使得？莫若'蓼汀花溆'四字。"

中国艺术研究院红楼梦研究所校注本的注解说，"蓼汀"当从唐代罗邺《雁》诗"暮天新雁起汀洲，红蓼花开水国愁"想来。罗邺诗的后两句是"想得故园今夜月，几人相忆在江楼"。《雁》二首借雁咏人，充满离愁别绪。宝玉说用桃花源避乱的典故不妥，他用蓼汀同样不妥，因为意境过于凄清。即使"蓼汀"一词并不是出自罗邺的诗，大观园要体现皇家恩典，要显示出世袭公府的繁华富贵，凄清肯定用不得。对此，在官场混得糊糊涂涂、对诗词又不甚经心的贾政，就远不如元春敏感。宝玉的品题，他假装不满地骂过之后，认可了。元春省亲，游园赏景，顺便检查宝玉的题对，看到"蓼汀花溆"四字，立刻就说："'花溆'二字便好，何必'蓼汀'？"

元春删改"蓼汀花溆"，原因何在，学者有不少考辨。流传甚广的所谓刘文典先生的解释——花溆反切为薛，蓼汀反切为林，可见当时元春已属意宝钗——纯是无稽之谈。

大部分我们认为复杂的事，其实很简单。元春之所以删改"蓼汀花溆"，是因为这四个字有语病，似通而其实不通。古诗文中类似的四字语组极为常见，比如《岳阳楼记》中的"岸芷汀兰"，芷和兰是两种不同的植物，岸芷和汀兰可以对仗。但"蓼汀花溆"不同，花是大概念，蓼是花的一种，蓼汀不能对花溆。至于为什么删掉的是"蓼汀"而不是"花溆"，原因是"花溆"透着丰盛圆满之意。

花语一事，可能小觑么？

蓼花有浓郁的乡土气息。水边的蓼花，一般长得茂盛，枝条劲挺，花形也大得多。旱地上的，一般比较瘦小。不过我在纽约所见，情形不同，似乎各处路边都有，种类很多。有专供观赏的，花和叶的形状变得委婉多姿。凑近闻闻，花固然毫无气味，连叶子也没有。摘一片揉碎了，依然清淡如槐叶。陆游的诗说"数枝红蓼醉清秋"，可见秋天蓼花盛开，也是颇有气象的。只不过从来没有像兰菊以清高，牡丹芍药以富贵，石榴桃花以吉祥象征那样，获得广泛认可的崇高地位。我对蓼花有特殊的感情，还因为童年的一件小事：还在柿子结成比板栗略大、青涩不可入口的时候，我们把它偷摘下来，装入小坛，注满淘米水，坛口塞一把蓼枝。封闭若干天，柿子涩苦尽除。果肉白色，吃起来粉粉的,什么味道都没有,但我们视为莫大的口福。

蓼的味道除了辛辣,还是苦涩的。古代传说有一种蓼虫,一辈子寄生于蓼上,满足于以蓼为食,不知迁移到其他甘美的植物如葵藿等上去,"终以困苦而癯瘦也"。故有习语说,蓼虫忘辛,蓼虫不知苦。这个典故原本是说蓼虫笨,榆木脑袋,不知审时度势,出谷迁乔。后来有人反倒佩服它的固执和坚韧,作种种联想,以至于将它比为落魄者,比为读书人,比为有理想而不惜为之吃苦的人。赵翼就把读书比做食蓼,王安石更有"蓼虫事业无余习,刍狗文章不更陈"的诗句。

2016 年 9 月 27 日

诗中富贵

穷人哭穷，富人炫富，若说言为心声，正是情理必然。哭穷引人怜悯，炫富惹人羡慕。同情和羡慕，都是人类的基本情感，天经地义到和黄鹂儿要春天鸣、黑知了要秋天叫一样，不能强分高下。但若放到诗文里头，则哭穷和炫富都不容易，后者尤其有难度。原因之一，在社会的偏见，人类总觉得同情苦难是高尚的，而钦仰富贵显得低俗。尽管心里都承认，富贵肯定比贫穷好，不是好一点点，是好到天上去了。连儒家圣典《易经》里都斩钉截铁地说："悬象著明莫大乎日月，崇高莫大乎富贵。"其次，"诗穷而后工"虽然传为金玉之言，但翻遍中外文学史，似乎没有人为了追求诗文之工而故意把自己整得很惨。文学史上的作家，绝大多数还是官僚和乡绅。官位高和有钱的作者，作品流传后世相对容易，因为刻书要大把大把花银子。既然富贵的作家居多，同类相轻，批评不免刻薄，以至于聪明的作家都不敢像今天这么倡言无忌地谈锦衣玉食的生活，而要躲躲闪闪，又美其名曰含蓄。

欧阳修《归田录》里记载，做了一辈子大官的晏殊，爱作诗，也喜欢评诗。著名的段子是："'老觉腰金重，慵便枕玉凉'未是富贵语，不如'笙歌归院落，灯火下楼台'，此善言富贵者也。"这段话，"人皆以为知言"。因为宋代文人多是官僚，富贵主题也就是日常生活的主题，避不开，必须写。那么，如何写好就成为很重要的话题。在宋人诗话中，是一大公案，论述极多。吴处厚的《青箱杂记》卷五有类似一条：

> 晏元献公虽起田里，而文章富贵，出于天然。尝览李庆孙《富贵曲》云："轴装曲谱金书字，树记花名玉篆牌。"公曰："此乃乞儿相，未尝谙富贵者。"故公每吟咏富贵，不言金玉锦绣，而唯说其气象，若"楼台侧畔杨花过，帘幕中间燕子飞""梨花院落溶溶月，柳絮池塘淡淡风"之类是也。故公自以此句语人曰："穷

儿家有这景致也无？"

晏殊认为，富贵当然可以写，关键在手法——任何题材都是这样。好的写法，是忘记金啊玉啊这些表面的东西，写内在气象，写"情调"。鲁迅先生在《革命文学》中总结过：

> 唐朝人早就知道，穷措大想做富贵诗，多用些"金""玉""锦""绮"字面，自以为豪华，而不知适见其寒蠢。真会写富贵景象的，有道："笙歌归院落，灯火下楼台"，全不用那些字。

沈括《梦溪笔谈》也说：

> 唐人作富贵诗，多纪其奉养器服之盛，乃贫眼所惊耳，如贯休《富贵曲》云："刻成筝柱雁相挨。"此下里鬻弹者皆有之，何足道哉。

为什么要避开那些浮华的字眼呢？道理很简单。司空见惯之物，不足为奇，不能唤起写作的激情，也不能让读者赞叹。晋惠帝天天吃肉糜，他不觉得肉糜有何了不起。

臣下说灾民饿死，他才惊讶地反问，为什么不弄肉糜来吃？问得很真诚。"奉养器服之盛"，如沈括所言，只有落在穷措大眼里，才当回事。

晏殊举的正面例子，是白居易的诗；反面例子，是寇准的诗。白居易晚年官俸越来越高，生活日益豪奢。其细节，赵翼在《瓯北诗话》列了详细的清单，有兴趣者可以参看。晏殊的意思是，真的富贵，你不用显摆。脖子上挂大金链子的，是黑社会老大；开宝马，系爱马仕皮带，戴劳力士表的，是新兴的土豪或小贪官。真阔，不在这些一目了然的地方。白居易诗里，院落、楼台、笙歌、深夜的灯火，怎么也不是老百姓的住处或生活。"庭院深深深几许，杨柳堆烟，帘幕无重数"，起码是座小官僚的宅院。杜牧（或王建）的"天阶夜色凉如水"诗，看着光溜溜的一无所有，道具只有一把扇子，可这气派，什么"灯火下楼台"，什么"慵便枕玉凉"，统统相形见绌——人家那是皇宫大内才有的调调儿啊。

寇准以好排场著称，宋人笔记里说他"好柘枝舞，会客必舞柘枝，每舞必尽日，时谓之柘枝颠"，说他"善饮，人罕能敌"，说他"尚华侈"，至今京剧里还有《寇准罢宴》。他的诗写得好，以晚唐笔致，写山水离别之情，情深而惆怅，有人说不类其为人。因为那些诗的情怀，更像是秦观和柳永这些多愁善感的家伙的。那么，类其为人的，就是"老觉腰金重"之类吧。吴处厚赞赏晏殊身上的富贵气"出于天然"，相比之下，寇老西儿到了也是个暴发户。他那腰带敢情是纯金做的，因此又粗又重，往下坠，扯得他难受。从前纽约的地铁上，女士的金项链容易被抢。抢匪在下车时顺手一扯，如果链子细，一扯就断，如果粗，用劲大，受害人脖子会被勒伤。所以地铁的公益广告，劝爱美的女士忍耐，尽量不佩首饰。寇大人如果在纽约坐地铁，要给哈莱姆区的好汉们添多少麻烦？

晏殊做过宰相，然非穷凶极恶之辈，他是有雅人深致的，叶梦得《避暑录话》说他"虽早富贵，而奉养极约"。他喜欢宴客：

>　　苏丞相子容尝在公幕府，见每有嘉客必留，但人设一空案一杯。既命酒，果实蔬茹渐至，亦必以歌乐相佐，谈笑杂出。数行之后，案上已灿然矣。稍阑即罢，遣歌乐曰："汝曹呈艺已遍，吾当呈艺。"乃具笔札，相与赋诗，率以为常。

但积习所致，难免时不时地自夸富贵气象，却又嘲笑贫儿不识好歹。钟鸣鼎食之家的梨花院落、柳絮池塘，到底和老少咸宜、雅俗共赏的"著雨林花""牵风水荇"不同。

2016 年 9 月 8 日

十二敦盘谁狎主?
——读《明诗三百首》

一

相对于唐诗宋诗,明诗的选本不多。选唐诗,任何时候都是一件乐事。不管前人有多少好选本,也不管前人的选本分量有多大,有多少种选取角度,从童蒙读物的《唐诗三百首》到《唐诗别裁》的两千首,从分类选本到单取某一流派的几家精选,你若从头再选一本,不依傍前人,别开生面,照样能编出一本读者高兴、批评家也无话可说的本子。即便是三百首这样小的格局,照样能做大文章。

宋诗的情形相去不远。金诗元诗，比较简单，公认的名家，大致都在，只要选，不会太离谱。然而明诗，时代近，作品多，选择最难。这个难，不在通读的困难。因为清诗数量还更多，但选清诗却比明诗容易。起码我看到的现代清诗选本，质量要比明诗的好。选明诗的困难，在于明诗本身：有原创精神、艺术水准又高的好作品太少。

从明诗中找唐人一样浑成、宋人一样精悍的作品，一点也不难。挑出几首诗，让没读过的人猜测是否盛唐或晚唐之作，多数都会猜错。清人很爱玩这种把戏，来证明某朝或某人的诗不差。其实问题正在这里。模仿前人模仿到置之被模仿者的集子里后人也不易看出来，我们除了佩服作者的聪明，还能说明什么。开创者解衣盘礴、大匠运斤，因袭者不过照葫芦画瓢而已。同是一瓢，岂可并语。即如在今天，写一篇可以冒充新发现的鲁迅佚文的文字，并不太难，但作者若以为他因此便和鲁迅不相上下了，那就是笑话。明诗在文学史上最尴尬的地方，就是虽然明人的文学运动风起云涌，文学团体遍地开花，诗歌理论轰轰烈烈，名家辈出，各领风骚，然而，明诗终究没有建立起自己的时代风格，也没有一个作家像唐朝的李杜韩白、宋朝的王苏杨陆，甚至后来的龚自珍，以鲜明的个性和高度的创造力，形成一种体、一个派。

二

宋以后的诗，相对而言，阅读不多。明诗在列朝诗中，又是读的最少的。九十年代在北京，沈德潜等人编的那一套别裁，除了清诗，都通读一过。《明诗别裁集》选诗一千余首，我对明诗的印象，基本上是由此书而来。十年前读了《元明清诗鉴赏辞典》，明人的个人集子，也读过一些，对于明诗，大致印象不变。当初学文学史，对明朝诗坛的印象，一如中国现代文学史和当代文学史，前者文学社团空前活跃，后者是只见运动不见文学，对诗作本身，反而茫然。觉得两头的诗人，明初的，由元入明，明末的，由明入清，比中间的有意思。明末的，更好，既有陈子龙，又有吴伟业和钱谦益。陈子龙才高一代，其诗"沉雄瑰丽"，由他来收结明诗，是明诗不幸中的幸运。吴钱两家归于清朝，这也算是各遂其志吧。

两头好的简单说法，属于过去，如今我不这么看。由元入明的诗人，过去喜欢高启，因为他的七古，很有几分像李白。喜欢高启，便觉得同时的其他人也好。其实明朝的诗人，直到前七子出来，才算从朱元璋旷世无二的极野蛮下流的精神和肉体的双重摧残中缓过气来，诗才有点人味。何景明的秀媚倒还罢了，李梦阳的磅礴大气、严整精纯，不得不推为一时的翘楚。徐渭和袁宏道，别出蹊径，虽非正途，却有趣味，较之那些学唐而仅得其皮毛的傀儡诗，高出一截。但其不足处，是以小品文的笔法为诗，此在袁中郎那里，至为明显。后来的效法者，便不足一观。

历代诗歌中向来有一种俗体，语言浅白而不失华丽，音韵上特别讲究朗朗上口，内容上，一是喜欢谈人生哲理，二是幽默滑稽。刘希夷的《代悲白头吟》是一个路子，王梵志和寒山又是一个路子。这类诗，尤其是后一类，除了社会学和民俗的意义，在艺术上没法评价过高。宋元以后，市民文化兴起，见之于小说和戏剧，妙趣无穷。后期明诗，受此风气熏陶，加上传统的影响，也形成一种新俗体。往好的方向，见性情，发奇论，直抒胸臆，不拘常格，徐袁是也。不好的，但求朗朗上口，言语通俗，作小巧警语，却没有气格，仿佛唱莲花落，又似宋人话本中常说的，"村夫子醉中所题""一年三百六十日，春夏秋冬各九十"之类是也。这类诗，不是平易幽默、识见通达，而是趋向浅薄，只求说得口滑，又好用重叠、谐音、强造格言、硬说哲理等小巧手段，以求喧传，最不足道。

明初的诗人，一致的看法是格调高，有气魄，如刘基、杨基、贝琼、袁凯，更不用说被很多人誉为明诗第一的高启。这几个人，都有传奇的故事。刘基在民间，是张良、诸葛亮一类人物，俗传变本加厉，近乎神仙。袁凯外号"袁白燕"，又有逃避朱元璋迫害、被迫装疯的经历。高启因不愿出仕，被朱元璋借故腰斩。诗以人传，与实际情况有距离。刘基、杨基，气派庄严，但都很枯干，也有些空。读的时候，觉得架子搭得很大，内中东西却不多。元人学唐诗，往往粗略，细微处不能完全领略，算是一个不大不小的毛病。明初这几位，大半个身子还在元朝。

高启的七古学李白，读《登金陵雨花台望大江》，初读之下，一般人都会同意赵翼的说法："置之青莲集中，虽明眼人亦难别择。"但高启用力处太明显，不像李白那样轻松。李白诗如其人，人就是诗。高启毕竟是在作诗。

明人看不起元诗，后人论诗，多说元诗纤巧。实则元人一心学唐，能得其大处。萨都剌、张翥、傅若金，气概都不是明人能比的。尤其是张翥的诗，既有盛唐的气度，又有中唐的熨帖，极为难得，可惜数量不多。高启古体尚好，但他的近体，格调虽高，却多纤巧，巧则近俗。"白下有山皆绕郭，清明无客不思家"，系从"芳草有情皆碍马，好云无处不遮楼"化来。这样的对子，便是罗隐本人，偶一为之尚可，多用便落下流。《明诗三百首》的编者金性尧就说了，众口称赞的《梅花》九首中的"雪满山中高士卧，月明林下美人来"，其实是俗格；"翠袖佳人依竹下，白衣宰相住山中"，更嫌鄙陋。张羽的七律，随便拿出几首，就能让高启和后来的杨慎没话说。杨慎有才子气，诗也写得，诗话也写得，伪作汉人小说，居然天下轰动。老杜的《秋兴》，古来敢于唱和的，都是有两把刷子，或自认为有两把刷子的。杨慎写《春兴八首》，高堂深殿一变而为山亭水榭，落实得多，引申得少，和张羽比，相差甚远。明人的大部分七律，也许像杨夫人那样，写几句"其雨其雨怨朝阳"，倒还本色。

三

明朝的小名家，看诸家所选，都和小传介绍的不大对得上号。诗话里动辄说某人为一代宗主，读者左看右看，硬是看不出来。大诗多空言，看得过去的地方，又多因袭。小诗作时不经意，反能见出性情。题画小诗，是选本中最令人清爽的。唐寅作七古和七律，出语低俗，题画的绝句，废话反而少些。明代诗人的七古七律，其实倒是佳作屡出。李梦阳的《林良画两角鹰歌》阔大沉雄，酷似王安石的画虎诗。唐人题画七古，无人出少陵之右，到宋朝，要让王安石独步。他的题画诗神采飞扬，眼中无人，立脚点高，故能迁转自如。这是性情，也是地位所决定的。《林良画两角鹰歌》兼得两家之长，在明人七古里，胜过高启，可称第一。

李梦阳的七律阔大庄严，但句法章法，于唐人之外，实无新造。从精深上来说，他比不过钱谦益。钱谦益被归于清朝诗人之列，这里不多说。他的七律由于功力深厚，学问深博，明清六百年来，矫矫独步。缺点是理过于情，一味求蕴含，情愁每不肯直说，偏要绕几个圈子，躲在层层典故——而且相当多的是僻典——之后。读者读时只觉钦佩，读后却不容易产生共鸣。钱的诗几百首一路读下来，遇到一首"潋滟西湖水一方"，几乎要高呼"惊艳"了。

李梦阳的五律，诸家多选《郑生至自泰山》：

昨汝登东岳，何峰是绝峰？
有无丈人石，几许大夫松？
海日低波鸟，岩雷起窟龙。
谁言天下小，化外亦王封。

这首诗用问答体，评家以为新奇。结尾二句因孔子登泰山而小天下的故事在先，翻出新意，受到沈德潜称赞。他另有一首《泰山》诗，和此诗不相上下，甚至可以说比此诗还好。论新巧，有所不如，论功力，则在其上：

俯首无齐鲁，东瞻海似杯。
斗然一峰上，不信万山开。
日抱扶桑跃，天横碣石来。
君看秦始后，仍有汉皇台。

这首诗句句精警，从头到尾，气势不衰，明诗中罕有其匹。

明人五律的顶尖之作，李梦阳的二首之外，还有徐祯卿的《在武昌作》，也是选家不肯放过的：

洞庭叶未下，潇湘秋欲生。
高斋今夜雨，独卧武昌城。
重以桑梓念，凄其江汉情。
不知天外雁，何事乐长征。

此诗名气极大,王士禛誉为"千古绝调",而钱锺书先生在《谈艺录》中详细列举了其造句命意之所自。假如祯卿之前无诗,这一首五律庶几无愧于王士禛的称扬。然而我们知道了每一句的来历,就觉得它像是一首集句诗,又像一件百衲衣,字句、意境,都是别处茋来的——头两句化用屈原的《九歌》,次联来自韦应物,颈联又和孟浩然脱不了干系。

明人中很多谨严精致而又气格高古的名作,多数难逃如徐诗的讥评。

四

清人讲性灵,讲神韵,其实明人早已讲了。晚明小品,若论意旨,不折不扣,正是这四个字。可是三袁也好,张岱也好,小品有灵气,却都不会写诗。三袁里头,袁宏道的诗比较可读。张岱文章最好,诗却最差,连那些喜欢因人取诗的选家,也不好意思选他的诗。《西湖梦寻》里,每一处古迹之后,都罗列历代诗作,唐宋元明,依次而下,张岱自己的诗,也列了不少。诗的优劣,相映成趣。同题的诗最怕比,这一比,不由人不感叹张岱实在太不会作诗。汤显祖是传奇大家,诗也平平。也许不是不能,是不曾用力于此。诗和词拉开了一步,词和曲又拉开一步,由曲回到诗,好比在相隔千山万水的两处茅舍之间串门,能是能,但不那么方便,也就不那么容易。从前奇怪宋人有能诗不能词的,有能词不能诗的,诗词固然有别,但区别何至于大到比诗文的距离还大?欧阳修、苏轼、贺铸、姜夔,诗词都好,可见除了习惯,也受才气之限。

袁宏道的诗,趣味一如其文,不可论其法度。其文又直是其人,故袁诗不讲起承转合,想到哪里写到哪里,奇思异想,随口而出,如面对其人,听他茶余酒后放言高谈,妙趣横生,满座皆笑。周作人写"打油诗",自陈效法寒山和志明和尚,依我看,他从袁宏道这里也学了不少。试以周诗比较一下袁宏道的《听朱生说水浒传》,情调语气如出一口。

> 少年工谐谑,颇溺滑稽传。
> 后来读水浒,文学益奇变。
> 六经非至文,马迁失组练。
> 一雨快西风,听君酣舌战。

袁宏道自言:"至于诗,则不肖聊戏笔耳。信心而出,信口而谈。"他还爱故意与世人唱反调:"世人喜唐,仆则曰唐无诗；世人喜秦汉，仆则曰秦汉无文；世人卑宋黜元，仆则曰诗文在宋元诸大家。"所以他的诗讲歪理，说反话，凭空而起，忽然而终。《元明清诗鉴赏辞典》中选录的几首，很可发人一噱。如《山阴道》：

> 钱塘艳若花，山阴芊如草。
> 六朝以上人，不闻西湖好。
> 平生王献之，酷爱山阴道。
> 彼此俱清奇，输他得名早。

又如《严陵四首》：

其一
溪深六七寻，山高四五里。
纵有百尺钩，岂能到潭底？

其二
文叔真有为，先生真无用。
试问宛洛都，谁似严滩重？

其三

举世轻寒酸,穷骨谁相敬?

如何严州城,亦以严为姓?

其四

或言严本庄,蒙庄之后者。

或言汉梅福,君之妻父也。

最后一首匪夷所思,简直就是信口胡说了。其余的像《戏题斋壁》《显灵宫集诸公,以"城市山林"为韵》,还有《戏题飞来峰》,都很好玩。我们作诗虽然不学他,却也喜欢人世间有这一类不拘常格之人,教我们用另一种眼光看事物,教我们另一种生活方式。

五

明朝很有几位才华既高学问又渊博的,如杨慎和王世贞。但渊博是一件危险的事,尤其是博。分散用力,很可能面面都平平,不比人差,但也做不到独步一时。王杨都是明诗的大家,可惜没有十分突出的作品。他们又都是大批评家,人们关注的,不是他们的诗,而是他们的文学批评著作。

何景明和李梦阳同属前七子,他们在明诗里的地位,差不多像是唐朝的李杜。李何二人的风格,一个雄壮粗豪,一个秀逸清远,也好像李杜那样,明显拉开距离。李梦阳的好处容易看出,何景明的大气藏在多数温婉的诗作里,读熟了,才饮茶一般品出味道。《鲥鱼》最能显示何景明学杜的功力,沈德潜说和杜甫的"西蜀樱桃"一样作法,确实全诗四联无不一一对应。颔联的"赐鲜遍及中珰第,荐熟谁开寝庙筵",与杜诗的"忆昨赐沾门下省,退朝擎出大明宫"句法一致,尾联的"银鳞细骨堪怜汝,玉筋金盘敢望传",与杜诗的"金盘玉箸无消息,此日尝新任转蓬",意思和用词都相似。

何景明的诗很好,但他的诗论却出人意料。在著名的《明月篇》的序言里,他说,诗发乎性情,"其切而易见者,莫如夫妇之间",所以"辞必托诸夫妇",才能意旨深远。杜甫的诗,涉及夫妇的少,因此格调反而不如初唐四子。这真是非常奇怪的说法。另外,他认为杜甫歌行的音调也不如初唐四子婉转动听。《明月篇》就模仿卢照邻和骆宾王。然而卢王的七言歌行,富丽而已。文辞的秾艳还是南朝余风,音节的流丽靠近刘希夷、张若虚的俗体。《明月篇》三十余韵,内容无非是一点闺怨,他自己标榜"风人之旨",如果就是这个,实在很不足道。

六

唐宋都有文学艺术上的全才。王维传诗不过四百首,然而古体近体、五言七言,每一体裁他都是一流人物。杜甫的七绝稍弱,李白不耐烦做七律,王维这样的全面,唐朝仅此一人。苏东坡是另一位全才,而且不限于诗。诗词文和书法都称雄一代,宋朝也没有第二人。

到明朝,出了个徐渭,诗文书画,样样皆精。他还写了杂剧《四声猿》。如果不是时代的因素,他很可与东坡较一较短长。徐渭的诗,袁宏道说他兼有杜甫、李贺和苏轼的风格。他的七古学李贺,是一目了然的。七律,介乎杜甫和苏轼之间,两边都沾了一点影子,但这也是说不清的事,各人凭感觉罢了。徐渭为人怪僻,有精神病,不见容于世。谢肇淛在《五杂俎》中就拿他做戒世的例子。《渔阳弄》里颇有愤世嫉俗之言,而且情绪激烈。但他在诗里就语气平和一些,近体诗相当有规矩。齐白石佩服徐渭,题画诗有意向他靠拢。徐渭的题画诗比唐寅和后来的郑板桥更有韵致,清高却不卖弄,随意却不低俗。《题风鸢图》

的纯真童趣，是一般人装不出来的。效仿者喜欢儿童诗，笔下也有风致，但比起徐渭以及杨万里和范成大那样的涉笔成趣，得于无心，究竟有高下之分。小批评家喜欢鹦鹉学舌，每多耳食之言，矮子看戏，随人说长论短，自觉俨然成定论，亦甚可叹。

《题风鸢图》诗，且看其中四首：

一

柳条搓线絮搓绵，搓够千寻放纸鸢。
消得春风多少力，带将儿辈上青天。

二

春风语燕泼堤翻，晚笛归牛稳背眠。
此际不偷慈母线，明朝辜负放鸢天。

十五

偷放风鸢不在家，先生差伴没处拿。
有人指点春郊外，雪下红衫就是他。

二五

新生犊子鼻如油，有索难穿百自由。

才见春郊鸢事歇，又搓弹子打黄头。

其中第一首，以其易懂，据说已选入小学教材。我最喜欢第三首，写小孩子逃课放风筝，画面色彩生动，人物声口活灵活现。

至于吴承恩的诗，选者涉及，全看在他是"《西游记》作者"的面子上。然而《西游记》作者是谁，迄无证据，可怜那些辛辛苦苦为吴先生作了传的人，望空造语，连篇累牍，将来恐怕真成一梦。关于吴承恩，金性尧先生的一句话颇可解颐："遗憾的是，在他的诗文中，找不到有关西游记演义写作的资料。"一个人穷数年甚或数十年之功，写作一部旷世名著，却无一字道及，虽说很可能是性情恬淡的缘故，毕竟不近情理。我读过现存的全部吴诗，约略有两点印象。第一，他不是个性情活泼的人；第二，他不是个很有才气的人。他的诗作可用一句话形容，就是古板，没有灵气。这和《西游记》给人的印象大相径庭。如果"文如其人""诗如其人"有一点点可靠，很难相信《射阳先生存稿》的作者和《西游记》的作者是同一个人。

七

陈子龙死得早,未能把绝世才华尽情发挥。那些苟活下来的人,反倒有漫长的岁月把诗艺打磨得玲珑精巧。夏完淳殉国之时,尚不足十七岁。他的诗喜欢反复用同几个典故,这是一眼就能看出来的。如果是一个留下几百上千首诗的寿终正寝的作家,这说明他才气短、局面小。但夏完淳至死还是个孩子,在创作上,刚刚起步,然而天资卓绝,国破家亡的遭际和投笔抗清的经历又使他异乎寻常地早熟和深沉。读他的诗,令人每欲下泪。这个缺点,就不算什么了。金性尧先生在小传里说他:"十五从军,十七殉国。仅此二年,足抵千秋。泰山鸿毛,于此分明。"又说,夏完淳"父子,翁婿,师生,皆先后捐躯"。他的老师,正是陈子龙。《明诗三百首》选了《秋夕沉雨,偕燕又让木集杨姬馆中。是夜姬自言愁病殊甚,而余三人者皆有微病,不能饮也》。杨姬即后来的柳如是。她的原名,金性尧说是杨怜影,陈寅恪考证说是杨爱。陈子龙与柳如是相交至深,设若柳如是果然是一个"不世出之奇女子",那么,她慧眼择婿,陈子龙才是她心中的首选。下嫁钱谦益,不过退而求其次罢了。陈寅恪著书颂红妆,要是横云断岭,单写一部陈杨合传，岂不更令人会心于今日。

陈子龙最擅七律，王士禛说他源出李颀和王维，品格极高。他的词也好，《近三百年名家词选》以他的《点绛唇》开卷，这个韵密词短的小令，很少见人写得像他那样气势雄浑。他的七律中有甚浅易的一联，却是我时常念诵在口的："不信有天常似醉，最怜无地可埋忧。"

他的《重游弇园》，表达对王世贞的敬慕，此刻，也是我们思及他时的心情：

放艇春寒岛屿深，弇山花木正萧森。
左徒旧宅犹兰圃，中散荒原尚竹林。
十二敦盘谁狎主，三千宾客半知音。
风流摇落无人继，独立苍茫异代心。

唐以后的七律，江河百转，最后都归到老杜那里。这首诗的尾联正是如此。他悼念夏允彝的诗中有一联："志在《春秋》真不爽，行成忠孝更何疑。"也可以用在他自己以及他的学生夏完淳身上。他的壮烈牺牲，使我想起顾炎武悼念吴炎和潘柽章的诗句："一代文章亡左马，千秋仁义在吴潘。"

陈子龙一代豪杰，夏完淳少年英才，以此二人为明诗压轴，合卷之时，总算把朱元璋的刻薄阴狠带来的几百年戾气和士林普遍的萧瑟低抑涤荡一尽。

2011年2月9日

乾隆诗与"哥罐体"

一

周作人谈中国古典小说，谈到两本书，给人印象最深。一本是《儿女英雄传》，一本是《绿野仙踪》。这两本书，他在不同的文章里反复谈到过，但具体情况不同。他喜欢《儿女英雄传》，读得熟，喜爱里面的人物：十三妹是他一贯推崇的健康女人，安老爷虽有道学气却能见事通达，书的语言之好更不必说。至于《绿野仙踪》，他对整部书兴趣不大，只对冷于冰遇到老儒的故事念念不忘。周作人痛恨道学和八股文，凡与此有关的，哪怕只沾一点点边，讨伐起来决不容情，这只要看看他对韩愈的态度就很清楚。

冷于冰投宿乡村与村塾老儒打交道那一回，好似长篇幅的明清笑话，故事夸张而讽世尖辣。周作人于此心有戚戚焉，他觉得此节是讽刺乾隆皇帝的御制诗的：

> 这里还有一部书，我觉得应该提一提，这便是那部《绿野仙踪》。什么人所著和什么年代出版我都忘记了，因为我看见这书还在许多年前，大概总有六十多年了吧。鲁迅的《中国小说史略》中也不著录，现今也无法查考。这是一部木版大书，可能有二十册，是我在先母的一个衣柜内发现的，平常乘她往本家妯娌那里谈天去的时候偷看一点，可能没有看完全部，但大体是记得的。书中说冷于冰修仙学道的事，这是书名的所由来，但是又夹杂着温如玉狎娼情形，里边很有些猥亵的描写，其最奇怪的是写冷于冰的女弟子于将得道以前被一个小道士所奸的故事。不过我所不能忘记的不是这些，乃是说冷于冰遇着一个开私塾教书的老头子，有很好的滑稽和讽刺。这老儒给冷于冰看的一篇《馍馍赋》，真是妙绝了，可惜不能记得，但是又给他讲解两句诗，却幸而完全没有忘记，这便是：媳钗俏矣儿书废，哥罐闻焉嫂棒伤。
>
> 这里有意思的事，乃是讽刺乾隆皇帝的。我们看他

题在"知不足斋丛书"前头的"知不足斋何不足,渴于书籍是贤乎",和在西山碧云寺的御碑上的"香山适才游白社,越岭便以至碧云"比较起来,实在好不了多少。书里的描写可以说是挖苦透了,不晓得那时何以没有卷进文字狱里去的,或者由于告发的不好措辞,因为此外没有确实的证据,假如直说这"哥罐"的诗是模拟"圣制"的,恐怕说的人就要先戴上一顶大不敬的帽子吧。

这段文字系《旧小说杂谈》中的一节,后来又抄入《知堂回想录》,此处是从《知堂回想录》中摘录的。"哥罐诗"见《绿野仙踪》第七回,是老儒风花雪月四诗中《咏花》诗的一联。全诗如下:

> 红于烈火白于霜,刀剪裁成枝叶芳。
> 蜂挂蛛丝哭晓露,蝶衔雀口拍幽香。
> 媳钗俏矣儿书废,哥罐闻焉嫂棒伤。
> 无事开元击羯鼓,吾家一院胜河阳。

诗的前两句明白如话,最后两句虽然用了典故,熟悉古典文学的人都不难理解。意思正如作者自己解释的:

开元系明皇之年号,河阳乃潘岳之治邑;结尾二句,总是极称予家花木繁盛,不用学明皇击鼓催花,而已远胜河阳一县云尔。

问题在于中间两联,既没用怪字,又不使僻典,偏偏怎么看都看不懂,所以冷于冰看了,只得请教。老儒讲解,却是写他家实际发生的事情,只不过省略过头,强凑字句,弄得似通非通、不伦不类了:

予院中有花儿,媳采取而为钗,插于鬓边,俏可知矣;予子少壮人也,爱而至于废书而不读;予家无花瓶,而有瓦罐,予兄贮花于罐而闻香焉。予嫂素恶眠花卧柳之人,预动防微杜渐之意,随以木棒伤之,此皆借景言情之实录也。

据周作人的回忆,小时候他和鲁迅都读过《绿野仙踪》:

家中原有几箱藏书,却多是经史及举业的正经书,也有些小说如《聊斋志异》《夜谈随录》,以至《三国演义》《绿野仙踪》等,其余想看的须得自己来买添,我记得这里边有《酉阳杂俎》《容斋随笔》《辍耕录》《池北偶谈》《六朝事迹类编》"二酉堂丛书"《金石存》《徐霞客游记》等。(《关于鲁迅》)

"论诗赋得罪老俗儒"的故事,兄弟俩大概没少谈论,周作人的深刻印象,说不定还是由于鲁迅。鲁迅在《作文秘诀》里谈到此书,不及其他,只说到"哥罐诗":"至于修辞,也有一点秘诀:一要蒙胧,二要难懂。那方法,是:缩短句子,多用难字。"秘诀之一的缩短句子,举的就是此例:

《绿野仙踪》记塾师咏"花",有句云:"媳钗俏矣儿书废,哥罐闻焉嫂棒伤。"自说意思,是儿妇折花为钗,虽然俏丽,但恐儿子因而废读;下联较费解,是他的哥哥折了花来,没有花瓶,就插在瓦罐里,以嗅花香,他嫂嫂为防微杜渐起见,竟用棒子连花和罐一起打坏了。这算是对于冬烘先生的嘲笑。然而他的作法,其实是和扬班并无不合的,错只在他不用古典而用新典。

周作人上文中说讽刺乾隆皇帝，然而他举乾隆诗的两联，虽然确实不高明，却和"哥罐体"迥不相类。"知不足斋何不足"，近似八股文的没话找话说废话，而且文字拙劣；至于"香山适才游白社"，本是唐诗中的老套，乾隆描红，平庸而已。

乾隆的四万首诗，不知道周作人读过多少。他列举的实例，除了知不足斋那一首，都是北京香山碧云寺石刻上的。在早年的《山中杂信》里，他两处提到散步读乾隆诗碑，每次都不忘挖苦一番，每次挖苦都以《绿野仙踪》中的俗儒作比。《山中杂信》第四节：

> 近日因为神经不好，夜间睡眠不足，精神很是颓唐，所以好久没有写信，也不曾做诗了。诗思固然不来，日前到大殿后看了御碑亭，更使我诗兴大减。碑亭之北有两块石碑，四面都刻着乾隆御制的律诗和绝句。这些诗虽然很讲究的刻在石上，壁上还有宪兵某君的题词，赞叹他说"天命乃有移，英风殊难泯"。但我看了不知怎的联想到那塾师给冷于冰看的草稿，将我的创作热减退到近于零度。我以前病中忽发野心，想做两篇小说，一篇叫《平凡的人》，一篇叫《初恋》；幸而到了现在还

辑二 | 159

不曾动手。不然,岂不将使《馍馍赋》不但无独而且有偶么?

第五节:

我每天傍晚到碑亭下去散步,顺便恭读乾隆的御制诗;碑上共有十首,我至少总要读他两首。读之既久,便发生种种感想,其一是觉得语体诗发生的不得已与必要。御制诗中有这几句,如"香山适才游白社,越岭便以至碧云。"又"玉泉十丈瀑,谁识此其源。"似乎都不大高明。但这实在是旧诗的难做,怪不得皇帝。对偶呀,平仄呀,押韵呀,拘束得非常之严,所以便是奉天承运的真龙也挣扎他不过,只落得留下多少打油的痕迹在石头上面。倘若他生在此刻,抛了七绝五律不做,去做较为自由的新体诗,即使做的不好,也总不至于被人认为"哥罐闻焉嫂棒伤"的蓝本吧。

《旧小说杂谈》和《山中杂信》第四节都提到所谓《馍馍赋》,实际上《绿野仙踪》中并没有《馍馍赋》。他是小时候读的,年头久,记错了。老儒送馍馍给冷于冰吃,随口讲了一段关于馍馍之好处的话，用八股文作法，确有几分赋得体的神韵。周作人产生错觉，不为无因。

二

周作人指出乾隆诗的可笑，说《绿野仙踪》讽刺乾隆，金庸先生在小说《书剑恩仇录》里，表示赞同。《书剑恩仇录》第十回有一条长注，其中说：

> 日人稻叶君山《清朝全史》云："乾隆御制诗至十余万首，所作之多，为陆放翁所不及。常夸其博雅，每一诗成，使儒臣解释，不能即答者，许其归家涉猎。往往有翻阅万卷而不得其解者，帝乃举其出处，以为笑乐。"其实乾隆之诗所以难解，非在渊博，而在杜撰，常以一字代替数语，群臣势必瞠目无所对，非拜伏赞叹不可。

接着便引用了周作人的那段话，评论说："该书成于乾隆二十九年，其时御制诗流传天下，周说颇有见地。"

金庸先生说乾隆诗的难解，不在渊博而在杜撰，和鲁迅先生意思一样，而说得更具体。周作人说讽刺，就是说《绿野仙踪》里的"哥罐体"是故意模仿乾隆的。金庸加以补充，小说写成时，正当乾隆御制诗流行天下，作者李百川才加以嘲讽，所以，"哥罐体"等于就是"乾隆体"。实际上，这种用"今典""以一字代替数语"的歪诗，是有"传统"的。假如李百川有一个模拟对象，对象并不一定是乾隆。我们先看一个广为人知的例子。

冯梦龙《古今谭概》里收了一个宋朝的故事：

> 哲宗朝，有宗子好为诗，而鄙俚可笑。尝作《即事》诗云："日暖看三织，风高斗两厢。蛙翻白出阔，蚓死紫之长。泼听琵琶凤，馒抛接建章。归来屋里坐，打杀又何妨？"人问其诗意。答曰："始见三蜘蛛织网于檐前，又见二雀斗于两厢廊。有死蛙翻腹似'出'字，死蚓如'之'字。方吃泼饭，闻邻家作《凤栖梧》。食馒头未毕，阍人报建安章秀才上谒。接章既归，见内门上画钟馗击小鬼，故云'打死又何妨'。"哲宗方欲灼艾，有小内侍诵此诗，笑极，遂罢灸。

这个故事不仅《古今谭概》收录，很多笑话书和其他书里都收了。原来的出处没查到，据说出自元人《捫掌录》。总之，这首《即事》诗大名鼎鼎。看其写法，正是"哥罐诗"

嫡嫡亲亲的先祖。

胡适先生在其《白话文学史》专一搜罗历代俗诗，他没看上的俗诗中，正有一类，就是那些不通文墨的官僚、武将、地方军阀和盗寇头目的附庸风雅之作。比如安史之乱的主角史思明，姚汝能《安禄山事迹》中说，他本不识文字，忽然好吟诗，每写出一首，到处张贴。他的《樱桃诗》很多人都读过，还有一首《石榴诗》，不如《樱桃诗》那么出名，但同样可爱：

> 三月四月红花里，五月六月瓶子里。
> 作刀割破黄胞衣，六七千个赤男女。

大作完成，感觉良好的史先生，立即下令"郡国传写，置之邮亭"。以他"大燕顺天皇帝"的身份，这两首御制咏水果诗，当年肯定也是"阔气"过的，不知赢得了多少翰林学士的激赏。

隋朝侯白的《启颜录》里，记载了北朝武将高敖曹的三首诗，其中有名的句子有："开坛瓮张口，卷席床扒皮。""墙斜壁凸肚，河冻水生皮。"这是地道的打油诗了。这类诗，直到洪秀全和近代的张宗昌，还薪尽火传，不绝如缕。

"哥罐体"正是这类俗诗中,比较具有"写实"和"格物"精神的一种。

说起来,宋朝那位宗室子弟还不是"哥罐体"的创始人。真正的创始人,要比他再早上几百年,是唐朝早期的一位将军权龙襄。由于权将军爱写诗,又以诗自豪,加上相对多产,他创造的"哥罐体",当时就叫"龙襄体"。"龙襄体"的标准之作,是张鷟在《朝野佥载》中为我们记下的《秋日述怀》:

檐前飞七百,雪白后园墙。
饱食房里侧,家粪集野螂。

和前述两首"哥罐体"一样,这首诗也无人能读懂,作者只好亲自解说:"鹞子檐前飞,直七百文。洗衫挂后园,干白如雪。饱食房中侧卧。家里便转,集得野泽蜣螂也。"

《绿野仙踪》第七回讽刺乡儒,"哥罐体"不过其中一端。此外还有他的《臭屁赋》《臭屁行》,还有《畏考秀才赋》。老儒见于冰,自我介绍道:"姓邹,名继苏,字又贤。邹,乃邹人孟子之邹,继绪之继,东坡之苏;又贤者,言不过又是一贤人耳。"他僻处乡间,好不容易遇到一个肯读他文字的人，兴奋莫名，捧出几大本所作的诗词文赋，死活不让客人睡觉，要人家边读边听他自说创作体会，再予以赞扬。冷于冰信手翻看，"内有《十岁邻女整寿赋》《八卦赋》《汉周仓将军赋》。又隔过二十余篇掀看，有《大蒜赋》《碾磨赋》《丝瓜喇叭花合赋》。再往后看，见人物、山水、昆虫、草木无不有赋，真不知费了多少年功夫"。邹继苏这样的人物，迂腐不通，荒唐可笑，坎井之蛙，妄自尊大，古代小说里屡见不鲜，明清的笑话也常拿他们打趣，显然是现实中普遍存在的一类人物。这种人本身也是科举制度的受害者，可笑的同时，亦复可怜。

当然《绿野仙踪》讽刺腐儒，乃至讽刺科举制度，是别有用意的，是为了给冷于冰舍弃一切、入山求道寻找理由。邹继苏这个人物，实在看不出和乾隆有多少关联。《绿野仙踪》第七回的回目叫作"走荆棘投宿村学社，论诗赋得罪老俗儒"，回尾诗是"凶至大虫凶极矣，蝎针蜂刺非伦比。腐儒诗赋也相同，避者可生读者死"，把作者的题旨说得十分清楚。

三

"哥罐体"与乾隆诗关系不大，《绿野仙踪》作者李百川明说那一回故事是嘲讽"腐儒诗赋"的。生活在乾隆盛世的李百川不会去讽刺乾隆,还有一个更简单但也更有力的理由,那就是文字狱。

康雍乾三朝,清廷屡屡制造文字狱,大案一发,牵连无限。当事人动辄被满门抄斩,甚至株连九族。像庄氏《明史》一案,被杀者不下千人。戴名世《南山集》案,戴名世凌迟处死,戴氏家族凡男子十六岁以上者立斩,女子及十五岁以下男子,发给清朝功臣家作奴仆,受到牵连的有三百多人(后来康熙帝改戴名世的凌迟为斩刑)。雍正朝有著名的吕留良案和查嗣庭案。乾隆朝的文字狱案多达一百三十余起,不仅数量多,而且处理之严、株连之广,超过他祖父和父亲。《绿野仙踪》的写作,大约在乾隆十八至二十七年,书前陶家鹤的序言作于乾隆二十九年春二月,书当然是在这之前就完成了。在此期间和之前,乾隆十五年,发生了伪孙嘉淦奏稿案,乾隆二十年,有胡中藻《坚磨生诗钞》案。李百川胆子再大,也不敢以身家性命为赌注,去讽刺当今皇上,拿御制诗开玩笑。

周作人也想到了这个问题,但他以为,之所以没被人告发,一是"或者由于告发的不好措词",二是"没有确实的证据","假如直说这'哥罐'的诗是模拟'圣制'的,恐怕说的人就要先戴上一项大不敬的帽子吧"。没证据这一条，在文字狱中，从来不是理由。既然是罗织罪名、望文生义、捕风捉影，何愁证据不足？若真的讲证据，一大半文字狱也不会发生了。告发者不好措辞，这是有些道理的。但告发者自己也被牵连，固然有，结果却是告发者始料未及的。文字狱的告发者，多是为了得奖赏，还有的是携私嫌报复仇家。尽管可能有"不好措词"的风险，但告发者很可能事先想不到。那么，被告发的风险总是有的。何况书大量印行，被皇帝及其近臣、被各级官员发现，可能性非常大。官员发现了而不告发，本身即是大罪。这样的风险，牵扯着自家和成百上千的家人及亲友的性命，值得抱着侥幸心理去冒吗？今人看从前的事，往往把事情看轻了，轻易做出结论——扯远了，这倒和知堂老人论《绿野仙踪》无关，他论说古人的文字，向来是不温不火的。

乾隆做了六十年皇帝、三年太上皇，活了八十九岁，算得上中国历史上最"幸运"兼"幸福"的皇帝。他喜欢文艺，处处留痕，连上古流传下来的玉器等文物上，也刻下了他老人家的题词。他的御制诗多达四万余首，差点赶上《全唐诗》的总量。日理万机之余，写出这么多诗，其中没过脑子的、脱口而出的打油诗，自然不在少数。所以到今天，在一般人眼里，乾隆诗成了一个笑话：要么是别人代笔，要么狗屁不通。这当然不是实情。

　　乾隆的诗既然如此之多，质量又非常差劲，除了研究清史者，决心通读的人恐怕不会多。我看了台北故宫乾隆时代文物大展的精美图录，其中有一些乾隆题诗的手迹，继而读戴逸先生的《乾隆帝及其时代》，对乾隆诗发生了一点兴趣，网上搜罗，好歹读了上百首——总数量的小小零头——然而因这一百多首，也觉得乾隆诗比我们想象的复杂。假如专选"知不足斋"那样的作品，弄出一个选集，那乾隆不比权龙襄和史思明强多少；假如换一个人认真选，同样选一百多首，读者会觉得，乾隆其实是个不坏的诗人，有些诗也是可以传下去的。乾隆喜欢书画，他题写书画的诗就有一些相当不错，如《书法中最喜黄庭坚笔意因而有作》：

> 羲之称书圣，诸体无不有。
> 齐梁作者无，李唐推颜柳。
> 惜哉世已远，赝者十之九。
> 宋元差可寻，翰墨出亲手。
> 机暇戒宴安，时或游艺薮。

就中名迹夥，唯爱鲁直叟。
倜傥无安排，潇洒绝尘垢。
譬如百尺松，孤高少群偶。
信笔一规摹，运腕忘妍丑。
所师在神劲，讵论形肖否。
伊余有深意，笔谏曾谨守。
好尚苟不端，丧德良已厚。
所爱汲黯戆，裁诗铭座右。

再如《高其佩指头画虎》：

铁岭老人阎李流，画不用笔用指头。
纵横挥洒饶奇趣，晚年手法弥警遒。
为吾染指画苍虎，气横幽壑寒飕飕。
落墨伊始鸦雀避，着色欲罢豺狼愁。
怒似苍鹰厉拳爪，炯然霹雳凝双眸。
万里平川望无极，三株古柏拏龙虬。
老人阅世如云浮，独于画法未肯休。
此图赠我实手迹，笔绘还输第二筹。
高堂昼静风生壁，却忆行围塞北秋。

说实话，历代关于画虎的诗，除了王安石的《虎图》和《阴山画虎图》两首，就我读到的来看，就数乾隆这一首好了。他的劣诗当然多不胜举，但周作人要把他和"哥罐体"拉上关系，举例所及的碧云寺石碑上的几首，都不相关。而戴逸先生书中的一首，才有说服力：

> 乾隆四十一年，他在巡幸途中接到北京下雨的报告，咏诗一首："阁报例应隔日至，均称二寸雨欣滋。然斯乃谓十八彼，料彼未知旬九斯。"

戴逸先生说，这首诗不仅没有诗味，而且意义费解。幸亏诗后附有很长的注文，看了注文，才知道事情是这样的：原来乾隆在巡幸中，照例隔天收到北京送来的阁报。阁报说北京下了两寸雨，他感到很欣慰。可是又接到直隶的报告，说易州在十九日下雨四寸，易州和北京下的雨量不一样。北京所报是十八日的情形，大约还不知道十九日的情形。戴逸说，这里省略了下雨两寸和四寸的差别，省略了直隶奏报，省略了两地雨量的比较，只剩下十八日和十九日。如不看注，根本弄不清诗里说的是什么。

这才是乾隆笔下的"哥罐体"。但也不能说明什么问题。

四万多首诗里,找出几首"哥罐体"、打油诗、道学诗,找出钱锺书先生说的"押韵的文件",乃至找出近似他最推崇的杜甫的诗,甚或近似李白和杜牧的诗,都不无可能。那么,和这些能连得起来的,似乎不好说都在影射乾隆。

          2014 年 2 月 28 日

李白的仙诗

传说的李白逸诗,有两首特别出名,一般题作《上清宝鼎诗》。第一首:

朝披梦泽云,笠钓青茫茫。
寻丝得双鲤,中有三元章。
篆字若丹蛇,逸势如飞翔。
归来问天老,奥义不可量。
金刀割青素,灵文烂煌煌。
咽服十二环,奄见仙人房。
暮跨紫鳞去,海气侵肌凉。
龙子善变化,化作梅花妆。

> 赠我累累珠,靡靡明月光。
> 劝我穿绛缕,系作裙间裆。
> 挹子以携去,谈笑闻遗香。

第二首:

> 人生烛上花,光灭巧妍尽。
> 春风绕树头,日与化工进。
> 只知雨露贪,不闻零落近。
> 我昔飞骨时,惨见当涂坟。
> 青松霭朝霞,缥缈山丁村。
> 既死明月魄,无复玻璃魂。
> 念此一脱洒,长啸祭昆仑。
> 醉着鸾皇衣,星斗俯可扪。

说出名,一个原因是,诗写得有点水平,在古人看来,"仙气十足",而且毫不含糊地自我标榜为神仙。与此相关但更重要的另一个原因,是有关这两首诗之来历的离奇传说。

东坡题跋有《记太白诗二首》,其一说:

> 余在都下,见有人携一纸文书,字则颜鲁公也,墨迹如未干,纸亦新健。其首两句云:"朝披梦泽云,笠钓青茫茫。"此语亦非太白不能道也。

第二则在完整抄录上述两首诗后说:

> 余顷在京师,有道人相访,风骨甚异,语论不凡。自云:"常与物外诸公往还。"口诵此二篇,云:"东华上清监清逸真人李太白作也。"

两则题跋讲述的似是两次不同的经历,虽然事情都发生在京师。第一次,是有人给他看了一首诗的墨迹,字是颜体,但诗出谁手则没说。东坡觉得诗的头两句写得好,非李白不能作。这句话的意思不是肯定诗出李白之手,而是说,作者必是李白一流人物。

第二次,他遇到一个道士,这个道士看上去仙风道骨,言语很牛,自称经常与神仙相往来,为了证明所言不虚,念了这两首诗,说是成仙之后的李白所作。

李诗世人传诵,在苏东坡面前,念两首李白诗没什么可炫耀的。关键的地方在于,这不是寻常的李诗,而是李白死后成仙之后的新作,《李太白全集》里是找不到的。第一则题跋说文书的纸墨都新,第二则暗示,诗是道士不久前才从李白那里得到的。这说明诗是李白的"近作",是唐朝大诗人在宋朝时候的新作。正因为新,东坡之前不可能读到。

苏轼没有肯定事情的真实性,估计他也未必信。遇到这样的事,随手记下来,好玩而已。但记载既然出自他的笔下,那就非同小可,所以宋人竞相传抄。于是滚雪球一般,细节不断发展,愈出愈奇。在赵令畤的《侯鲭录》里,故事已经演变成,李白的诗在酒肆间流传,全篇被秦观抄录。遇到那位"风骨甚异"的道士的人,也换成了秦观:

> 东坡先生在岭南,言元祐中,有见李白酒肆中诵其近诗云:"朝披梦泽云,笠钓青茫茫。"此非世人语也。少游尝手录其全篇。少游叙云:"观顷在京师,有道人相访,风骨甚异,语论不凡。自云尝与物外诸公往还,口诵二篇,云东华上清监清逸真人李白作也。"

到了《王直方诗话》,故事又变了:

元祐八年,东坡帅定武,李方叔、王仲弓别于惠济,出示《南岳典宝东华李真人像》,又出此二诗,曰此李真人作也。近有人于江上遇之得此,云即李太白也。

这里出现了一位李真人,有诗,还有画像。遇到李真人的人,说李真人就是李白。李白成仙后的封号,前面说是"东华上清监清逸真人",这里演变为"南岳典宝东华李真人"。

现在不妨来读读这两首诗。它们体裁相同,风格近似,有可能同出一人之手。第一首写作者的神仙生活:从鱼肚子里得到道书,含义微妙,因此要去求教天老,之后功力大进,四海遨游,邂逅龙子,获赠明珠。这样的内容,没超出游仙诗的范围。你若说它写实,作者当然非神仙莫属;你当它是想象之词,谁都能写,不必郭璞、曹唐。诗的前面大半部分,从"朝披梦泽云"到"海气侵肌凉",确有李白风格,有他惯用的词语、惯用的语气乃至惯用的句式。李白的五古得力于汉魏,此处的"寻丝得双鲤,中有三元章""金刀割青素,灵文烂煌煌",正是如此。后面八句略有陌生感,我想主要是其中的内容,包括一些用词,不是李白诗中习见的,特别是这四句:"赠我累累珠,靡靡明月光。劝我穿绛缕，系作裙间裆。"语气略似，用词则近俗。

东坡等人的赞扬，都是针对第一首。全诗一气连贯，起首尤其大气。以飘然而去为结尾，是李白最爱用的手法，这里用得也恰到好处，而且有变化。

相比之下，第二首显得平庸。说平庸，前面六句和后面四句都还凑合，拙劣的是中间六句："我昔飞骨时，惨见当涂坟。青松霭朝霞，缥缈山丁村。既死明月魄，无复玻璃魂。""惨见当涂坟"一联，凄凉阴森，不是仙诗，殆近鬼诗。"既死明月魄，无复玻璃魂"，还可说接近李贺一路。这两句则李贺也不会这么直接，李白更不会用这样的词语。制作此首的目的也许太明确了，就是担心读者看不出诗的主人已羽化登仙，所以要突出他的"死"。结句的"扪星斗"，简直是李白的招牌，反而让人觉得是露骨的模仿。因为李白的逸诗里已经有了："夜宿峰顶寺，举手扪星辰。不敢高声语，恐惊天上人。"话说回来，后面这首传说得自蕲州黄梅县峰顶寺梁间的不署名之作，我也不相信是李白的：看似飘然，却太轻挑了。

李白生前已被称为"谪仙人"，他又热衷于炼丹修道，加上形象好、气度高华，关于他成仙的传说不绝如缕。醉

辑二　177

酒捉月而死的故事人所共知,《龙城录》里更借韩愈之口,讲述李白成仙后的事迹:

> 退之尝言,李太白得仙去。元和初,有人自北海来,见太白与一道士,在高山上笑语久之。顷道士于碧雾中跨赤虬而去,太白耸身健步追及,共乘之而东去。此亦可骇也。

这和诗中的"跨紫鳞"大致是一回事。

蔡绦的《西清诗话》也记录了李白的逸作:

> 李太白秀逸独步天下,其遗篇世多传之,独近人有见其仙去后诗,略云:"断崖如削瓜,岚光破崖绿。天河从中来,白云涨川谷。玉案敕文字,世眼不可读。摄身凌青霄,松风吹我足。"又云:"举袖露条脱,招我饭胡麻。"真云烟中语也。

这两首,《全唐诗》李白诗补遗都收录了,前一首题为《瀑布》,后一首标为《断句》,但多出"野禽啼杜宇,山蝶舞庄周"两句。

蔡绦说他记录的诗是李白成仙后的作品，周必大《二老堂诗话》有"记舒州司空山李太白诗"一条，却证明这不过是李白的一首记游诗。司空山在舒州太湖县界，"上有一寺及李太白书堂。一峰玉立，有太白《瀑布》诗"。"余兄子中守舒日，得此于宗室公霞。"周必大说，胡仔《苕溪渔隐丛话》和蔡绦《西清诗话》记录李白诗，都没有说明是题司空山的，而且记录的原文有误。

既误以断岩为断崖，与第二句相重。赤文作敕文，落落作世眼，摄衣作摄身，皆浅近与前句大相远。当涂《太白集》本，元无此诗，因子中录寄，郡守遂刻于后。余皆从蔡绦误本，子中争之不从，仅能改"敕"为"赤"而已。

据此，李白游司空山所作的《瀑布诗》，原作应是这样的：

> 断岩如削瓜，岚光破崖绿。
> 天河从中来，白云涨川谷。
> 玉案赤文字，落落不可读。
> 摄衣凌青霄，松风吹我足。

周必大所说的几处异文，一经对比，高下自分。文句上的传抄讹误，本来十分明显，但郡守相信神仙，不信凡人，周子中据理力争，到底拗不过他。

苏东坡多次说过，传世李白诗多有他人之作混入者。他认为《姑孰十咏》"其语浅陋"，应该是专门模仿李白的那位李赤所作。他还说：

> 今太白集中，有《归来乎》《笑矣乎》及《赠怀素草书》数诗，决非太白作。盖唐末五代间贯休、齐己辈诗也。

《全唐诗》的李白诗补遗中，也有一首《上清宝鼎诗》：

> 我居清空表，君处红埃中。
> 仙人持玉尺，度君多少才。
> 玉尺不可尽，君才无时休。

这首诗一看就有问题，因为它根本不押韵。今人已经查考出，这是东坡外集中《李白谪仙诗》的节录，原诗是：

我居清空里,君隐黄埃中。

声形不相吊,心事难形容。

欲乘明月光,访君开素怀。

天杯饮清露,展翼登蓬莱。

佳人持玉尺,度君多少才。

玉尺不可尽,君才无时休。

对面一笑语,共蹑金鳌头。

绛宫楼阙百千仞,霞衣谁与云烟浮。

东坡在《记太白诗二首》中,还记录了一首七言诗:

湘中老人读黄老,手援紫藟坐碧草。

春至不知湘水深,日暮忘却巴陵道。

东坡说:"唐末有见人作此诗者,词气殆是李谪仙。"现在我们有书有网络,一查就知道这是贾至的《君山》诗。古代没有现在的条件,各种异闻和传说才多。仅从诗中的某些方面来猜测作者是谁,大都不可靠。姜夔词有拟辛弃疾的,李商隐诗有模仿李贺的,还有模仿杜甫的,假如这些诗词散佚在别处,以风格来推测作者,如何靠得住。

仔细想来，东坡记录的李白诗二首，大约是同时代的道士的伪作，当然也有可能是中晚唐的道士的伪作。有才艺的僧人和道士，喜欢奔走于权贵和名流之门，当清客，撑场面，很得欢迎。炼丹和传授黄白之术的虽也不稀罕，毕竟落了下乘。故作神秘地炫才，效果最好。小时候读《千家诗》，有《答钟弱翁》一首：

　　草铺横野六七里，笛弄晚风三四声。
　　归来饱饭黄昏后，不脱蓑衣卧月明。

作者题作"牧童"。当时很觉得好奇，怎么作者会是一个牧童。后来读厉鹗的《宋诗纪事》，讲了一个故事，说钟弱翁在平凉做统帅时，有道士携一小童来见，钟弱翁要试他本事，让他以牧童为题即兴赋诗。道士大笑说，这点小事，用不着我来，这孩子自己就行。于是那小童就念了这首诗。据此，这首诗的题目应当叫《牧童》，不应当叫《答钟弱翁》。当时钟弱翁听了，非常佩服。道士离去时，钟弱翁看见他随身带了两口箱子，忽然悟到，两口箱子，即是两个"口"字，上下相叠，两口为"吕"，道士必是吕洞宾无疑。因此，这首诗后来又传为吕洞宾所作。《全唐诗》辑录的吕洞宾诗，十有八九是这么来的。道士的伎俩，其实简单不过，事先做好诗，让小孩子背下来就是了。大官当场出题目，无非老一套，过去文士参加权贵的雅聚，为了露一手，早已"宿构"了佳作，准备现场卖弄。有个十几首诗，多半能应付了。在汴京叩东坡之门的那位道士，弄出这两首诗来，正是想让人家相信他是得了道的。东坡天生好脾气，爱交方外朋友，既然喜人谈鬼，谈神仙又何不可。大概他总是姑妄听之的。

说诗出自道士之手，主要还不是因为内容。使用很多道教词汇的诗，对道教有常识的人都能写得出来，说明不了问题。我觉得故事中编造李白成仙后的封号，最有道士故弄玄虚的味道。

2014 年 3 月 5 日

辑三

湘中老人

周作人译《枕草子》卷二第三二段,作者清少纳言去菩提寺参加法华八讲,有人带信来说:"早点回家来吧,非常的觉得寂寞。"作者就在莲花瓣上写了一首歌作为回答:"容易求得的莲花的露,放下了不想去沾益,却要回到浊世里去么?"后文说:"觉得经文十分可尊,心想就是这样长留在寺里也罢。至于家里的人像等湘中老人一样,等着我不回去,觉得焦急,就完全忘记了。"

周氏说,莲露比喻佛法。闻无上妙法而忘返,作者用了湘中老人的典故。周氏译注:"据《列仙传》里说,老人好黄老之书,在山中耽读,值湘水涨,君山成为湖中一岛,亦并不知道,忘记了回巴陵去了。"

这条注解值得探究一下。《列仙传》一般是指传为刘向所作的那本，但今存之《列仙传》中，没有此条。中国历代关于神仙的书很多，书名大同小异。知堂说的《列仙传》，很可能是明人编的《列仙全传》，其中卷六就有《湘中老人》。我手头没有这本书，无法查证，据他人所引，显然是根据唐人郑还古《博异志》中的《吕乡筠》一篇改编的。

吕乡筠是洞庭商人，这个人和一般的商人不同，他是小本生意，赚了钱，家庭用度之外，便拿来救济贫困的亲友，次及其他穷人。此外，他很会吹笛，遇到好山好水，优游其中，吹笛为乐。有一年春夜，他泊船于君山之侧，独自饮酒吹笛。忽见湖上有小船驶来，近前看清楚，是一满头白发的老人。这老人气质不凡，不像寻常打鱼人。吕乡筠恭恭敬敬地把他迎到自己船上。老人说："你的笛子吹得好，我是闻声而来啊。"对饮几杯酒后，老人说："我自小吹笛，颇有心得，你看起来是个可教的人，那就跟你说说吧。"吕乡筠很高兴，愿意拜为老师。老人从袖间取出三支笛子，说："大的和中等的，不能轻易吹奏，只能拿最小的一支，如笔管粗细的，吹一曲给你听。"吕乡筠很想听另外两支，老人说："那是在天上或仙界才能吹的，在人间吹奏，将使日月无光、

辑三

山崩地裂,就这小的,还不知能否把一曲吹完呢。"说完,老人开始吹笛,刚吹了三声,湖上陡然风起,顿时波浪排空,吕乡筠和童仆吓得面无人色。吹到五声六声,君山上鸟兽齐声哀鸣,月色也变得昏暗起来。老人见状,只好停止。

接着又饮了几杯酒,老人吟诗一首,诗曰:

> 湘中老人读黄老,手援紫藟坐翠草。
> 春至不知湘水深,日暮忘却巴陵道。

然后对吕乡筠说:"我走了,明年和你在此再见吧。"随即跳上自己的小船,径直离去。到明年秋天,吕乡筠再来君山等候,老人却没有现身。

郑还古的故事,明写老者为神仙,很多人读过,以为诗出其手,就是仙诗了。所谓"湘中老人",也就成为神仙的名号。

其实,《博异志》中的这首诗,并非原创,而是盛唐诗人贾至的《君山》诗。贾至和同时的大诗人李白、杜甫、岑参等都有来往,他和李白同游洞庭,曾写下《初至巴陵与李十二白裴九同泛洞庭湖三首》,风格和这首《君山》

颇为近似，如第二首：

> 枫岸纷纷落叶多，洞庭秋水晚来波。
> 乘兴轻舟无近远，白云明月吊湘娥。

第三首：

> 江畔枫叶初带霜，渚边菊花亦已黄。
> 轻舟落日兴不尽，三湘五湖意何长。

他和洞庭湖关系密切，郑还古把吕乡筼的故事放在这个背景中，正是受了贾至诗的启发。

古代书籍难得，贾至的《君山》诗到宋代被传为仙诗，而且因为苏东坡的称赞，几乎家喻户晓。赵令畤《侯鲭录》中记载，东坡与人闲谈，列举"鬼诗"佳作：

> 诵一篇云："流水涓涓芹吐芽，织乌西飞客还家。深村无人作寒食，殡宫空对棠梨花。"……坡又举云："杨柳杨柳，袅袅随风急，西楼美人春睡浓，绣帘斜卷千条人。"

最后朗诵的就是贾至这首,并赞叹说:"此必太白、子建鬼也。"

三诗均出于唐人小说,东坡当然不会不知是小说作者假托。此处说鬼诗,意思应该是小说中的仙鬼之诗。后人误解,就把子虚乌有的湘中老人看作不轻易显露行藏的神仙了。这种情形,不管是故意还是无意,甚为常见。愚弄人而获益,成本最低的手段莫过于造"神"。杜光庭编著《仙传拾遗》,本着多多益善的原则,把此类人物尽量收罗。韩愈做游戏文字,写了《石鼎联句诗序》,虚构一个轩辕弥明和侯喜、刘师服斗诗,把侯、刘二人打得落花流水。其实诗都是韩愈一个人写的,三人出句,风格雷同。这个轩辕弥明,到了杜光庭笔下,顺理成章地成为神仙。但杜光庭为造神而造神,动机还是单纯的,他到底不懂得经国治世。

湘中老人的故事大概就是这样。周注所说湘水涨、君山为岛、忘记回巴陵等情节,郑还古的原作中并没有,若非后人望文生义的演绎,就是知堂老人自我作古了。

又,洞庭山古来即传为神仙出没之地,东晋王嘉《拾遗记》卷十记诸名山,其"洞庭山"条说:

洞庭山浮于水上，其下有金堂数百间，玉女居之。四时闻金石丝竹之声，彻于山顶。楚怀王之时，举群才赋诗于水湄，故云潇湘洞庭之乐，听者令人难老，虽《咸池》《九韶》，不得比焉。每四仲之节，王常绕山以游宴，各举四仲之气以为乐章。仲春律中夹钟，乃作轻风流水之诗，宴于山南；律中蕤宾，乃作皓露秋霜之曲。后怀王好进奸雄，群贤逃越。屈原以忠见斥，隐于沅湘，披蓁茹草，混同禽兽，不交世务，采柏实以全桂膏，用养心神；被王逼逐，乃赴清泠之水。楚人思慕，谓之水仙。其神游于天河，精灵时降湘浦。楚人为之立祠，汉末犹在。其山又有灵洞，入中常如有烛于前。中有异香芬馥，泉石明朗。采药石之人入中，如行十里，迥然天清霞耀，花芳柳暗，丹楼琼宇，宫观异常。乃见众女，霓裳冰颜，艳质与世人殊别。来邀采药之人，饮以琼浆金液，延入璇室，奏以箫管丝桐。饯令还家，赠之丹醴之诀。虽怀慕恋，且思其子息，却还洞穴，还若灯烛导前，便绝饥渴，而达旧乡。已见邑里人户，各非故乡邻，唯寻得九代孙。问之，云："远祖入洞庭山采药不还，今经三百年也。"其人说于邻里，亦失所之。

紫蘦为仙草，是一种藤本植物，似乎与唐人小说中的千岁蘦有些关系。

2016 年 2 月 5 日

天涯风雪林教头

我喜欢南方的细雨，不喜欢北方的大风雪。无风时静悄悄的雪，在昏黄的街灯下飘洒，弥散出童话和梦境般的温馨。不太冷的早晨，立脚高处，远望平野白茫茫一片，也是相当好的画境。可惜下雪时常常伴着凛冽的寒风，这就不免狼狈了。雨也一样，要看具体情形。记得小时候，用的还是油纸或油布伞，虽然不像江南那样讲究，染作红色或绘了清丽的图案，而是简单的原色，但映衬于春天的鹅黄嫩绿和万紫千红，自有素朴的韵味。希区柯克的影片《驻外记者》的开头，刺客开枪后混入雨中的人群，警察从台阶上往下看，只见大街上蘑菇样的一朵朵黑伞，不见伞下的男女。虽在惊险片里，却是抒情的味道。南方美丽的油纸伞，正如娇嫩的荼蘼，经不起恶风蛮吹。因此你可以想象，一把伞缓步在乡下的泥径上时，天地之间该多么安静。

雨雪之分，是南北之别，是宋词的两派，是两种际遇和情怀。

中国的古诗词里，雨雪风霜，触目即是。但写雪显然比写雨更容易出彩，大概因为雪有颜色和形态。雪后的山河，旧貌全失，如妆后的佳人，忘了岁月，也忘了哀愁，尽管梦很快就将醒来。在古典小说里，作者往往在情节吃紧的地方来一场大雪，铺开画面，揉碎时间，借此诗情大发，作浓墨重彩的畅快描写。读《三国演义》，三顾草庐的其中一次，有雪，有梅，有骑驴的高士，何等从容风雅。读《水浒》，谁会忘记林冲雪夜上梁山？他枪尖上挑着酒葫芦，在大风雪中蹒跚而行的形象，搅动了多少文人志士的满腔勃郁之气？读李开先的《宝剑记》，听李少春的《野猪林》，感受最强烈的就是这一点。弥漫宇宙、覆没万物的雪，是一个人的胸襟，是浇胸中块垒的酒，而酒后激发出的豪情，又像大雪一样混茫无际。高潮戏之后，林冲投奔到柴进的庄子，故事节奏慢慢平缓下来。然而见证了一切的雪，并没有消停，似乎拿定了主意跟随林冲，聚光灯一样不弃不离，给他一个氛围。这氛围从激越逐渐转为姜夔式的抒情：

且说林冲与柴大官人别后，上路行了十数日，时遇暮冬天气，彤云密布，朔风紧起，又见纷纷扬扬下着满天大雪。林冲踏着雪只顾走，看看天色冷得紧切，渐渐晚了，远远望见枕溪靠湖一个酒店，被雪漫漫地压着。林冲奔入那酒店里来，揭开芦帘，拂身入去，倒侧身看时，都是座头，拣一处坐下，倚了衮刀，解放包里，挂了毡笠，把腰刀也挂了。

"被雪漫漫地压着"，形容得多么好！姜夔的"千树压，西湖寒碧"，就是这个"压"字。

在这样一座仿佛出自倪瓒和石涛画里的酒店里，梁山泊上一个寻常的小头领，也透出不凡的气势：

林冲吃了三四碗酒，只见店里一个人背叉着手，走出来门前看雪。那人问酒保道："甚么人吃酒？"林冲看那人时，头戴深檐暖帽，身穿貂鼠皮袄，脚着一双獐皮窄勒靴；身材长大，相貌魁宏，双拳骨脸，三叉黄髯，只把头来仰着看雪。

假如林冲听人红牙小板唱过柳永的词，看到此刻的"旱地忽律"朱贵,会想到柳永的名句"一望关河萧索,千里清秋,忍凝眸"。听关西大汉执铁绰板唱过岳飞的词,会想到岳飞的名句"抬望眼,仰天长啸,壮怀激烈"。这段人物与景物的勾画,超出了故事情境的约束,把读者带进一个理想主义的知识分子的内心世界。这是林冲眼中之所见,一组主观镜头恰是他心境的投射,很少雪诗能写出这样的世界。

梁山泊脚下的朱贵酒店,小说里后来还有一段描写,时间转为盛夏,主角换成戴宗:

> 此时正是六月初旬天气,蒸得汗雨淋漓,满身蒸湿,又怕中了暑气。正饥渴之际,早望见前面树林侧首一座傍水临湖酒肆。戴宗拈指间走到跟前,看时,干干净净,有二十副座头,尽是红油桌凳,一带都是槛窗。

眼中所见,又有不同,只是一个轻快,只是一个行路人看见歇息饮食之处的放松。他看见店里明窗净几,店外风景不俗。连桌椅是红油的,共有二十来副,也都注意到了。这些,林冲就注意不到,他掀帘进店,只看见到处"都是座头",只随便"拣一处坐下"。他有心事。这心事,《水浒传》中此处不需细写，李开先借题发挥，把它写出来了：

> 欲送登高千里目，愁云低锁衡阳路。鱼书不至雁无凭，几番空作悲秋赋。回首西山日已斜，天涯孤客真难渡。丈夫有泪不轻弹，只因未到伤心处。

林冲离开柴进庄园，一路十几天。寻常人晓行夜宿，他是逃难的通缉犯，投宿不易，难免日夜兼程。《宝剑记》中便专有《夜奔》一折，写他的凄苦和悲愤：

> 良夜迢迢，良夜迢迢，投宿休将他门户敲。遥瞻残月，暗度重关，急步荒郊。俺的身轻不惮路途迢遥，心忙又恐怕人惊觉。吓得俺魄散魂消，魄散魂消，红尘中，误了俺武陵年少。
>
> 昏惨惨云迷雾罩。疏喇喇风吹叶落，震山林声声虎啸，绕溪涧哀哀猿叫。唬得俺魂飘胆销，似龙驹奔逃。百忙里走不出山前古道。又听见乌鸦阵阵起松梢，数声残角断渔樵。忙投村店伴寂寥，想亲帏梦杳，这的是风吹雨打度良宵。

辑三

李开先在剧中突出林冲"有国难投"的困境,又写出他的壮志难酬:"实指望封侯万里班超,到如今生逼做叛国红巾,做了背主黄巢。"《水浒传》的一流人物中,林冲和鲁智深、武松等人有所不同,有强烈的忠君报国思想,大约出身较高,知书达理,行事有节制,不会胡作非为。这使得他对于落草为寇,心中犹疑,仿佛莎士比亚笔下的哈姆雷特一般,而哈姆雷特正是知识分子人文精神的体现。他上山前在朱贵酒店墙上题的诗,就表明了这一点:"江湖驰誉望,京国显英雄。身世悲浮梗,功名类转蓬。"诗的末尾两句"他年若得志,威镇泰山东",过于粗俗,好在"威震"也只是扬名立万的意思,没有更大的野心。对比宋江在江洲浔阳楼所题的"反诗"和词,同是言志,取向迥异:"自幼曾攻经史,长成亦有权谋。恰如猛虎卧荒丘,潜伏爪牙忍受。"金圣叹一针见血地指出,前二句"表出权术,为宋江全传提纲"。题诗中说:"他时若遂凌云志,敢笑黄巢不丈夫。"毫不遮掩地声明,他的梦想是造反作乱,自己坐江山了。非常有意思的是,在李开先为林冲代言的唱词里,他是坚决不肯做黄巢的,而且显然看不起红巾和黄巢这些"叛国背主"的盗寇。

一句话,林冲的壮志是建功立业、自我实现,宋江则怀着政治野心；林冲行事公正，有道德底线，宋江则可以为目的而不择手段。按说宋江为文案小吏，和黄文炳一样，擅长在文字里翻跟头，比一介武夫的林教头更近似知识分子，然而士人读者更愿意认同林冲，以他为同类。就像他们认同怀才不遇的马周、因弃置而早夭的贾谊、思乡登楼的王粲，以及见秋风起而生归家之念的张翰一样。在梁山好汉之中，乡村教师吴用没有被看作理想的知识分子的代表，见了银子便"心中欢喜"的书法金石艺术家萧让和金大坚也没有。林冲的形象如何？他初出场时，鲁智深看见：

> 墙缺边立着一个官人，……头戴一顶青纱抓角儿头巾，脑后两个白玉圈连珠鬓环。身穿一领单绿罗团花战袍，腰系一条双獭尾龟背银带，穿一对磕瓜头朝样皂靴，手中执一把折叠纸西川扇子。那官人生的豹头环眼，燕颔虎须，八尺长短身材，三十四五年纪。

很多人都注意到了他手中的折扇，觉得是画出人物神韵的点睛之笔，使他在英武中添了几分娴雅。后来临阵出马，总是一身白衣盔甲，兵器是堂堂正正的丈八蛇矛。他的战法没有花样，不要回马枪，不射暗箭，不像张清那样飞石打人，更不会披发仗剑行妖法。他勇猛而不鲁莽，与人一招一式对打，全凭武艺取胜，斗到酣处，"轻舒猿臂"，便将对方活捉过马来。

《水浒传》以"白"写林冲：白甲白袍，白缨白马，引军白旗，旗上绣着白虎，象征他纯正的心性和作为。专讲林冲故事的第七到第十一回，也都以天地皆白的大雪为背景。事实上，这几回的写雪，和写武松打虎，写鲁智深打镇关西、大闹五台山和相国寺，是《水浒传》中最精彩的章节，读得人浑身热烘烘的。"林教头风雪山神庙"曾被选入中学课本，每个老师都会告诉学生，这段文字里，形容下雪的几个"紧"字、"卷"字、"猛"字，是如何生动传神：

正是严冬天气，彤云密布，朔风渐起，却早纷纷扬扬，卷下一天大雪来。

（林冲）把两扇草场门反拽上，锁了。带了钥匙，信步投东。雪地里踏着碎琼乱玉，迤逦背着北风而行。那雪正下得紧。

又行了一回，望见一簇人家。林冲住脚看时，见篱笆中，挑着一个草帚儿在露天里。

看那雪，到晚越下得紧了。

陆谦火烧草料场,林冲手刃仇人,往东而走:

> 那雪越下得猛。……两个更次,身上单寒,当不过那冷。在雪地里看时,离得草料场远了,只见前面疏林深处,树木交杂,远远地数间草屋,被雪压着。

写风雪之大,行路是"迤逦背风而行"。乡村的小酒店,看不见店堂,只看见一个草帚儿挑出篱笆之外。柴进庄园的草屋,以及水泊边上的酒店,都是被雪压着。还有"却早纷纷扬扬"中的"早"字,虽然习见,语气拗劲。

历代咏雪诗中,不乏借物抒怀的名作,如王安石写经国济世的抱负,陆游念念不忘恢复,但基本情调,还是闲适。我们不用翻古人的类书,只看寻常关于雪的典故,便可略知一二。《西游记》第四十八回写唐僧在通天河受阻,水妖作怪,夜降大雪。作者写得兴起,不吝笔墨,先写夜寒,再写雪景,再写雪后游园,连壁上悬挂的几幅雪景图也不放过,最后写雪后初霁的大河两岸。在这组程式化的写景韵文中,古人咏雪的套路差不多被一网打尽:

> 须臾积粉,顷刻成盐。白鹦歌失素,皓鹤羽毛同。

平添吴楚千江水，压倒东南几树梅。……柳絮漫桥，梨花盖舍。柳絮漫桥，桥边渔叟挂蓑衣；梨花盖舍，舍下野翁煨骨柮。客子难沽酒，苍头苦觅梅。洒洒潇潇裁蝶翅，飘飘荡荡剪鹅衣。团团滚滚随风势，迭迭层层道路迷。阵阵寒威穿小幕，飕飕冷气透幽帏。

还有"池鱼偎密藻，野鸟恋枯槎""万壑冷浮银，一川寒浸玉"。

文中罗列的典故，我们在古诗文里不难见到：

"东郭履"：东郭先生家穷，曾经穿着没底的鞋子在雪中行走。

"袁安卧"：袁安没做官时，洛阳大雪，他独在家中高卧。

"孙康映读"：孙先生没钱买灯油，借着雪光读书。

"王恭氅（氅）"：王恭穿鹤氅在雪中行走，风度翩翩，观者叹慕。

"七贤过关"是传说苏东坡所作的画。"寒江独钓"出自柳宗元的诗《江雪》："孤舟蓑笠翁，独钓寒江雪。""折梅逢使"出自陆凯《赠范晔诗》："折花逢驿使，寄与陇头人。江南无所有，聊赠一枝春。"梅花开在冬天，使人容易联想到雪。至于"苏武牧羊""王子猷雪夜访戴"，更是为人熟知。

《西游记》是风趣的游戏之作，故多闲情逸致。《水浒传》则不然，李贽说它是"发愤之所作"，"愤二帝之北狩，则称大破辽以泄其愤；愤南渡之苟安，则称灭方腊以泄其愤。敢问泄愤者谁乎？则前日啸聚水浒之强人也"。发愤之作，故多慷慨悲歌。林冲部分，愤惋中诗意盎然，那诗意却是杜甫一样的沉郁顿挫。南北宋之交的大诗人陈与义在南奔途中写道："草草檀公策，茫茫老杜诗。"杜甫的诗在国破家亡之际更显示出其深沉和有力。忧愤时世的知识分子，读到林冲故事，大概是同样的感受吧。所以李开先写了《宝剑记》，徐渭也借祢衡等人的事迹写了《四声猿》。

林冲夜奔，本在严冬，李开先却故意把时序写成深秋，"四野难分路，千山不见痕"的银色乾坤，变成了凄风苦雨的野店荒郊。围绕着林冲，用雨代替了雪。他的用意，是把林冲纳入自古以来文人悲秋的传统，纳入宋玉《九辨》和老杜《秋兴》的经典意境。秋天固然更具诗情画意，但以酒喻情，这酒绵厚有余、烈劲不足。《水浒传》在写雪夜上山时引用了完颜亮的《念奴娇·咏雪》，用这首咏雪词配合林冲，可谓得其所哉：

天丁震怒，掀翻银海，散乱珠箔。六出奇花飞滚滚，平填了山中丘壑。皓虎颠狂，素麟猖獗，掣断珍珠索。玉龙酣战，鳞甲满天飘落。

谁念万里关山，征夫僵立，缟带沾旗脚。色映戈矛，光摇剑戟，杀气横戎幕。貔虎豪雄，偏裨英勇，共与谈兵略。须拼一醉，看取碧空寥廓。

无论宋诗还是宋词，咏雪之作，还没有一首能如完颜亮此章，烘托出一位几乎处于末路的水浒英雄的气概。我在幻想里读《水浒传》，在宁静中读唐宋人的诗词，这两个世界都不是属于我的世界，正因为这样，它们带来的快乐是无限的。

2017 年 1 月 12 日

兄弟义气和人情

孔子的学生司马牛感叹自己没有兄弟,子夏安慰他说:做人能做到敬而无失,对人能做到恭而有礼,那么"四海之内,皆兄弟也"。在《水浒传》里,这句话成为江湖好汉们的口头禅,不过前提条件的"恭敬",换成了异姓兄弟间的"义气"。如果我没记错,书中第一次说出这句话的,是鲁智深从镇关西手中救出的东京女子金翠莲的官人赵员外。这位爱好枪棒的乡村财主,行止大方、不拘小节,用今天的话来说,是位不折不扣的开明士绅、慈善大户。梁山泊上的头领,论人品,多不及他,尽管他只是个过场人物。朋友遍天下,帝王将相当然不必艳羡,他们有的是捧场和帮闲者。朋友遍天下是社会底层人物的理想,纵然万乘公子的孟尝君复生,他也做不到。唐人高适的诗说,"莫愁前路无知己,天下谁人不识君",只能是安慰人的话。苏东坡名满天下,也还有一群锦衣玉带的正人君子,恨不得置他于死地。

天罡地煞一百单八将,真正亲如兄弟的并不多,基本上是一伙一伙的。林冲和鲁智深好,鲁智深和史进好,武松、杨志、鲁智深,同在二龙山落草,彼此意气相投。晁盖和劫生辰纲的一群,三阮、刘唐、吴用和公孙胜,一度是山寨的核心集团,后来被宋江掺沙子破了。吴用乖巧,改飞高枝,成了宋江的左右手。公孙胜冷眼旁观,看得明白,于是提前退隐,回乡侍奉师父和母亲去了。林冲被吴用利用,火并王伦,山寨重新排座次。王伦的老部下杜迁和宋万,自知本事低微,死活不肯坐第四第五把交椅,与朱贵一起,自愿落在队尾。黄永玉画《水浒传》,画到杜迁,题词道:"看定自己没本事,倒是人生第一大学问。"他外号"摸着天",不知从前如何风光,居然得到如此称呼?此后夹起尾巴做人,恐怕只能每天摸自己的脚丫子了。鲁智深先前出场,看不起打虎将李忠小气。和李忠结伙占山的周通,本是流氓无赖,抢夺民女,被智深一顿狠揍。周通怨恨智深,还有几分道理。智深卷走山寨的金银酒器而去,周通骂,李忠却还要下山去追讨,"也差那厮一番"。这样的人物,和智深不是一个档次,如何结为兄弟?再如李逵。被他杀了小衙内,断了上进的门路,朱仝大概一辈子都恨他,当然,也看不起他。宋江为了逼秦明上山,设计让他全家老小被杀。秦明虽然不得不忍,心里终是不平,后来只得把一腔怒火发向慕容知府身上。宋江把兄弟义气提高为一种意识形态,打着集体利益的旗号,害得很多人家破人亡,兄弟义气自然变了味,成了等级森严的组织关系了。

鲁智深和林冲惺惺相惜,王进和史进师徒情重,三阮、二张本是一母同胞。还有一些捉对儿写的人物,如吕方和郭盛,龚旺和丁得孙,解珍、解宝兄弟,以及孙新、孙立、乐和、顾大嫂等一大家子,差不多算是特例了,与别处不同。有些人性情相投,征战日久,同生共死,也能亲如兄弟。比如李逵,脾气急躁,不易相处,大战童贯和打方腊时,与鲍旭、项充、李衮结成战斗小组,配合得亲密无间:"黑旋风持两把大斧,丧门神(鲍旭)仗一口龙泉。项充、李衮在旁边,手舞团牌体健。"李逵和鲍旭只管玩命儿往前冲,项、李手持团牌在两边护卫。这四个来历不同的人,倒像是一家子。后来项充、李衮战死,李逵号啕大哭。

施恩善待和追随武松,起先是用他,后面是靠他。施家父子狱中照料武松,和差拨与管营看在银子和柴大官人面上照料林冲如出一辙。倘若不是为夺快活林酒店需要武松帮手,是否会对他另眼相看?也许会,也许不会。

张青喜交豪杰,他对武松,出于仰慕,还更靠谱些。解珍、解宝被毛太公陷害,顾大嫂率人攻入监狱,一边大喊:我的兄弟在哪里?这是亲人发自肺腑的呼喊,简单,却感人。

基于政治和利益的亲密,看起来既不那么可信,又表现得夸张,与做戏无二。譬如宋江整天挂在口边的那些话,几个人真心相信?起码公孙胜和林冲、鲁智深和武松,以及李俊那一帮揭阳岭揭阳镇上的老兄弟,都头脑清醒得很。看看陈太尉第一次上山闹招安引起群情激愤的情形就明白了。

帝王将相,以及小一号、小几十号的帝王将相,不可以常情论之,但在社会中下层,乃至愚鲁而不通政治的寻常百姓那里,还能体会到人情的温暖。

《水浒传》在引入梁山众好汉之前,先讲了东京教头王进的故事。王进身上,代表了真正的英雄可能有的品质:武艺高强,为人正直。他的遭遇,也有典型意义:遭恶势力迫害而踏上流亡之路,流亡途中,与真正讲义气的江湖人物萍水相逢。林冲故事就是王进故事一个更精彩、更曲折的翻版。王进携母出逃，到史家村求宿，庄主太公殷勤款待。王进过意不去，要付房钱。太公说："不妨。如今世上人，哪个顶着房屋走呢？"这大概是流传的俗语，书中出现，非止一次。当初说出这句话的人，后来认同这句话的人，大有仁者之心而近于神圣。次日王母发病，太公安慰王进，让他们多住几天，并抓药给王母治病。

鲁智深大闹五台山后，到开封大相国寺看守菜园。一向霸占此地的众泼皮，想给他来个下马威，借请酒之际，把他推入粪坑。后来吃智深打了，见智深有真本事，人又爽直，不仅不衔恨，转而讨好他：

> 次日，众泼皮商量，凑些钱物，买了十瓶酒，牵了一个猪，来请智深，都在廨宇安排了，请鲁智深居中坐了。两边一带坐定那三二十泼皮饮酒。智深道："甚么道理叫你众人们坏钞？"众人道："我们有福，今日得师父在这里，与我等众人做主。"智深大喜。

泼皮们说高兴有师父替他们做主，说得真切，也见出这些社会底层人物生活的不易。后面写："吃到半酣里，也有唱的，也有说的，也有拍手的，也有笑的。"胸无城府，何等快活。

金翠莲父女走过江湖，人情练达，得鲁智深相救，辗转流落到代州雁门县，"结下一头好亲事"。翠莲做了赵员外的外室，从此安定下来。翠莲出身贫贱，在渭州被郑屠欺压，做了他三个月的小妾。这些"不太光彩的经历"，本不足为外人道，翠莲却不隐瞒，"常常对他孤老"讲说鲁智深的大恩。有此铺垫，赵员外见了智深，才会热情相待、全力相助。在雁门这样的地方，金氏父女一辈子都未必能再见到智深，即使遮过旧事，赵员外也无从知晓。他们在雁门刚有了家，还在家里写了红纸牌儿，写上智深姓名，"旦夕一炷香，父女两个兀自拜哩"。

再有一例，是关于林冲的。林冲在东京，做八十万禁军枪棒教头，救助了在酒店当伙计、因偷钱而吃官司的李小二。后来发配沧州，小二正巧流落在那里，娶了酒店王老的女儿，安家立业。街上巧遇：

> 李小二就请林冲到家里坐定，叫妻子出来拜了恩人。两口儿欢喜道："我夫妻二人正没个亲眷，今日得恩人到来，便是从天降下。"林冲道："我是罪囚，恐怕玷辱你夫妻两个。"李小二道："谁不知恩人大名！休恁

地说。但有衣服，便拿来家里浆洗缝补。"

此后时常走动，林冲在异地，等于有了个家。李小二夫妇"我夫妻二人正没个亲眷"这句话，也很令人感动。高俅的爪牙富安和卖友求荣的陆谦从东京来，在小二的酒店商量做掉林冲，亏得小二报信，救了林冲一命。

也许物以类聚的说法真有几分道理吧，坏人不免狼狈为奸，好人也是一个牵扯一个的。五台山上众和尚，只看见鲁智深"形容丑恶，貌相凶顽"，主持智真长老看到的却是他"心地刚直"，"虽然时下凶顽，命中驳杂，久后却得清净，正果非凡"。若干年后，鲁智深流落草莽，做强盗，受招安，重做军官，四方征战，一日路过五台山，思想往事，上山拜见智真。插香礼拜毕，"智真长老道：'徒弟一去数年，杀人放火不易。'鲁智深默然无言"。

每次读到智真长老这句话，也是心中默然。细想知智深者，莫过于他老人家了。智真是鲁智深的恩师，给他起的法名，却和自己同辈。这其中有什么含义吗？莫非是敬重他，故要以兄弟看待他？

说到杀人放火，在《水浒传》中，武松和石秀的杀人，稍过于狠辣，区别仅在于武松刚直，石秀有心计。后人多有诟病他们的行为的,其实这是他们疾恶如仇的表现。李逵和鲁智深的杀人,在书中更是有象征意味。

第五十三回罗真人说李逵:"贫道已知这人是上界天杀星之数,为是下土众生,作业太重,故罚他下来杀戮。"大概作者欲借此暗示,所谓杀人,是名而非实。就连李逵的杀虎,对照武松打虎,也有漫画似的喜剧效果。但鲁智深另有不同,他不像李逵,经常不分青红皂白,见人就一排头劈过去,他是路见不平,拔刀相助。智真长老说"不易",没有嘲讽之意,直把"杀人放火"当作修行一般。智深在六和寺坐化后,径山大惠禅师的赞语也紧紧抓住这一点:"鲁智深,鲁智深,起身自绿林。两只放火眼,一片杀人心。忽地随潮归去,果然无处跟寻。咄!解使满空飞白玉,能令大地作黄金。"《碧岩录》中圆悟禅师有名言:"有杀人不眨眼的手脚,方可立地成佛;有立地成佛的人,自然杀人不眨眼。"智真长老的话,与他的同代人圆悟不谋而合。

杀人一事,《西游记》里也有一段,不妨拿来对照。孙悟空初次跟定唐僧,替他除了六贼。王阳明不是说过吗?"破山中贼易,破心中贼难。"帮人去除心中之贼,该是多大的恩德?而在唐僧眼里,悟空的行为却是"无故伤人的性命",罪大恶极:"去不得西天,做不得和尚!"

人之读书，贵在有会心处，不在得多少微言大义，也不在做学问，别立新论。所谓会心，不过于文字中发现一些好处，发人一笑，宿虑尽消。布鲁克纳的《第八交响曲》，长达一个半小时，听到第三乐章，竖琴声起，真有春风骀荡、花雨缤纷之感。《水浒传》中这几节，虽然难以与之相提并论，感受却近似。

只有看破表象，才能心中不疑。只有心中不疑，才能心心相印。天下人千口万舌，口吐云雾，舌灿莲花，我只一例作泡沫幻影看，任其山风海涛升腾翻滚，济得何事？人传曾参杀人，曾母不信。第二个人来传，仍然不信。到第三个人来，依旧如此，言之凿凿，曾母抛下手中的纺织活儿，翻墙逃走。噫，知子莫若父母，曾参岂是杀人的人么？而曾母居然生疑。说到底，她对儿子的信任，并不如自己以为的那么坚定。心中有猜疑的种子，别人才能把这种子滋养为大树，崇祯皇帝才会自毁长城，伊阿古才能毁掉奥赛罗。这世上，无论做兄弟，做朋友，为师徒，一切的人伦，若彼此间没有信心，如何能长久，如何经得起考验。这信心，乃是相知的基础，就是温暖的源泉。

宋江在江州，几两银子便买下李逵的忠心。人道李逵蛮横，他说李逵耿直。如此看来，宋江是真能识得李逵的。

可是且慢，《水浒传》故事临结束，宋江饮了御赐毒酒，荣华梦碎，却还念念不忘把李逵召来毒死。理由是"我死之后，恐怕你造反"，"把我等一世清名忠义之事坏了"。据此而言，宋江何曾信任过李逵？只因"恐怕"造反，就要杀之灭之，这份兄弟情义也够决绝和彻底的了。

史进受教于王进，愿留他母子在庄上终老。智深在野猪林救下林冲，相送十七八日，直到安全之地，才洒泪告别。他听到素不相识的金翠莲被恶霸欺凌的故事，"回到经略府前下处，到房里，晚饭也不吃，气愤愤的睡了"。这是什么样的同情心？难怪李贽在批语中赞他为"活佛"！相反的是，汤隆为了讨好山寨，主动献计诱骗表哥徐宁上山，又假扮徐宁抢劫，断他归路，逼他逃亡，把他好端端的日子毁掉。

人的情感发自天性，是无条件的。出于种种计较的情感，为一己之利益或"夙志"，为表明自己一贯正确，居"道义"的制高点而罔顾常识与事实，无论出于本性还是不得已，都只能视为一种蜕化变质了的情感。宋江的所谓大志或义气，不过如此而已。便如引种水果时常有的情形，果子还是那个果子，外形相似，味道已变。反观林冲和鲁智深，是《水浒传》中人品最贵重的人物，所以遭逢特异。都说

《水浒传》作者憎恨女人，女性角色写得不堪，然而林冲的娘子张氏，还有金翠莲，一个温柔贤淑，一个正直爽朗，却是难得一见的好女人，偏都让他们遇上，岂是偶然。

2016 年 12 月 9 日

12 月 23 日改

多心

《心经》全称《般若波罗蜜多心经》，民间误以"波罗蜜多"之"多"下属"心"字，故《心经》又被俗称为《多心经》。据钱锺书先生考证，唐时已经如此。中国人常说"无心"，《金刚经》里教导，"应无所住而生其心"，看到"多心经"三字，不免觉得幽默。《西游记》第十九回，浮屠山乌巢禅师传授唐僧《多心经》，唐僧"耳闻一遍，即能记忆，至今传世"，这是游戏文字。首先，鸠摩罗什和玄奘法师都翻译过此经，现在通行的本子正是玄奘所译。其次，乌巢禅师说"若遇魔瘴之处，但念此经，自无伤害"，事情假如真这么简单，取经路上千难万险，岂不等于骑着毛驴看风景耍子。然而唐僧对《心经》倒背如流，关键时刻却不能运用，降妖除魔，还得靠悟空和上界诸神的帮助。而且他胆小，动辄听信谗言，黑白不分，犯糊涂，虽然天性善良，不受诱惑，弘扬佛法，意志坚定，说他"多心"，不算冤枉。

比丘国斗法那一回，国王受妖怪国丈蛊惑，要取唐僧的心肝做药引。孙猴子假扮唐僧，自愿剖心。

> 假唐僧道："不瞒陛下说，心便有几个儿，不知要的什么色样。"那国丈在旁指定道："那和尚，要你的黑心。"假唐僧道："既如此，快取刀来。剖开胸腹，若有黑心，谨当奉命。"那昏君欢喜相谢，即着当驾官取一把牛耳短刀，递与假僧。假僧接刀在手，解开衣服，挺起胸膛，将左手抹腹，右手持刀，唿喇的响一声，把腹皮剖开，那里头就骨都都的滚出一堆心来。唬得文官失色，武将身麻。

悟空腔子里滚出的都是什么心？小说写道：

> 却都是些红心、白心、黄心、悭贪心、利名心、嫉妒心、计较心、好胜心、望高心、侮慢心、杀害心、狠

毒心、恐怖心、谨慎心、邪妄心、无名隐暗之心、种种不善之心,更无一个黑心。

国丈在殿上见了道:"这是个多心的和尚!"证道本夹批说:"因诵《多心经》之故。"这是拿悟空,实际上是拿唐僧开玩笑。可见《西游记》不说《心经》而写作《多心经》,也许是有用意的。

比丘国剖心的故事,来源于唐人张读小说集《宣室志》中的《杨叟》。杨叟是会稽的富翁,病重将死,请医生诊断。医生把脉后说:"老人家的病是心病。财产太多,整日只想着生财得利,心神已离开身体。非得吃生人的心,不能补救。可是谁肯把自己的心贡献出来给他吃呢?"杨富豪的儿子宗素非常孝顺,知道吃人心不可能,转而求助佛门,请和尚来家里念经,还去寺庙施舍饭食。有一次送饭入山,走错了路,看见山下石龛里头盘坐着一位胡僧,又老又瘦,袈裟破败不堪。宗素问他:"你为何独自在深山里,不怕野兽伤害吗?难道已经得道了?"那和尚说:"我自小信佛,在山中修行多年,仰慕佛祖割截身体和舍身饲虎的故事。假如虎豹之类把我吃了,我甘心情愿。"

杨宗素一听,大为惊喜,马上把父亲病重、非人心不能治的事情讲了。和尚说:"这本来就是我的愿望,与其让野兽白吃,不如舍身救人。但是,我今天还没吃过东西,就让我饱吃一餐再死吧。"宗素当即献上食物。和尚吃完,又说:"死前让我拜一下四方诸神吧。"他走出石龛,整好衣裳,向东方一拜,忽地拔地而起,跳上大树。宗素还在惊讶,和尚厉声说道:"施主刚才说想要什么?"宗素说:"要活人的心,治父亲的病。"和尚说:"你的要求,我已答应,现在,我想跟你讲讲《金刚经》的微言大义,你要听吗?"宗素说:"愿意听。"和尚说:"那好。《金刚经》里说:'过去心不可得,现在心不可得,未来心不可得。'施主想取我的心,当然也不可得。"说罢,一声尖啸,化为老猿而去。

这个故事里的胡僧,被认为是孙悟空形象的来源之一。其后的唐代高僧德山宣鉴,有一段类似的传说,很可能与张读的小说有关。宣鉴在湖南澧阳,向一婆子买点心,婆子知道他研究《金刚经》,就说:"我有一问,你若答得,施与点心。若答不得,且别处去。经里说:'过去心不可得,现在心不可得,未来心不可得',不知道你要点哪个心?"宣鉴无语以对。

这个故事进一步演变,在明人杨景贤的《西游记杂剧》

里，孙猴随唐僧到了中天竺，遇见卖胡饼的婆婆，结果也被这个"三心"的问题问倒。

宣鉴和尚坐化之前说："扪空追响，劳汝心神。梦觉觉非，竟有何事？"这应该就是对卖饼婆子问题的回答吧。

2016 年 12 月 22 日

蔡京的故事

宋朝有个读书人,跑到京城买妾。买到一位,自称曾是蔡京蔡太师府上的厨娘。蔡太师的豪奢,天下共知。我猜那位读书人当时一定觉得,他的银子没白花。一举两得,物超所值。想想啊,太师过的日子,岂是他一辈子所能指望的?但如此一来,起码可以吃到太师他老人家平常享用的美食啊。书生爱吃包子,回到家,立刻让厨娘做包子,厨娘说不会。读书人不明白了:你就是干这个的,怎么连包子都不会做呢?厨娘说:我在太师家厨房,只负责切包子馅里用的葱丝。

搁今天,蔡京当然是腐败的典型,"大老虎"一头。《水浒传》里写智取生辰纲,劫的就是他女婿梁中书送给他的生日礼物。一份生日礼物，是足足十万贯的金银珠宝。《金瓶梅》里，西门庆也曾专程前往京师向蔡京行贿。蔡家的厨房分工如此之细，平时的排场，可想而知了。

蔡京做了十几年宰相，北宋的江山被整得差不多了，宋徽宗自觉难以收拾，撂挑子不干，把皇位让给儿子赵桓，是为钦宗。钦宗上台，立刻把蔡京贬到岭南。蔡京那时已经七十多岁，经不起折腾，走到湖南潭州，一命呜呼。

食不厌精的蔡大人，哪里吃得惯一路上的粗茶淡饭？可是偏偏有时候，连粗茶淡饭也不容易到口。摆小摊的，开餐馆的，一听说是蔡某人，对不起，不卖！蔡京在轿子里听见，感叹说："老夫这么招人恨吗？"

厨娘的故事是罗大经在《鹤林玉露》里讲的，听着像个段子。因为后面接着讲，有个叫曾无疑的，是学者周必大的弟子。有人请他做墓志铭，他推脱不干，讲了蔡家厨娘一事，说他虽然是周先生的学生，可他就像这个厨娘，没别的本事，只会切葱丝。

后一个故事是历史学家王明清在《挥麈录》里讲的。罗、王二位都是严谨的学者，我觉得可信。

其实，就在蔡京的权势如日中天的时候，有人早看出他倒行逆施，注定好景不长。王明清书中记了另外一件事，是听诗人尤袤讲的：

蔡京晚年，托人找一个学问好的人，做他孙子们的老师。找来的是新科进士张嵲。张嵲讲课没几天，忽然很认真地对几位小蔡说："你们呀，什么都用不着学，学怎么跑路就行了。"小蔡们不懂。张嵲说："你们的爷爷权倾天下，祸国殃民，腐败透顶，总有一天吃不了兜着走。学跑，到时候能救你们的命，其他没用。"孙子告状到爷爷那里，蔡京到底不凡，听后不仅没有发怒，反而把张嵲请来，好酒好烟招待，感谢他的提醒，还询问有何补救措施。张嵲说："事已至此，做什么都太晚了，趁早召集人才，能改的，尽量改吧——不过，估计是没用了。"蔡京听后，潸然落泪。

就此来看，蔡京比后来的大多数贪官污吏理智得多，也有胸襟得多。想来他起先未必就是个坏人，说不定也有理想，要做一番事业。在位子上坐久了，遇上徽宗这么个不务正业的艺术家加糊涂虫，再加上群小推波助澜，终于一沉再沉，越陷越深。如不从政，他很可以作为一个了不起的书法家、一个诗人而名垂后世的。

蔡京失势，墙倒众人推。他姬妾众多，其中有三位，一位姓慕容，一位姓邢，一位姓武，最得他宠爱。结果，《挥麈录》里说，南迁途中，皇上硬是派人把这三位美女带走了，

说是大金国指名索要。蔡京依依不舍,写了一首小诗作别:

> 为爱桃花三树红,年年岁岁惹春风。
> 如今去逐他人手,谁复尊前念老翁。

大金国对宋,固然贪得无厌,但你若说他们非指名要一位官僚的私人姬妾不可,也太没出息了。大宋国的美女,何止千千万万呢。所以,皇上下旨追夺这件事,未必不是某些人故意要蔡京不痛快,借此整治他一下的。

蔡京当权时与徽宗诗歌唱和很多,看他们两人玩的劲头,宛然另一对皮日休、陆龟蒙。徽宗传世的《听琴图》上有蔡京的题诗,大概是他最为人所知的一首诗了:

> 吟徵调商灶下桐,松间疑有入松风。
> 仰窥低审含情客,似听无弦一弄中。

这首诗水平不高,但不要以为蔡京的诗全都这个德行,其他的诗好得多。他的儿子蔡攸跟着童贯伐燕,想蹭个立功的机会。他看出前景不妙,大不赞同,又拦不住。大军启程,写了一首诗为儿子送行:

老懒身心不自由,封书寄与泪横流。
百年信誓当深念,三伏征涂合少休。
目送旌旗如昨梦,心存关塞起深愁。
缁衣堂下清风满,早早归来醉一瓯。

据陈岩肖《庚溪诗话》,蔡京作诗,徽宗听说了,要来一读,读后对蔡京说,"三伏征涂合少休",不妨改为"六月王师好少休"。白沟战败的消息已经传回,所以徽宗有这番话。陈岩肖说:"观京此语,亦深知是役之非也,何不早纳忠于吾君,而力止其子行,及此始以诗讽,何太晚也。"《宋史》评论此事,说蔡京有心计,考虑万一事不成,自己先留后路:"燕山之役,京送攸以诗,阳寓不可之意,冀事不成得以自解。"蔡攸骄横,却又愚蠢,《宋史》记载:"童贯伐燕,以攸副宣抚,攸童骏不习事,谓功业可唾手致。入辞之日,二美嫔侍上侧,攸指而请曰:'臣成功归,乞以是赏。'帝笑而弗责。"连皇帝身边的女人都敢讨要,真是不知天高地厚。知子莫若父,蔡京的送行诗,既有预留后路之笔,也能看出他对儿子的忧虑和关切之情:自己年事已高,诸事无能为力,想起来不禁泪流满面,看着出征的军队行远,恍然若梦,想到边塞战场,心里无限哀愁,

辑三 | 225

只盼平安归来,父子把酒相庆。作为诗,这首七律还挺感人的。事实正如蔡京所料,仗打败了。赏赐没捞着,还为以后埋下了祸根。蔡京死后,有人翻老账,蔡攸因此被杀。"京死,御史言攸罪不减乃父,燕山之役祸及宗社,骄奢淫泆载籍所无,当窜诸海岛。诏置万安军,寻遣使者随所至诛之。"

传说蔡京死前,作《西江月》词一首,对个人一生表示懊悔。(此词下阕格调卑下,语词庸俗,觉得不太可靠。)但如张鷟所说,觉悟得太晚了。全词如下:

八十一年住世,四千里外无家。如今流落向天涯,梦到瑶池阙下。

玉殿五回命相,彤庭几度宣麻。止因贪此恋荣华,便有如今事也。

2014 年 8 月 11 日

好人，坏人

早年间，京剧《法门寺》很在杂文里热火过一阵子。剧中一个小角色贾桂，人家让他坐，他说站惯了，片言成名，顿时成为标准的奴才形象，人们免不了纷纷口诛笔伐。《法门寺》是一部难得的喜剧，对白妙趣横生，仿佛侯宝林的相声。贾桂固然是个小丑，论艺术形象上的趣味，倒是和《西游记》里的猪八戒、《堂吉诃德》里的桑丘·潘沙有几分相似。然而这也罢了，我更感兴趣的是戏中主角大太监刘瑾。

《法门寺》讲了一个什么样的故事呢？刘瑾陪太后去法门寺进香，遇到民女宋巧娇拦路告状，诉说一桩冤案。刘瑾听见哭喊，有点不耐烦，问贾桂"外头这么鸡猫子喊叫的",是怎么回事?吩咐把人杀了。太后听见,不同意,说佛门净地,哪能随便杀人。亲自召见宋巧娇,听取申诉,进而指示刘瑾把案子弄明白。结果,在刘瑾主持下,还真把冤案平反了。

刘瑾在明武宗时权倾一时,后来被凌迟处死。如果他不是这样的身份,《法门寺》就是一部典型的清官戏,和众多包公戏没什么不同。然而《法门寺》之所以好玩,在于那正义化身的官,原是历史上著名的权奸。因为是权奸,他办事不按常理出牌,不分青红皂白,尽可一意孤行。反观清官,有道德规范和法律条文的限制,要处理好与皇亲国戚的关系,处理好与家人亲友的关系,还要处处避嫌,本来并不复杂的事,因此种种牵制,变得困难重重。而刘瑾只是在与贾桂的插科打诨中,轻轻松松就把案子破了。凶手伏法,恋爱的男女终成眷属。观众一路看下来,觉得开心至极。

好人做好事,坏人做坏事,这是情理的必然。既是情理必然,就没有惊奇和惊喜可言。试想一辈子的大好人忽然做了一件坏事,而一个坏到头顶生疮、脚底流脓的恶棍,忽然做了一回好人,这该多么令人愤怒或感动啊。反常之事,等于奇迹。对于奇迹,我们用得着什么价值判断和伦理判断呢？我们只有欢喜。

类似的还有梁师成的故事。

梁师成是受宋徽宗宠信的太监，自称为苏东坡的儿子，是东坡遣放的小妾采菱所生。他说，采菱离开苏家时，已有身孕，到了梁家，不足月而生师成。对此，苏家并未否认，苏轼的长子苏过，据朱熹说还和梁师成往来亲密。当时党争激烈，苏轼的诗文被禁，各地的碑刻多被摧毁。梁师成在徽宗面前哀诉："先臣何罪？"感动了徽宗，禁令放宽。可以不夸张地说，如果不是梁师成，我们喜欢的东坡文字，特别是书信，会损失很多。

梁师成是北宋末的"六贼"之一，但我读他的传，对他的大奸大恶，并没有太多印象。"善逢迎，希恩宠"，自古皆然，不独奸臣如此，有所为的仁人君子也不得不如此。道理很简单：经国济世，建功立业，若无皇帝的宠信，若不能大权在握，做事从何说起？梁师成没有太多文化，也不是政治家，他无非是个贪，贪权也贪财。《宋史》本传里说，梁师成为人慧巧，徽宗的御笔，他选擅长书法的书吏练习模仿，掺杂在诏书中颁布出去，朝官不能辨别。没文化要装得有文化，出身不好恨不得重修家谱，梁师成认苏轼为老爸，一举两得。

但梁师成似乎是真心喜欢文学:"以翰墨为己任,四方俊秀名士必招致门下。"就算是附庸风雅吧,也比只会建一座土豪似的府第,满屋里堆着金子好。

冒充遗腹子之事与唐人传说杜荀鹤是杜牧的儿子,情节一模一样。梁师成大概就是从这里得到了启发。虽然《宋史》没明说他欺骗,鉴于他阉宦的名声,后人多不认同,并讥其攀附。朱熹对苏轼及其门下弟子都没有好感,《朱子语类》中说:

> 苏东坡子过,范淳夫子温,皆出入梁师成之门,以父事之。然以其父名在籍中,亦不得官职。师成自谓东坡遗腹子,待叔党如亲兄弟,谕宅库云:"苏学士使一万贯以下,不须覆。"叔党缘是多散金,卒丧其身。又有某人亦以父事师成。师成妻死,温与过当以母礼丧之,方疑忌某人。不得已衰绖而往,则某人先衰绖在帷下矣。

苏过与梁家来往,大约不会假,但朱子的记载太夸张,有些细节不可靠。梁师成待苏过好,是为了表明他真是东坡的儿子。既是东坡之子,苏过就是亲哥哥了。苏过纵然要讨好梁师成，何至于弄错辈分，梁师成也不会接受亲哥哥"以父事之"啊。

事情太离奇，所以沈德符在《万历野获编》中感叹：

> 内监辈得志，多无忌惮。如梁师成之父苏子瞻，童贯之父王禹玉，皆是。然而苏、王子孙终得其力，且二公亦因而昭雪，自是怪事。

文中的"父"是动词，是"以某某为父"的意思。

历史上的奸臣，有些并不那么令人讨厌，在具体事情上，甚至还有可爱之处。而很多正人君子往往在利害关头决不缺少把坏事做到底的"勇气"。乌台诗案中，想置东坡于死地的人中，就有当时的著名诗人舒亶。因为懂诗，他的揭发特别狠毒。苏诗有一句"此心惟有蛰龙知"，王珪对宋神宗讲："陛下飞龙在天，乃不敬，反欲求蛰龙乎？非不臣而何。"幸亏神宗不糊涂，说："诗人之词，安可如此论，彼自咏桧，何预朕事。"退朝出来，章惇质问王珪："你想让人家灭族吗？"王珪说是听舒亶这么讲的。章惇气愤地说：舒亶的唾沫，你也跟着吃！相比之下，不学无术的梁师成,不是比大知识分子舒亶"正直善良"得多吗?

2016 年 11 月 4 日

良知在哪里？

冯友兰在《中国哲学简史》里讲了一个故事。王阳明的弟子夜里在房间捉得一贼，就对贼讲了一番关于良知的道理。贼大笑，问他："告诉我，我的良知在哪里？"当时是热天，他让贼脱光上身的衣服，贼脱了。弟子又说："还是太热，为什么不把裤子也脱掉？"贼犹豫起来，说："好像不太好吧。"于是弟子对着贼大喝："这就是你的良知！"

冯友兰说，王阳明说的良知，是人的本性。我们对事物的最初反应，使我们自然而自发地知道是为是、非为非。这种知是本性的表现，是为良知。孟子举了一个很好的例子，人看见小孩子掉入井里，都会产生"怵惕恻隐之心"。恻隐之心就是仁的开端。王阳明晚年专讲"致良知"，认为人人都有成为圣人的可能，只要他遵从自己的良知。

这个故事使我想起孔子说的话。在《论语·为政》篇里，孔子说："道之以政，齐之以刑，民免而无耻；道之以德，齐之以礼，有耻且格。"以法治国，老百姓只求能免于因犯罪受惩罚，却没有廉耻之心；以德治国，老百姓有廉耻之心而且敬服。

孔子是道德至上的理想主义者，立脚点很高，理想美好。可惜人的本性，在最低的要求上，也达不到他的期望值。以德治国，只能成为一个口号、一个招牌。欲求江山稳固，还得靠说起来不那么好听的严刑峻法。

《礼记》里有两句话："礼不下庶人，刑不上大夫。"这两句话，我非常佩服，甚至感动。据唐人孔颖达的解释，"礼不下庶人"，是因为老百姓穷，没有那么多钱财来讲究礼，各种礼的仪式是很繁复也很奢侈的。"刑不上大夫"，"所以然者，大夫必用有德，若逆设其刑，则是君不知贤也"。从理论上讲，一个正人君子心中有强大的道德观念，以此制约个人行为，不仅不会犯法，连起码的伦理规范也不会违背。法律是强制性的，以暴力造成人对犯罪行为可能招致的严重惩罚的恐惧，但不能从根本上消除犯罪的欲望。正如朱熹所言："苟免刑罚而无所羞愧，盖虽不敢为恶，而为恶之心未尝忘也。"古今中外文人笔下的乌托邦，大多讲到民风之素朴、人心之纯净，使得权力、法律、财富、等级制度等无所措其角爪。

法家不相信性本善。荀子说："人之性恶，其善者伪也。"善是后天努力的结果，是教育和环境的结果。好的教育，可以使人向善、使人为善。但法家不认同。道德、礼仪，在人的恶劣本性面前无能为力，只有法律的制裁才可以消弭一切危害王权、危害社会的行为。

"刑不上大夫"这句话为什么使我感动呢？如果一个国家的上层阶级，乃至知识分子，都自觉做道德的典范，真诚、公正、无私，这个国家就是无为而治的美丽的新世界。至于庶人，孔子说了，君子之德风，小人之德草，草上之风必偃。上行必下效，为政，何必用严刑杀人？"子欲善而民善矣。"

但是，这样的事情，即使迂阔如我，即使我在醉梦之中，大概也难以相信吧。乌托邦之所以迷人，之所以令人神往，就是因为它完全没有可能性。没有可能性，不能加以验证，自然永远圆满、永远美丽。

读《后汉书·独行传》，读到王烈的故事，可以和王阳明弟子之事作个呼应。王烈是名士陈寔的学生，以义行著称，名闻乡里。有个人偷牛被抓，请求事主："是杀是剐都不怕，只求别让王烈先生知道。"王烈听说，托人向偷牛贼致谢，还送给他一匹布。人问其故，王烈说："这个人怕我知道，说明他有耻恶之心。既然知道耻恶，必然能够改善，所以我要鼓励他。"后来，有老者把剑失落在路上，一个路过的人看见，就守在那里，一直等到傍晚，老人找过来。老人失剑复得，问明情况，把这事告诉了王烈。王烈找人进一步打听，做好事的就是原先那个偷牛的。

在王阳明弟子的故事中，那个小偷后来是否改邪归正了呢？我不知道。在王烈的故事里，盗牛贼果然做了好人。这两个故事是否说明人人心中都有良知呢？良知是否一定能战胜心中的邪恶呢？我虽愿意但不能相信。因为相反的事例，随便都能找出很多。王阳明相信宁王朱宸濠心中的良知吗？

同样在《后汉书·独行传》里，讲到戴封任中山相时，各县有囚犯四百多人，"辞状已定，当行刑"。戴封同情他们，放他们回家，约好日期，结果都准时归来。这事给了唐太宗一个启发，他依样炮制，释放近四百（一说近三百）死囚，到秋决之时，死囚一个不少，回来就死。太宗感动，全部赦免。

唐太宗因此博得仁慈之名，但欧阳修和王夫之都不以为然。欧阳修说,视死如归,君子都未必做得到,何况这些重罪之徒?"是以君子之难能,期小人之尤者以必能也。……此岂近于人情哉?"王夫之更是一针见血:当时法令完备,监控严密,"民什伍以相保,宗族亲戚比闾而处,北不可以走胡,南不可以走粤",这些人纵想逃亡,如何可能?而太宗很可能和死囚们约好,若能如期归来,一定免死。这样,死囚得生,太宗扬名,皆大欢喜。

在权术和实利面前,所谓良知,能值几分钱呢?

2016 年 12 月 2 日

魁首和班头

汪曾祺先生《潘天寿的倔脾气》一文,开头讲了一个故事:"潘天寿曾到北京开画展,《光明日报》出了一期特刊,刊头由康生题了两行字:画师魁首,艺苑班头。这使得很多画家不服。"魁首、班头,都是领头人物、天下第一人的意思。画家已经很多,艺苑,也就是文艺界,人数更多,大凡有点名气或地位的,有谁肯认潘天寿为第一人,自己屈居老二老三呢?当然不服了。

可是且慢,康生八个字的题词,究竟是何含义,似乎没人深究。但在当时,显然被看作对潘天寿的极高评价,这才引起一大批人吃群醋。汪曾祺后文说,没过几年,姚文元批判潘天寿,指潘为"反革命画家"。汪先生感叹:

康、姚都是管意识形态的,"一前一后,对潘天寿的评价竟然如此悬殊"。又说:"康生后来有没有改口,没听说,不过此人善于翻云覆雨,对他说过的话常会赖账,姑且不去管他。"说明汪先生自己也是这么看的。

但我读康生的题词,觉得别扭,味道不对。换了我是潘天寿,别的不敢说,至少不会以此为荣。魁首和班头都是旧词,这两个词凑在一起用,我们都知道,是在《西厢记》里,红娘称赞张生和崔莺莺郎才女貌,般配,说道:"秀才是文章魁首,姐姐是仕女班头。"用在画家开画展的场合,不免轻佻了点。班头还有衙门差役头目的意思,如秦琼唱的"舍不得衙门众班头"。听上去很不舒服。

更大的问题出在"画师"一词上。

潘天寿是大画家,称"画师"不如直接称"画家"。"画家魁首"念起来不好听,可以另外找词代之。画师在今天,谈不上是贬义词,在古代,那可就轻蔑得很。杜甫赠郑虔诗:"郑公樗散鬓成丝,酒后常称老画师。"郑虔落拓萧条,自称画师,语气非常地无奈和凄凉。往前推,有画家阎立本的故事。据《旧唐书》本传,阎立本善画,官位也不低,后来做到宰相。有一次,唐太宗和侍臣学士泛舟春苑,看到"池中有异鸟,随波容与"。太宗看得高兴,便让身边的文士作诗,又传召阎立本来写真。"时阁外传呼云:'画师阎立本。'时已为主爵郎中,奔走流汗,俯伏池侧,手挥丹粉,瞻望座宾,不胜愧赧。"事情过后,阎立本回到家,心里难受,把儿子叫来,说:我从小爱读书,总算混入士林,偏偏喜欢画画,皇上看重我的,偏偏是这点技能,结果被传来唤去,和杂役下人没什么两样,这是多大的羞辱啊。他告诫儿子,接受教训,绘画是末技,千万别学。

史书说,以阎立本的地位,完全可以不靠画技立世,浸染太深,舍本逐末,结果自取其辱:"既辅政,但以应务俗材,无宰相器。时姜恪以战功擢左相,故时人有'左相宣威沙漠,右相驰誉丹青'之嘲。"

张彦远在《历代名画记》里很为阎立本不平,他说,阎立本虽然善画,当时官已做到郎中,唐太宗对待臣下一向宽厚尊重,为什么不尊称他的官职,而要直呼"画师"呢?刘肃在《大唐新语》里转录了这个故事后说,感叹说,靠微末小技进身的人,一定要以此为戒。《太平御览》也把此事收入"人事部"的"鉴戒类"。郑虔醉酒之后自称画师,其背景就是阎立本的遭遇。

汉武帝养文士,司马相如等人都以文才获得恩宠。但东方朔一针见血地指出，以文章取媚于上，在皇帝眼里，和郭舍人这些倡优小丑没有区别，都是为了主子在闲暇时寻开心。唐太宗把画师当作工匠，近代社会把演员叫戏子，事属同类。今天的情形当然不同了，作家、艺术家都是很可自豪的称谓。但前提是人格获得了独立，若不幸或自愿被人豢养，整日价忙于帮闲、打秋风，却还洋洋自得，好比王婆遇雨，不以为苦，暗喜沾得甘霖，那就连郭舍人都不如了。阎立本被嘲，毕竟不是他本人的过错，而是"浅薄之俗，轻艺嫉能"的结果。

但旧词中那些说不清的意味，积淀陈久，一时是难以洗尽的。

陈烈编著的《田家英与小莽苍苍斋》，提到康生曾赠给田家英一副对联："高处何如低处好，下来还比上来难。"陈烈说，一九六二年北戴河会议之后，上面为"包产到户"事对田家英不满，半年不与田说一句话。而康生自庐山会议之后，重新获得赏识。"康生审时度势，判定田的仕途走到了尽头"，于是写了这副对联给田，"一副幸灾乐祸的样子"。

像康生这样深通文史的人，作文、题词、说话，什么时候意在言外，什么时候暗含讥讽，真是很难说清楚。陈烈的分析我并不赞同，毕竟只是他的臆度之辞。康生给潘天寿的题词，未必是好意，也未必不是好意。换了别人，我大概不会起疑心，因为他们的文字修养到不了那个程度。但康生就不然了。据说康生说过，他树潘天寿，是为了打击陈半丁。他说陈半丁一直反共，中华人民共和国成立前就是国民党的御用画家，后来齐白石死了，要做画坛领袖。他就利用潘天寿的展览会题字，刊登于《光明日报》，那是明明白白地说，齐白石不在了，还有潘天寿呢，画坛领袖轮不到陈半丁。

在阎立本的故事里，问题的核心不在于阎立本是不是善画，而在于做官和绘画，哪一项才是立身之本。康生能书擅画，按民间传说，字，他看不起郭沫若，画，他自觉胜过齐白石。然而他不以画家、书法家自居，他觉得他的政治地位要比画家、书法家高得多。因此，在他心目中，艺坛之第一，不过是个魁首和班头。如果遣词造句严谨些，题词换成哪怕文字不那么古色古香的"画坛泰斗，艺苑宗师"，不是更保险吗？魁首和班头，虽然有领袖群伦之意，但谁会把大政治家和政客称为"政界魁首"或"政坛班头"呢？

2016 年 9 月 2 日

读《老子》札记

一

第一章：道可道，非常道；名可名，非常名。

语言对于达意，有其局限性，这是常识。陆机《文赋》："恒患意不称物，文不逮意。"凡有写作经验的人，无不体会深刻。文字表达，大略不过四端：叙事、描写、抒情、议论。个人感觉，抒情最简单，描写其次，再次为议论，最难在叙事。抒情，达意不难，难在不俗。描写需要强大的驾驭文字的能力，需要词汇丰富、句型丰富，善于联想和比拟，善于感官之间的互相交融。按理说，这是一个比较容易解决的问题。但实际上，目之所睹、耳之所闻，鼓荡人心，一旦形诸文字，往往失却妙趣。西方人描述听音乐的感觉，直路不通，只好借助于比喻，说些诸如"悬崖边上颤抖的花朵"之类的话，尚未见更好的手段。议论需要学问和见识，和语言本身关系不大。叙事，既要流畅，主次详略得当，又要在整齐中富于变化，在简劲中风姿摇曳。短而不枯燥，长而不累赘。这一点，很难做到。《庄子》文字之美，诸子无出其右者；唐人说《列子》叙事还要胜过《庄子》。对这两家，不妨去揣摩一下。

《淮南子》说："著于竹帛，镂于金石，可传于人者，其粗也。"《庄子》书中斫轮人对桓公说，书中读到的，乃是古人的糟粕，因为精粹是难以言传的。《庄子》和《淮南子》的引申，本于老子，却多少背离了老子的原意。老子只是提醒读者：道的本体难以言说，恍兮惚兮那些描写，是无可道无可名而强为之道强为之名。读者明白了这个道理，从此可以不再拘泥于文句，而以此文句为起点，自己去领悟和发挥。所以，老子绝没有以著述为糟粕的意思，甚至也没有佛祖以言语为渡船、为津梁，一旦渡过，便当舍弃的意思。相比之下，佛的"筏喻"比糟粕之说还更近于老子原意。语言纵有千般局限,仍是一个有用的工具。

后人误解老子,以为老子既然声明常道之不可道、常名之不可名,为何又要自著五千言,岂不自相矛盾。关于老子的传说中,广为人知的一种是,他之所以著书,是因为出关时为关尹强留,不得不落下言筌。写完,便飘然西去。像是专为回答这种质疑而造的《拾遗记》里却说,老子著书,呕心沥血(虽然是别人的血),成十万余言,后嫌词费,大加删减,得五千言。可见是当作大事业来做的。

至于《庄子》,另有说法。如果寻常的语言只能留下糟粕,解决之道便是超越它,求助于新的表达方式,于是就有了"三言理论",用寓言、重言和卮言来铸造达意传心的新语言:"寓言十九,重言十七,卮言日出,和以天倪。""以卮言为蔓衍,以重言为真,以寓言为广。"卮言是"因物随变"之言、自然无心之言。重言是"借古人之名以自重"。但《庄子》书中的引述,多出虚构,因此也是寓言。所以司马迁说《庄子》之书,"大抵率寓言也"。寓言最大的特点,便是意义非文字本身,意义大于文字本身,意义超出文字之外。卮言强调自然无心,随时生发,蔓衍不绝。摆脱了功利的计较,故能近于道。《庄子》又说:"以天下为沉浊,不可与庄语",所以要"以谬悠之说,荒唐之言,无端崖之辞",打破语言的陈规，也打破人心中的成见。

禅宗不立文字，转用启发式的语言，甚至用棒喝等动作来代替语言，这就有了后世那些稀奇古怪的公案。而中国诗文的重视比兴和用典，一直到近现代诗的广用象征和跳跃性的句子，走的还是庄子希望的那条路。

不可说，还有一说便错、一说便俗的意思。但我们必须明白，错和俗不在言说者，而在阅读理解者，所以言传之外，还需身教。身教之用，是补充了言语的特定环境和氛围。言语从来不是孤立的。

另一方面，扑散则为器。器虽可用，却将自身固定，丧失了无穷的可能性。所以老子说"大器免成"，孔子说"君子不器"。金庸小说里，高手出剑，只是平举，没有招数。因为无招数，便无破绽，便无法破解。这是对"无为"的理想解释。果真无言，实际的结果就是无，不管这"无"多么高妙。所以，有书总比无书好。留下把柄，后人才能抓住一个实物。

或曰："可道"中的动词"道"，其意不是言说表述，而是履，是行，皆从道的本意道路转化而来。且老子后文说，"上士闻道，勤而行之"，正是同样的用法。可具体履行的道，不是恒道。可履行，就不是本体，而是道之用。

道路之道转化为最高原则、法则、规律，再转化为类似绝对理念的哲学概念，和英文中的"Way"用法相似。理念和法则，必借助于语言方能为人所知，才能传之后学，所以，道也就是话语。《约翰福音》："太初有道，道与神同在，道就是神。"这个"道"字，现代英译本作"话语"（Words），而原文应作"逻各斯"（Logos）。这三重意义，正是老子之"道"的基本内涵。

二

第十五章：豫兮若冬涉川，犹兮若畏四邻，俨兮其若客，涣兮若冰之释，敦兮其若朴，旷兮其若谷，混兮其若浊。

一连七个比喻，排比而下，非惟气势恢宏，而且风度翩翩。佛经和基督教的经典，习用此种句法，而为人所艳称。苏东坡诗的这一特点（博喻），也早已被人（包括钱锺书先生）指出。老子体认到语言的局限，不愿因言辞而导引读者入歧途，故此返本归真，专意收敛，但偶有不经意处，神龙一现，则令人赞叹不已。

辑三 | 247

三

第二十章：绝学无忧。唯之与阿，相去几何？善之与恶，相去若何？人之所畏，不可不畏。荒兮其未央哉。众人熙熙，如享太牢，如春登台。我独泊兮其未兆，沌沌兮如婴儿之未孩，儽儽兮若无所归。众人皆有余，而我独若遗。我愚人之心也哉，沌沌兮。俗人昭昭，我独昏昏；俗人察察，我独闷闷。澹兮其若海，飂兮似无所止。众人皆有以，而我独顽且鄙。我独异于人，而贵食母。

老子是智者，发言高远，意度潇洒。但此章却甚为情绪化，有很多感叹，有很多无奈。比如"人之所畏，不可不畏"，语气一似"及吾无身，吾有何患？"面对现实，有处处无力之感。"儽儽兮若无所归。众人皆有余，而我独若遗。"这和后来的屈原几乎是一个调子。屈原和贾谊都是多愁善感的人，作品虽受道家影响，但道家的达观，在他们那里，往往不敌现实带来的悲痛。老子本质上是一个对现世失望的人，因此伤感难免。他之所以劝导年轻的孔子不要"知其不可为而为之"，便是因为觉得世事无希望。

这一章处处以自己和众人相对比，见出他的孤独。

去掉开头的"绝学无忧"（有人就以为这一句是错乱了的）和结尾的"我独异于人，而贵食母"，全章就是一首完整的抒情诗。"澹兮其若海，飂兮似无所止"可以视作纯粹抒情的句子。老子对楚辞大有影响，或者互有影响。非独思想，连语言形式上也是如此。

四

第四十一章：上士闻道，勤而行之。中士闻道，若存若亡。下士闻道，大（而）笑之。不笑，不足以为道。

此章近俗，不像老子的口气。"勤而行之"，似出后学之口。大笑云云，尤为不伦。凡事分上下几等，对比而论之，虽是先秦人之惯技，但此处的意思极粗浅。上士下士之分，殷芸《小说》便袭此而演为孔子和子路的幽默故事：

> 孔子尝游于山，使子路取水，逢虎于水所，与共战，揽尾得之，内怀中。取水还，孔子曰："上士杀虎如之何？"子曰："上士杀虎持虎头。"又问曰："中士杀虎如之何？"子曰："中士杀虎持虎耳。"又问："下

士杀虎如之何？"子曰："下士杀虎捉虎尾。"子路出尾弃之。因恚孔子曰："夫子知水所有虎，使我取水，是欲死我。"乃怀石盘，欲中孔子。又问："上士杀人如之何？"子曰："上士杀人使笔端。"又问曰："中士杀人如之何？"子曰："中士杀人用舌端。"又问："下士杀人如之何？"子曰："下士杀人怀石盘。"子路出而弃之，于是心服。

《鸳渚志余雪窗谈异》"妖柳传"后评曰："上士尚道德，中士尚节义，下士尚功名。"也是由此翻出。

五

第四十四章：故知足不辱，知止不殆，可以长久。

"止"是儒家的一个重要概念，《大学》："知止而后有定，定而后能静，静而后能安，安而后能虑，虑而后能得。"止，还有中庸，也许都源出于老子这里。

另，第三十二章："名亦既有，夫亦将知止，知止所以不殆。"

六

第四十九章：圣人无常心，以百姓心为心。善者吾善之，不善者吾亦善之，德善。信者吾信之，不信者吾亦信之，德信。

老子讲阴柔之术，给人的感觉，是权谋的祖师。第三十六章多少为人诟病。"将欲弱之，必固强之；将欲废之，必固举之；将欲夺之，必固与之。"注者以郑庄公克段故事为具体说明，益加深读者印象。其实老子讲治国多，讲阴谋不多。老子讲阴柔，主旨在谦让。第三十三章："知人者智，自知者明；胜人者有力，自胜者强。"能自知的，才是真聪明；能自胜的，才是真的强大。可见强者不在胜人，而在胜己。韩非子发展老子的思想，以阴为谋，不仅讲治国，还讲御人。清高而形而上的道家产生出重实际、要当帝王师的法家，正像郭沫若所说，道家的末流演变为求仙炼丹的方士，则一生死，齐万物，从何论起。

观老子此章，颇见仁者之心，令人觉得如出孔子之口。这是老子的厚道处，也是他所有愤世之言的内在根基。所谓愚民政策，与此相参，便知老子不是要愚民，他是说上下各安其位，天下才能太平。儒家说"刑不上大夫，礼不下庶人"，意思相同。

七

第五十章：盖闻善摄生者，陆行不遇兕虎，入军不备甲兵。兕无所投其角，虎无所错其爪，兵无所容其刃。夫何故？以其无死地。

这一段话，最重要的地方在于，善摄生者到了危险的地方，也不会有危险。为什么？老子说："以其无死地。""无死地"不是说不会遇到危险，上文明明提到兕虎和甲兵。王弼注说："器之害者莫甚乎戈兵，兽之害者莫甚乎兕虎。""无死地"是说没有自招死亡的理由。王弼的解释提到两点：一是"无以生为生"，二是"不以欲累其身"。第一点有"齐生死"的意思，庄子对此有非常具体的发挥。第二点容易理解，少贪欲则远祸害，这也可以看作对"无以生为生"的说明。

《韩非子·解老》篇中，有一段精彩的演绎：

夫兕虎有域，动静有时，避其域，省其时，则免其兕虎之害矣。民独知兕虎之有爪角也，而莫知万物之尽有爪角也，不免于万物之害。何以论之？时雨降集，旷野闲静，而以昏晨犯山川，则风露之爪角害之；事上不忠，轻犯禁令，则刑法之爪角害之；处乡不节，憎爱无度，则争斗之爪角害之；嗜欲无限，动静不节，则痤疽之爪角害之；好用私智，而弃道理，则网罗之爪角害之。兕虎有域，而万害有源，避其域，塞其源，则免于诸害矣。圣人之游世也，无害人之心，无害人之心则必无人害，无人害则不备人，故曰"陆行不遇兕虎"。入山不恃备以救害，故曰"入军不备甲兵"。不设备而必无害，天地之理也。体天地之道，故曰"无死地"焉。

韩非子强调的是"无害人之心"。"无害人之心"，因此"无死地"。这就是天地之道。正如俗语所说，灾人者，人必反灾之。

韩非子还说，兕虎之害不算什么，人世上处处陷阱、处处危险，所以，人要学会躲避危险，减少嗜欲，不要小聪明。一句话，万害有源，从源头杜绝，自然免害。

"无害人之心"，停留在具体的层面上，庄子认为，仅此还不够。《庄子·山木》篇讲了一个小故事：

> 方舟而济于河，有虚船来触舟，虽有惼心之人不怒。有一人在其上，则呼张歙之；一呼而不闻，再呼而不闻，于是三呼邪，则必以恶声随之。向也不怒而今也怒，向也虚而今也实。人能虚己以游世，其孰能害之。

为什么"向也不怒而今也怒"，庄子解释说，那是因为"向也虚而今也实"。结论是："人能虚己以游世，其孰能害之。"
《庄子·秋水》篇中也有解释：

> 知道者必达于理，达于理者必明于权，明于权者不以物害己；至德者，火不能热，水弗能溺，寒暑弗能害，禽兽弗能贼；非谓其薄之也，言察乎安危，宁于祸福，谨于去就，莫之能害也。

庄子的观点是："不以物害己。"意思和韩非子差不多。
"不以物害己"，和韩非子讲的"无害人之心"一样，都是"虚己"这一原则的具体之用。
《列子·黄帝》篇有一节：

> 列子问关尹曰："至人潜行不空，蹈火不热，行乎

万物之上而不栗。请问何以至于此？"关尹曰："是纯气之守也，非智巧果敢之列。姬！鱼语女。凡有貌像声色者，皆物也。物与物何以相远也？夫奚足以至乎先？是色而已。则物之造乎不形，而止乎无所化。夫得是而穷之者，得而正焉？彼将处乎不深之度，而藏乎无端之纪，游乎万物之所终始。壹其性，养其气，含其德，以通乎物之所造。夫若是者，其天守全，其神无郤，物奚自入焉？夫醉者之坠于车也，虽疾不死。骨节与人同，而犯害与人异，其神全也。乘亦弗知也，坠亦弗知也。死生惊惧不入乎其胸，是故忤物而不慴。彼得全于酒而犹若是，而况得全于天乎？圣人藏于天，故物莫之能伤也。"

老子从不言炼形修真，即谈鬼神，不过借当时人之通识，以为比喻。庄子言真人至人，如姑射神人之类，也是寓言，绝然无意于羽化飞升，但言词夸大，故被后人利用。《列子》此节更容易被解释为神仙的特异。后文的商丘开从高台跳落，形若飞鸟，入火取物，其身不焦，还有赵襄子大猎中山见到的穿石壁而"随烟烬上下"的乡野奇人，更与《列仙传》无异。

辑三

人不为外物所伤，道理何在？赵襄子见到的野人，当被问及如何能穿石入火时，他很惊奇地反问：什么是石？什么是火？赵襄子告诉他，他出来的地方，就是石，他随之上下的，就是火。他说，石啊火啊，从没听说过。魏文侯以此事问子夏，子夏说：他听孔子说，"和者大同于物，物无得伤阂者，游金石，蹈水火，皆可也。"文侯问，怎么没见他也这么做。子夏回答"剋心去智"，他做不到，但孔子可以做到。

"大同于物""剋心去智"，这是《列子》对"无死地"的阐释，基本思想还是从老子那里来的。

八

第五十章：出生入死。

《韩非子·解老》篇："人始于生而卒于死，始之谓出，卒之谓入，故曰出生入死。"韩非子的解释，被后人简单化，"出生入死"成为"从生到死"。这种解释实在太平淡了。《老子》英文译本有很多种，也是这么翻译的。王弼注："出生地，入死地。"添加了两个"地"字，前后文的意思顿时贯通，而且意思就深了。因为后文老子说："生之徒，十有三；

死之徒，十有三；人之生，动之死地，亦十有三。"又说："善摄生者……无死地。"可见这个"地"字多么重要。

在捷克作家赫拉巴尔的小说《过于喧嚣的孤独》中，主人公死前自言："为什么老子说诞生是退出、死亡是进入呢？"这也是《老子》本章的一种翻译，离原意相当远了，是从宗教的观点来理解的：生，是从天国退出；死，是进入天国。

老子是赫拉巴尔最喜欢的思想家之一，赫拉巴尔的书中经常引用老子。赫拉巴尔爱读哲学书，基本上是德语系的：康德、黑格尔、叔本华、谢林、尼采。用德语写作的卡夫卡也酷爱老子，而德文《老子》据说早先是最多的。赫拉巴尔的写作受卡夫卡影响，一目了然。他爱德国哲学家，爱老子，也与卡夫卡有关。

西方翻译中国经典，习惯直译。赫拉巴尔读到的译文，就是如此：从生里面出来，进入到死里面去。然而在小说的具体情景中，"退出"这个词的暗示太强烈也太明确了。"我开始跨进一个我还从未去过的世界，我攥着的那本书中，有一页写道……每一件心爱的物品都是天堂花园的中心。"但说死是回归，在儒家和道家著作中也是一个挂在嘴边的说法。"人死曰鬼，鬼者归也。精气归于天，肉归于地。"

（《韩诗外传》）

简单而深奥的古句，有时候，不绕圈子，单刀直入，也能直指核心。比如山姆·哈米尔的译文："Emerge into life. Enter death."对照原文，一字不多，一字不少。这样干脆利落的翻译，很说得过去，比"从生到死"好得多。

2013 年 7 月 13 日

九

第六十章：治大国若烹小鲜。

通行的解释，治国像烹煮小鱼一样，不能频繁翻动。频繁翻动，鱼就烂碎了。进一步引申，治国，政令要轻简，更不能朝令夕改，使百姓无所适从。强调清静无为，自然而治。这样的解释，自韩非子到王弼，大致一脉相承。但不同的人，就烹鱼一事，在细节上各有其引申和发挥。

烹鱼的要诀是什么？

《韩非子·解老》篇说："烹小鲜而数挠之，则贼其泽；治大国而数变法，则民苦之。"结论是："是以有道之君贵静,不重变法。"

河上公注:"烹小鱼不去肠,不去鳞,不敢挠,恐其糜也。"这是说,鱼小,为防其破碎,最好整条鱼囫囵烹。

王弼注:"治大国若烹小鲜,不挠也。躁而多害,静则全真。故其国弥大,而其主弥静,然后乃能广得众心矣。"王弼不在细节上纠缠,直接归结到静躁之别。

《诗经·桧风·匪风》有两句:"谁能亨鱼,溉之釜鬵?"毛传说:"烹鱼烦则碎,治民烦则散,知烹鱼则知治民。"说得最为简易明白。

先秦时期人们好以烹饪比喻治国。如《尚书·说命》中的"若作酒醴,尔唯曲糵;若作和羹,尔唯盐梅"便是著名的典故。烹调,顾名思义,重在调和诸味。这也正是政治艺术的精髓。

烹小鱼少翻动,是一个理解的方向;烹小鲜涉及烹调,故调和诸味,也是一个理解的方向,尽管距离原文更远。

钱锺书先生曾经讲过比喻的两柄和多边。多边,是说一物有多种属性,取任何一种,都可成立比喻。月亮可以弯如蛾眉、圆如人面、洁如素心,可以光明如镜、寒凉如冰、晶莹如玉。往抽象方面,还可以比喻分离和团圆,以及人事的如意和不如意。具体到一件事,就更有丰富的意蕴。

烹小鱼，从不同的角度看，意指都不同。韩非子认为君王贵静，不重变法。西汉初期，黄老盛行，大乱之后，国家要让老百姓休养生息，采取的政策是无为而治，具体地体现了王弼所说的静。政府不烦民，干预得越少越好。这还包括精简机构，减轻赋税。

然而还有其他的理解方式。有人说，烹小鲜，需要平心静气，态度认真，不急躁，不冒进，治国也是如此。说得太空，等于没说。又有人说，烹小鱼，小鱼指百姓，放在锅里慢慢烹煮，则百姓何等痛苦。这就很离谱。

烹鱼和烹牛烹羊一样，总之要使味道鲜美、好吃。调和百味，关键是各种味道之间的平衡和和谐，不能太咸，也不能太淡。太苦，太酸，太辣，都不行，都得适度。若说求和谐是老子治国理论的关键，不算无稽之谈。

我们还可以说，凡烹饪，要保留、烘托和凸显原料自身的鲜美，那么，治理国家，就要创造条件，使人民都发挥自己的才干，人尽其才，物尽其用。

思路如果开阔一些，烹鱼，尤其是小鱼，去刺是不是也值得一提呢？要么去掉刺，要么把鱼煎炸，使鱼刺酥软，吃的时候就不会伤人。治理天下，必须存善去恶。这样理解，对照原文，看起来匪夷所思，其实要找根据，也是有的。《庄子·徐无鬼》篇讲到，黄帝到襄城之野，请教牧马小童如何治天下，小童回答说："夫为天下者，亦奚以异乎牧马者哉？亦去其害马者而已矣！"

一种理解，听起来尽管有道理，能自圆其说，并不一定就是作者的原意。解释有如此强的可塑性，这就是某种理论在不同的时代能为不同人出于不同的目的而利用的原因。利用，甚至不需要曲解，只要执其一端就行了。

如果不纠缠于细节，《庄子·田子方》篇中的两句话，应该说是"治大国若烹小鲜"的最贴切的解释："典法无更，偏令无出。"周文王请来臧的丈人，"授之以政"，三年而天下大治。

当然，往深了说，老子这句话，不妨和后文参照起来看：

以道莅天下，其鬼不神。非其鬼不神，其神不伤人。非其神不伤人，圣人亦不伤人。夫两不相伤，故德交归焉。

这里强调以道临天下，因此在上和在下的，两不相伤。

鬼神一节，有不同的解释。传统的解释，《老子集释》引王道曰：

传曰:"国将兴,听于人;国将亡,听于神。"圣人以道临天下,则公道昭明,人心纯正,善恶祸福,悉听于人;而妖诞之说,阴邪之气,举不得存乎其间,故其鬼不神。

另外,王弼注说:

道洽则神不伤人;神不伤人,则不知神之为神。道洽则圣人亦不伤人;圣人不伤人,则不知圣之为圣也。犹云不知神之为神,亦不知圣人之为圣也。

后面这两个"不知",由老归庄,不是老子原意。

马王堆帛书《老子》甲乙本,"圣人亦不伤人",均作"圣人亦弗伤也"。"两不相伤"的意思略有不同,但强调和谐的意思不变。

老子文词简单,含义幽深,这是大家公认的。但他的意思深,并不依靠后人对某一个词语和比喻的过度索解。烹小鲜,为什么说"小"?难道烹大鱼就可以频繁翻动,可以"扰"而鱼不烂吗?当然不是。说小,不过强调是一件小事,不必过分用力,放任自然就好。老子一直强调绝圣弃智，这都是无为的精义。治大国尚且如此，治小国就更不必说了。

今人说烹小鲜，动辄说煎小鱼。煎小鱼不能多翻动，自然不错。然而先秦的烹，未必是煎。应该是放在鼎里煮。加水煮，也不能多搅动，道理是一样的。为汉朝建立立了大功的郦食其，后来被齐王田广所烹——放在大锅里煮死了。如果烹释为煎，那就难以想象了。

十

第七十章：知我者希，则我者贵。

孔子说："人不知而不愠，不亦君子乎。"其中含有大道不行、遁世无闷的思想。孔老之间，每有相通之处。老子说话，居高临下，态度傲慢。到孔子，变得亲切平易。显然，能为天下所知、所遵奉，所谓"令广誉施于身"，总是一件好事。但事不能强求，谋事在人，成事在天。孔子说不愠无闷，其实是有愠有闷的。他曾说过："君子疾没世而名不称焉。"这个"疾"，就是愠，是闷，是痛恨。但他以平常心对待，垂头丧气之后，继续努力。老子则很有李白那样的脾气，"但得醉中趣，勿为醒者传"。至高至妙的事物,常人不能理解,反过来,更能证明其高妙。如果人人都能理解和赏识,那你就跌落到和"人人"同样的档次去了。陶渊明说"此中有真意,欲辨已忘言",不是因为语言表达能力的局限,而是不足为外人道的意思。这就是曲高和寡。

平时有很多话,说来平常,一朝反言之,因果倒置,意义就上了一个层次,看似不变而大变。这也是作文之一法。

2011 年 2 月 7 日

说孔融

曹丕《典论·论文》说孔融：

> 孔融体气高妙，有过人者，然不能持论，理不胜辞，以至乎杂以嘲戏。及其所善，扬班俦也。

孔文的三个特点，俱见于此：第一是气盛，刘勰说他"气盛于为笔"。逞才使气，与阮籍诗中的表现或可一比："阮籍使气以命诗"。阮籍的使气和嵇康的"师心"，鲁迅认为是魏末晋初文章的特色。第二是不善于说理，辞过于理，凡有所论，锋刃指处，往往攻其一端，不及其余。但他为文造理，文辞出色，足以使文章成立。第三就是喜欢嘲戏，讲歪理，如优伶的俳谐。最出名的例子，曹操攻下邺城，曹丕将袁绍儿子袁熙的妻子甄氏据为己有。孔融给曹操写信说："武王伐纣，以妲己赐周公。"曹操问出典，孔融回答："以今度之，想当然耳。"

许寿裳在《亡友鲁迅印象记》里说：鲁迅对于汉魏文章，素所爱诵，尤其称许孔融和嵇康的文章。这段话很有名，爱读鲁迅的人都知道。鲁迅辑校过《嵇康集》，花了细密的功夫。他文章里藏不住的迥远孤傲，就有嵇康的影子。至于孔融，在鲁迅文字里看不出很明显的影响。如果有，或许是态度吧。曹丕说孔融不能持论，很多人以为是政治偏见。因为孔融的讽刺，如鲁迅所言，专门针对曹操。甄氏事件，还牵扯到曹丕自己。若在常人，忌恨于心，是可以意料得到的。但我觉得曹丕不至于这样。《论文》一开头就提到自古文人相轻，建安七子"咸自以骋骥骤于千里，仰齐足而并驰""以此相服，亦良难矣"。对这一陋习，他引以为戒，强调自己著书，一定会克服这个毛病。"审己以度人，故能免于斯累，而作论文。"

孔融被杀，他的遗文是曹丕收集整理的。建安七子，其他六人不仅都比孔融年纪小，而且都是曹魏集团的人物，只有孔融是个异见人士。七子之名，也是曹丕提出来的。

把一个明显不同类的人物归于一个文学集体，看得出曹丕对孔融的欣赏。过去说到曹丕，必然联系到他对曹植的迫害。《七步诗》的故事妇孺皆知，其实不可靠，是后人编造出来的。曹丕因为这个，落得褊狭和无情的名声。但我们读他的诗文，看得出他是个重性情的人，处事有眼光，也很大度。七子中的其他几位，与曹丕私交甚好。曹丕也不是一味称扬，在指出其所长的同时，也不隐瞒其所短。如说应玚"和而不壮"，刘桢"壮而不密"，王粲徐干，只有赋好，陈琳阮瑀，只有表章出色。他自己是文章妙手，持论又能客观，他评说孔融，令人信服。

理不胜辞，《文心雕龙·才略》篇说到司马相如，也用了这四个字："相如好书，师范屈宋，洞入夸艳，致名辞宗。然核取精意，理不胜辞，故扬子以为'文丽用寡者长卿'，诚哉是言也。""理不胜辞"归结到"文丽用寡"，意思稍稍变了。汉的大赋本意在讽劝，不料变成了漫无边际的夸说，劝百讽一，成为一病。"用寡"，在司马相如身上是恰当的，在孔融这里，正好反过来。孔融正是由于政治性太强，弄到最后曹操不容他。作为政治家，对可能造成威胁的敌对人物下手狠辣，甚至仅仅是因为怀疑，照样宁枉勿纵，这在历史上是家常便饭。曹操杀害文士，如孔融和杨修，未免猜忌过甚，显得小气。后人把很多极端的故事安在曹操头上，虽然冤枉，却也事出有因。大概他自己同时又是造诣极高的文学家，深知文字的腾挪空间广阔，下意识地把文字的力量看得太大，处处风声鹤唳，把一己的偏执引发成一场场祸害。从这个角度来说一句未必正确的话，做政治家，做皇上的，尤其是英明神武、为政悉出己意的，还是不要太懂和太热爱文学才好。

　　孔融爱嘲讽，也善于嘲讽。鲁迅说："曹操要禁酒，说酒可以亡国，非禁不可，孔融又反对他，说也有以女人亡国的，何以不禁婚姻？"在《难曹公表制禁酒书》中，孔融旁征博引，大讲酒的功德，从天有酒星、地有酒泉讲起（这个意思，后来被李白写成他著名的《月下独酌》），讲到尧和孔子，讲到袁盎和于定国。他说，假如没有酒，汉高祖不能醉斩白蛇，开大汉基业；景帝不会醉幸唐姬，生下刘发，其后代刘秀，乃有光武中兴。这些好处还不够，在信的结尾处，孔融再拿屈原和郦食其作对比：郦生因为好饮，为汉朝立了大功；屈原因为不好酒，在楚国遭际不顺。这一路洋洋洒洒写下来，文气勃郁，声势夺人，道理实在并没有多少。屈原的悲剧，更与不好酒无关。说他不能持论，说他理不胜辞，就在于此。

曹操禁酒，是为了节省粮食，这在战争或灾荒等非常时期，无可非议。刘备一方，国计民生要比北方糟糕得多，刘备也是要禁酒的，而且刑法极严。《三国志·蜀书·简雍传》里有个故事：

> 时天旱禁酒，酿者有刑。吏于人家索得酿具，论者欲令与作两者同罚。雍与先主游观，见一男女行道，谓先主曰："彼人欲行淫，何以不缚？"先主曰："卿何以知之？"雍对曰："彼有其具，与欲酿者同。"先主大笑，而原欲酿者。

对于不好说话的君主，常靠俳优一类人物插科打诨，才能收到劝谏的效果。"将酒独急者，疑但惜谷耳"，这说明孔融并非不懂曹操的用意。他的故意为"难"，是开个玩笑，还是借题发挥，表明他对曹氏的态度？我们不好猜。难不成只是因为他自己好客好酒，天生豪爽，就和当政者闹着玩？

这并非不可能。吴云教授在《建安七子集校注》卷一"孔融集校注"的前言里详细勾勒了孔融的生平和思想。读过吴云教授的论述，在文学家和大名士之外，对孔融又多了两个印象：他是个书呆子，还是个好发奇谈怪论的疯子或"思想解放的先驱"。

袁谭大军攻北海，孔融大败，兵卒只剩几百人。眼看敌军即将进城，"流矢雨集，戈矛内接"。这当儿，他老人家依然沉得住气，"隐几读书，谈笑自若"。这是很传神、很有画面感的细节，颇疑张艺谋电影《英雄》中飞矢如雨乱射学堂的一段，便是编剧由此获得的灵感。当夜城陷，孔融自己逃走，妻子、儿女做了俘虏。

在军阀混战的乱世，做北海相，不能护境安民，孔融作为政治家，是很不合格的。他比不上在荆州守土自保、"开立学官，博求儒士"的刘表，也比不上在僻处西北一隅的河西走廊保存中华文明火种的前凉张氏政权。

吴云教授称赞孔融思想解放，举了两个例子。当时有个叫管秋阳的人，和弟弟以及弟弟的一个朋友同路逃难。大雪绝粮，兄弟合伙杀死弟弟的朋友，吃人肉得以生存。人问孔融对此事的看法，他说：管秋阳爱惜先人遗体，杀人自保，没错。别人反驳说：贪生杀生，怎么不算犯罪？孔融说：杀的不是朋友，只是同伴，如果是朋友，当然不能杀。但同伴没关系，同伴好比会说话的鸟兽，管氏兄弟杀人吃人，好比"犬啮一狸，狐啮一鹦鹉"，何足怪也！

并进一步论证:"昔重耳恋齐女而欲食狐偃,叔敖怒楚师而欲食伍参。贤哲之忿,犹欲啖人,而况遭穷者乎?"这个故事据《意林》所引,出自《傅子》,估计也是寓言,意在夸说孔融的善辩。关于名人,传说总比事实多,纵是事实,也常遭夸大和变形,《世说新语》便是极好的例子。孔融是圣人苗裔,《孝经》开宗明义,说:"身体发肤,受之父母,不敢毁伤,孝之始也。"说不定有人便据此编了这段故事来调侃他。

第二个例子,出自路粹控告孔融的文件,孔融正是因路粹控告的"不孝"的罪名而被杀害的。路粹引述的那段孔融的话,确实惊世骇俗:

父之于子当有何亲?论其本意,实为情欲发耳。子之于母,亦复奚为?譬如寄物缶中,出则离矣。

鲁迅先生在《我们现在怎样做父亲》中引了这个例子,认为:"虽然也是一种对于旧说的打击,但实于事理不合。因为父母生了子女,同时又有天性的爱,这爱又很深广很长久,不会即离。"鲁迅还说:"汉末的孔府上,很出过几个有特色的奇人,不象现在这般冷落,这话也许确是北海先生所说；只是攻击他的偏是路粹和曹操，教人发笑罢了。"

鲁迅说"也许"，这几句话究竟是不是出于孔融之口，别无记载。它出现在控告者的信里，不排除是编造。

用"思想解放的先驱"这样的头衔称呼孔融，也许从明末的李贽和徐渭那里获得了联想。可是我们读孔融留下的几首诗和几十篇文章书信（多为残篇），读到的是一个虽然总是和曹操唱反调，但绝大多数时候显得宽厚的孔融。他为人正直，尊贤重能，热心奖掖后进，这有《与曹公论盛孝章书》和《荐祢衡疏》可证。盛孝章和祢衡都以悲剧收场。曹操答应孔融，征盛孝章为都尉，征书未达，孝章已死于孙权刀下。祢衡之狂，如果历史记载可靠，别说曹操受不了他，放在近代，也不会有当权者尊重他、使用他，他只可能死得更快或更惨。曹操不杀他，已是难能。孔融既称名士，他的《汝颍优劣论》展露他幽默的一面，《离合作郡姓名字诗》偶尔玩玩文字游戏，毕竟有分寸。名士能有什么力量呢，救不了别人，也救不了自己。思想解放，如果出于执政者，上行下效，自然雷厉风行。如鲁迅说曹操尚通脱，所以毫不费力，成了"改造文章的祖师"。东汉以来直到魏晋，我们今天说的思想解放，在当时，不过被看作一种"名士风度"。"名士风度"说起来好听，在当时，往高了说，是雅致，引领时尚；往低了说，是神经病，发疯。可以当真，也可以不当真。名士在统治者眼里，不值多少钱。纵是誉满天下的大名士，如嵇康，只要在上的不高兴，胡乱安个罪名，拉出去就砍了头。

思想解放，不是那么简单。阮籍为什么后来只剩下喝酒，《咏怀诗》"寓辞类托讽"，故意让人看不明白，因为他至少还明白，他再崇拜老庄，也做不了"大人先生"，"芒然彷徨乎尘垢之外"。人只有一个脑袋，如果被人砍了，思想的快乐再也享受不到了。还有的，言辞极端，一开始仅仅是为了吸引公众注意。就像现在有人评说《红楼梦》，语不惊人死不休。你说《红楼梦》写大家庭的兴衰，写爱情悲剧，他偏说这是间谍或反清复明小说；你说作者是曹雪芹，他偏说是曹雪芹的叔叔或曹雪芹的女朋友。这种极端的言辞为怪而怪，为极端而极端。比如金圣叹的某些批评文字，稍有常识的读书人，不会拿它真当回事。孔融确乎是爱开玩笑的，他的狂是佯狂。李贽和徐渭似乎确是疯子，是一开始就疯了呢，还是后来被逼疯的，说不清。

鲁迅称许孔融，与喜欢嘲戏无关。许寿裳说：那是"因为鲁迅的性质，严气正性，宁愿覆折，憎恶权势，视若蔑如,皓皓焉坚贞如白玉,懔懔焉劲烈如秋霜,很有一部分和孔嵇二人相类似的缘故"。那么,孔融的滑稽放诞后面,是有风骨的。有风骨,才当得起刘熙载之言:"卓荦遒亮,令人想见其为人。"

2011 年 1 月 4 日

柳如是的尺牍

张中行先生谈柳如是,抄了她致汪然明的几通尺牍,其一云:

> 鹃声雨梦,遂若与先生为隔世游矣。至归途黯瑟,惟有轻浪萍花与断魂杨柳耳。回想先生种种深情,应如铜台高揭,汉水西流,岂止桃花千尺也。但离别微茫,非若麻姑方平,则为刘阮重来耳。秋间之约,尚怀渺渺,所望于先生维持之矣。便羽即当续及。昔人相思字,每付之断鸿声里,弟于先生亦正如是。书次惘然。

又一则云:

枯桑海水，羁怀遇之，非先生指以翔步，则汉阳摇落之感，其何以免耶？商山之行，亦视先生为淹速尔。徒步得无烦屐乎？并闻。

张中行先生说："这是道地晋人风味。"并说："钱牧斋是以长于尺牍闻名的，可是与这位河东君相比，就显得古雅有余而飘逸不足。"

钱谦益的文章，约略读过几篇，说飘逸不足，大致不错。他这人写文章和诗，一方面是好，学问大，命意深；一方面是端着架子，过于节制，大概也有特殊人物在特殊环境中小心提防的意思。柳如是的信，如张先生所说，是年轻女子的信，又是那样的身份，意思放得开，文字却是异常用心，因为要给人才调高华的印象，不免处处显摆、字字雕琢，所以虽然雅致，多少有些不自然。风雅有余，飘逸大概还谈不上，更和晋人风味有距离。晋人重品藻，一言一行，便以名世。积习既深，小札随意写来，无不俊朗洒脱。他们作文固然讲究藻饰，但我们说晋人风流，求之书信小品，毕竟藻饰还在其次，首要的是蕴藉而又通脱的态度。

且来看几篇历代视为名篇的晋人书信。首先是谢安《与支遁书》：

思君日积，计辰倾迟。知欲还剡自治，甚以怅然。人生如寄耳，顷风流得意之事，殆为都尽。终日戚戚，触事惆怅。唯迟君来，以晤言消之，一日当千载耳。此多山县，闲静，差可养疾，事不异剡，而医药不同，必思此缘，副其积想也。

谢安身为大政治家，出语庄重，但不经意间微露一点山林之气，显得与一味只知做官的人不同，是名门气度。"人生如寄耳"，套用杨恽"人生行乐耳，须富贵何时"而来。信是写给方外之人的，这样暗藏一个典故，便隐隐有自谦和称赏对方的意思。

同样是感叹时光迅疾、珍重友情，陆云《与杨彦明书》写得更直白些：

省示累纸，重存往会，益以增叹。年时可喜，何速之甚。昔年少时，见五十公去此甚远，今日冉冉已近之已。耳顺之年，行复为忧叹也。柯生而多悦，乐春未厌；秋风行戒，已悲落叶矣。人道多故，欢乐恒乏，遨游此世，当复几时？各尔永隔，良会每阕，怀想亲爱，寤寐无忘。书无所悉。

辑三

这和柳如是的两篇内容近似。再看王羲之《诫谢万书》：

> 以君迈往不屑之韵，而俯同群辟，诚难为意也。然所谓通识，正自当随事行藏，乃为远耳。愿君每与士之下者同，则尽善矣。食不二味，居不重席，此复何有，而古人以为美谈。济否所由。实在积小以致高大，君其存之。

是比较慎重地谈处世之道的，仍然有从容不迫的风致，语言又质朴。王羲之的杂贴写得非常随意，多用口语，有时寥寥十多个字，也能让人反复回味。譬如《深情帖》：

> 省足下前后书，未尝不忧。欲与事地相与。有深情者，何能不恨？然古人云：行其道，忘其为身。真卿今日之谓，政自当豁其胸怀，然得公平正直耳。未能忘己，便自不得行。然此皆在足下，怀愿卿为复广求于众，所悟故多山之高，言次何能不？

"有深情者，何能不恨？"这句话完全可以收录到《世说新语》里去。王戎说："情之所钟，正在我辈。"也是同样意思。王羲之的《儿女帖》写得更家常：

> 吾有七儿一女，皆同生，婚娶以毕，惟一小者尚未婚耳。过此一婚，便得至彼，今内外孙有十六人，足慰目前。足下情至委曲，故具示。

当代人里头，把语言修炼到这个程度的，似乎汪曾祺先生一人而已。

后人作文，意思若比较空，挽救办法之一，就是用典。用典能藏，好似过去唱京戏的，到高腔处唱不上去，琴师便拿琴声托一下，一托，含含糊糊就过去了。用典的作用主要在造成深婉的效果，或者有话不能明说，借用典故，好似遮了一层纱，灯影袅袅，似花非花，显得得体。乱用典故，则是借典故说空话、说废话，如在大量应制和游戏文章中常见的。这个分别，能看出一个人的本事。

我们看谢安、陆云这两封信，都少用典，用了也让人看不出痕迹。王羲之引用《左传》的名言"食不二味，居不重席"，是为了说理，并非为了修辞。如果意思好，又说得好，何必借助典故？柳如是的信，用典不能说不妥帖，但给人为用典而用典的感觉，其实直说就可以了。比如"至归途黯瑟,惟有轻浪萍花与断魂杨柳耳"这两句,"轻浪萍花"和"断魂杨柳"何等造作。随后的"铜台高揭,汉水西流",化用唐人小说《红线传》中的"铜台高揭,漳水东注",以比喻"先生种种深情",实在累赘,只用"汉水西流"就够了。这才适合和后文的"桃花千尺"作比。

　　作古文和作诗词比,作古文更难。不独今天的人学作古诗文是如此,在古人恐怕也是如此。尺牍虽小道,写得隽永耐读,也不容易。明清人所作,以及小品题跋一类,只要和南北朝人比,和宋代的苏黄比,高下就出来了。古代称为才女的,作诗词的多,作文章的少。诗词好的多,文章好的少。唐代三位女才子,薛涛、李冶、鱼玄机,都以诗著名。文章写到像李清照那样好的,少之又少。李清照还能写词论!张中行提到的与柳如是大约同时的叶小鸾,近代文人时时挂在嘴边,据说也是诗作得好。我从别人的文章里见过几首,小巧而已。柳如是的诗词都有名篇名句,诗中是"此去柳花如梦里,向来烟月是愁端",词是那首陈寅恪先生深爱的咏寒柳的《金明池》:

　　　　有怅寒潮,无情残照,正是萧萧南浦。更吹起,霜条孤影,还记得,旧时飞絮。况晚来,烟浪斜阳,见行客,特地瘦腰如舞。总一种凄凉，十分憔悴，尚有燕台佳句。

春日酿成秋日雨。念畴昔风流，暗伤如许。纵饶有，绕堤画舸，冷落尽，水云犹故。忆从前，一点东风，几隔着重帘，眉儿愁苦。待约个梅魂，黄昏月淡，与伊深怜低语。

套句张中行先生的话，这可走的是南宋姜吴王史诸大家的正路子呢。

2014 年 6 月 13 日

酒鬼文字

隋末唐初诗人王绩作《五斗先生传》,说"天下大抵可见矣"。意思是世事他都看透了,老猴子耍不出新把戏了。看透了,无聊,他就喝酒去了。东皋子是王绩的号。东坡读王绩传,作《书东皋子传后》,其中说道:"常以谓人之至乐,莫若身无病而心无忧,我则无是二者矣。"最大的快乐是身体好,没心事。这两条都很难,后一条尤其难。能做到的,不是帝王将相、文人士大夫,更可能是心无旁骛的平民百姓。《庄子》书中有《至乐》一篇,其中有言:"人之生也,与忧俱生。"忧是与生俱来,如何解脱?老子高深莫测地打了个哈哈:"吾所以有大患者,为吾有身;及吾无身,吾有何患?"人活着,怎么个无身法?难道真的可以像还珠楼主的小说里写的,人练得元神跳出肉身之外?《庄子·至乐》篇说得实在:"吾观夫俗之所乐,举群趣者,硁硁然如将不得已,而皆曰乐者,吾未之乐也,亦未之不乐也。果有乐无有哉?吾以无为诚乐矣,又俗之所大苦也。"无身,压根儿不可能。无为,宽泛而言,就是有选择性地去做一些事,如果愿意,人人可以做到。隐士、修道者,有点那个意思。东坡豁达,随时自得其乐,苦中也能作乐,虽不能完全无忧,毕竟难得。

《五斗先生传》是模仿陶渊明的《五柳先生传》的。文体模仿,连内容也照抄。陶渊明说,家贫,买不起酒,朋友招引,便不拒绝,而且"造饮辄尽,期在必醉。既醉而退,曾不吝情去留"。王绩说:"有以酒请者,无贵贱皆往,往必醉,醉则不择地斯寝矣,醒则复起饮也。"他俩的区别只在于,陶渊明喝醉了,自己乖乖回去,不给别人添麻烦;王绩醉了就赖在主人家,随地一躺不起,第二天醒来,接着喝。

历来做文章,后者如果不能另辟蹊径,那就踵事增华,翻番加倍。你说"青溪千余仞,中有一道士",我说"青溪二千仞,中有两道士",岂不胜伊一倍?照这个道理,王绩的自吹,不可以当真。

《五柳先生传》开头说："先生不知何许人也，亦不详其姓字。"这又是从刘伶的《酒德颂》甚或阮籍的《大人先生传》那里学来的。《酒德颂》的开头是："有大人先生，以天地为一朝，以万期为须臾，日月为扃牖，八荒为庭衢。"《大人先生传》的开头是："大人先生盖老人也，不知姓字。"不言姓名，不管是自传或半自传性质的，还是假托人物以自譬的，除了不必要，还有另一层意思。钱锺书先生说，"不"字是《五柳先生传》一篇的眼目。他说：

> "不知何许人也，亦不详其姓字""不慕荣利""不求甚解""家贫不能常得""曾不吝情去留""不蔽风日""不戚戚于贫贱，不汲汲于富贵"；重言积字，即示狷者之"有所不为"。酒之"不能常得"，宅之"不蔽风日"，端由于"不慕荣利"而"家贫"，是亦"不屑不洁"所致也。"不"之言，若无得而称，而其意，则有为而发。……如"不知何许人，亦不详其姓氏"，岂作自传而并不晓己之姓名籍贯哉？正激于世之卖声名、夸门地者而破除之尔。

刘伶、陶渊明、王绩，个个都是酒鬼。喜欢陶渊明、

又喜欢王绩的苏东坡,却是一喝就醉。《书东皋子传后》说:

> 余饮酒终日,不过五合,天下之不能饮,无在余下者。然喜人饮酒,见客举杯徐引,则余胸中为之浩浩焉,落落焉,酣适之味,乃过于客。闲居未尝一日无客,客至未尝不置酒,天下之好饮,亦无在吾上者。

看人喝酒,自己快乐。东坡之为东坡,仅此一事,即非一般人可比。孔融有名言:"座上客常满,樽中酒不空,吾无忧矣。"东坡暗用了这个典故。《红楼梦》里的小丫头说:"'千里搭长棚,没有个不散的筵席',谁守谁一辈子呢?"孔融的理想,逆之而来,就是筵席不散,守一辈子。曹操握天下如在掌中,还感叹说:"对酒当歌,人生几何?"孔融一个北海相,以为他的北海是铁打的江山?非常书呆子气。但他的态度真好,有他先祖孔子的气度。搁在太平盛世,如何不是一个晏殊,不是一个欧阳修?搁在民国,如何不是一个胡适之?

我曾说过,陶渊明说自己"好读书,不求甚解",是极自负的话。他后面就忍不住自夸了:"每有会意,便欣然忘食。"读书会意,那是最高的层次,很多人读书不过是天蓬元帅吃人参果。人参果尽有好味道,他不要,他只知人参果吃了能延年益寿,故死活要吃。王绩在诗里曾自我标榜:"眼看人尽醉,何忍独为醒?"屈原说,举国皆醉,独他自己清醒,因此痛苦。王绩反屈原之意而造语,故意说和光同尘,假装谦逊。在《五斗先生传》里,他就原形毕露,不客气地自比为圣人:"故昏昏默默,圣人之所居也。"这个圣人,当然不是儒家的圣人,更像庄子和列子那里的圣人。然而庄列笔下,有丝毫不糊涂的,有假装糊涂的,真是昏昏默默过日子的,除了得了"病忘症"后来被治好的阳里华子,一个也没有。那么这个圣人,唯独他一家了。

说到狂妄,刘伶之狂,超过陶渊明和王绩。他是阮籍、嵇康那一群的,率性使气,目中无余子。所谓大人先生,论身份和心气儿,不属于凡世,是神仙一流。《大人先生传》里说大人先生"莫知其生年之数""养性延寿,与自然齐光""以万里为一步,以千岁为一朝"。《酒德颂》的结尾,气魄甚大,又有喜剧色彩:"俯观万物,扰扰焉,如江汉之载浮萍;二豪侍侧焉,如蜾蠃之与螟蛉。"看不惯其作为的贵介公子和缙绅处士,刘伶说,他们就像两个虫子。庄子曾说:"之二虫,又何知?"骂得轻快,骂得喜气洋洋,没有戾气。

东坡作《书东皋子传后》时,王水照先生说:

> 年届六十,正是谪居惠州之日,仕宦沉浮,人世沧桑可谓饱经,因而对东皋子王绩的超然于酒自然感触尤深。现实中虽已无"身无病而心无忧"之至乐,但东坡于酒既不为使气泄愤,亦不求一醉不醒,而只自寻与人同乐而酣适其中之趣,斯又一境界也。(《中国历代古文精选》)

群聚而饮,在今日,不能当家常便饭。转念一想,譬如网上种种,微博微信,天南地北见过面没见过面的朋友,自由来往,谈文论艺,其乐趣和东坡所说,或有几分相似吧。"病者得药,吾为之体轻;饮者困于酒,吾为之酣适,盖专以自为也。"

2015 年 3 月 25 日

磨镜少年

侯孝贤拍了电影《刺客聂隐娘》，唐人小说中的旷世名篇遂为大众所熟知。然而因此去读原文，甚至进一步去读裴铏和袁郊的短篇小说集《传奇》或《甘泽谣》的人，恐怕并不多见。《刺客聂隐娘》上市，我在街头买了盗版碟，看了半个小时，眼前影影绰绰，只见各种颜色晃来晃去，可见盗版的质量终究不过关。

电影没看完，把小说原著又细细读了一遍。

《聂隐娘》故事虽短，却有很多值得回味的地方，比如精精儿和妙手空空儿是什么来历？妙手空空儿那么了不起，他师父是什么人？这都令人神往。尼姑劫走隐娘，文中只说一见就喜欢她。喜欢她什么？联想到金庸小说中常有的情节,我们可以猜想,是喜欢她的资质。练武的好苗子毕竟难得。尼姑把她训练成一流的刺客,大约是为了行侠仗义,尽管说得并不详细。因此读者又很好奇:这尼姑是什么来历?为什么要派弟子去杀那些"有罪"的大官僚?

中国古代的画,重视留白。好的艺术品,留给人想象的余地。凡事说尽,一览无余,就索然无味了。唐人小说,特别擅长于留白。

聂隐娘青春女子,跟了尼姑师父,似乎被斩断了七情六欲,至少是表现得非常淡漠。对自己的婚事,完全漫不经心。某一天,有磨镜少年及门,她一看,说"这个人可以做我丈夫"。告诉父亲,"父不敢不从,遂嫁之"。这个磨镜少年有何特异之处?作者说,除了会磨镜子,没有别的能耐。好在隐娘的父亲身为大将,有钱,小两口另房而居,日子过得还不错。

此后对隐娘丈夫的描写,只有一处。几年后,隐娘父亲过世,魏帅知道隐娘不寻常,聘留他们在自己身边。又过了几年,魏帅与陈许节度使刘昌裔不和,派隐娘刺杀刘氏。刘昌裔会神算,算出隐娘来,令手下衙将半途迎候,争取她为己所用。刘昌裔告诉衙将:早晨到城北,见到一对夫妻,骑着一黑一白两头毛驴,到城门前,看到鹊叫,男的拿出弹弓射，没有射中，女的接过弹弓，一发射死喜鹊——这就是你要等的人。

由此来看，磨镜少年大概会一些武艺，不过很一般。唐人武侠故事中，剑之外，很看重弹弓。著名的《僧侠》篇里，韦生大战少年飞飞，兵器就是弹弓。

研究唐人小说的学者，不少人都注意到了聂隐娘嫁给磨镜少年这一情节，觉得其中或许有含意。唐代文学与道教关系密切，《聂隐娘》的作者裴铏，就是精通道经的人。在道士的修炼过程中，镜子是重要的器具。这方面的传说和论述极多，比如隋末唐初王度的《古镜记》，就是镜子辟邪故事的集大成。旧题葛洪著的《西京杂记》里有一条：

（咸阳宫）有方镜广四尺，高五尺九寸，表里有明。人直来照之，影则倒见；以手扪心而来，则见肠胃五脏。历然无碍。人有疾病在内，则掩心而照之，则知病之所在。又女子有邪心，则胆张心动。秦始皇常以照宫人，胆张心动者则杀之。

这是说镜子有透视功能。更重要的是，镜子能使妖魔鬼怪现原形。《抱朴子·内篇·登涉》论登山之道时说：

> 万物之老者，其精悉能假托人形，以眩惑人目而常试人，唯不能于镜中易其真形耳。是以古之入山道士，皆以明镜径九寸已上，悬于背后，则老魅不敢近人。或有来试人者，则当顾视镜中，其是仙人及山中好神者，顾镜中故如人形。若是鸟兽邪魅，则其形貌皆见镜中矣。

后面还讲了一些识别精怪的具体方法，如有一种老魅，离开时退着走，掉转镜子对着照，如果是老魅，没有脚后跟，如果有脚后跟，则是山神。

古镜是铜铸的，容易氧化生锈，经常磨才能保持光亮。镜的功能不凡，则磨镜人也非同小可，不能以普通手艺人看待（巧得很，西方哲学家斯宾诺莎也以磨镜为业）。刘向的《列仙传》记载了几十位古代仙人，其中一个叫"负局先生"的，就是一个磨镜人（负局的意思是背着磨镜箱子）。他在磨镜时，顺便问顾客是否有病，如果有，拿出紫色药丸让他们吃，吃过病就好了。这个故事很有名，负局的典故，诗文里常见。

聂隐娘名义上师从尼姑，修炼的更像是道术。剪纸为驴，不用时折好收入囊中，和后来泛滥成灾的撒豆成兵之类如出一辙。《水浒传》中的公孙胜和高廉、田虎手下的乔道清，都精于此道。磨镜少年沾了职业的光，仿佛也是深藏不露。裴铏写他，闲闲一笔，连姓名都懒得提，态度在有意无意之间。有学者认为这个人物无特点、不出色，是个败笔。于小说一道，未免隔膜。还有人认为磨镜少年和隐娘是志同道合的修道伴侣，这却又说高了。隐娘离开刘昌裔时，曾拜托刘昌裔，给她丈夫一个闲差过日子，可见这人确实没什么本事。

小说结尾，又是多少年过去，刘昌裔已死，刘昌裔的儿子刘纵在蜀中的栈道上遇见隐娘，隐娘容貌不改，独自骑着白驴。骑黑驴的磨镜先生，已经不在身边，毕竟是凡夫俗子，大概也早早故去了。

2016 年 12 月 16 日

辑四

眉间尺，苏州俏，二十个大馒头
——《鲁迅全集》注释的几点"补遗"

我对于喜欢的书，会不断重读。读熟了，常有意想不到的发现和乐趣。几年前曾作一短文，论证《故事新编》中的《眉间尺》一篇，主人公的名字应当写作"眉间赤"，就是两眉之间有红疤或红斑的意思。这是以身体特征为名，在先秦比较流行。《搜神记》解释眉间尺之名的由来，是因为这人生得"眉间广尺"。可是，如果两眉之间就有一尺宽，我们为父报仇的小英雄那张脸该有多宽？怎么着也得三尺吧，岂不成了海洋里双髻鲨或称锤头鲨一样的怪物了吗？好奇之下，去翻查六朝的笔记。《搜神记》里说，干将的儿子，名叫赤比，《列异传》写作"赤鼻"。赤比的意思不好懂，应该是赤鼻的音讹。鼻子在双眉之间以下，一个红鼻子的人，称作眉间赤，大致也能说得过去。但伏滔《北征记》里有故事的另外一个版本，作恶的楚王变成了魏惠王，惠王"为眉间赤、任敬所杀"。那么，鲁迅小说里舍身除暴的神秘黑衣人，也是有名字的，叫作任敬。

鲁迅写小说，没必要为一个人名作考证，尽管他在古小说方面用力甚深，著《中国小说史略》，还完成了两部作品编辑，即《古小说钩沉》和《唐宋传奇集》。但我觉得《鲁迅全集》的注释，不妨加上这一条。红鼻子一词，因为鲁迅与顾颉刚的个人恩怨，在他的小说、杂文和书信里反复出现，添上这个掌故，或许可助谈资。

由此想到，《鲁迅全集》的注释，集众多学者几十年的努力，精博两全，令人叹服。现代作家里，没有其他人的著作得到过同等的待遇，就是那些经过了宋代和清代一流学者整理校释的古典作家文集，也少有如此详赡的。八十年代在北京，买了一套十六卷本的全集，以后带到纽约。全集中的注释，差不多被我当成小型的百科全书来读，也是进一步追索典籍的指南，我的很多知识都是从此得来的。鲁迅研究专家朱正深知《鲁迅全集》编注的内情，写过一系列文章谈其中的甘苦,也作考订和辨析。他说一九八一年的十六卷本,较之以前各版,增加了大量注释。这些增加的注释,一是过去注不出的,随着鲁迅研究的深入,发现了新材料,就注得出了。比如《从百草园到三味书屋》中寿老先生朗诵的"铁如意,指挥倜傥,一座皆惊",以前找不到出处,现在知道出自清末刘翰所作的《李克用置酒三垂冈赋》。二是"涉及头面人物的地方,不是注不出,而是为贤者讳,不予注明"。比如骂鲁迅"封建余孽"的杜荃,现在注明是郭沫若的化名。二〇〇五年,第五种《鲁迅全集》出版,是为十八卷本。朱正说,对十六卷本的注释,新版作了一千多处较大的修改,把言之不详的、不客观的注释,进行了补充和改写。但由于《鲁迅全集》编注工作非同寻常地重要和敏感,十八卷本仍旧存在很多遗憾。尤其是有些地方本来可以改善,由于各种原因,只能故意抱残守缺。

  鲁迅读书广博,他不像周作人那样,在文章里大段摘录,而且注明出处以及书籍的版本。他是意思所到,随手征引,如盐入水,味在而无痕。像古人用典,有明用,也有暗用,有正用,也有反用。很多地方,读者如果没意识到他在用典,也不影响对文意的理解。但如果知道背后的故事,理解将会更丰富、更深刻。唯其如此,对鲁迅作品的注就非常困难,总是免不了遗漏。

我读《鲁迅全集》,前后多遍,曾想按照全集的次序,逐篇记下感想和疑问,平时读书积累的可补充注释的材料,也附在一起。但我读书零散,涉猎有限,若干年下来,所得寥寥。而且大多不是过硬的学术资料,仅可扩展一下视野,引发一些愉快的联想罢了,如前面说的红鼻子之类。再如小说《示众》里,鲁迅描写看热闹的人群:

> 抱着小孩的老妈子因为在骚扰时四顾,没有留意,头上梳着的喜鹊尾巴似的"苏州俏"便碰了站在旁边的车夫的鼻梁。

注云:"苏州俏,旧时妇女所梳发髻的一种式样,先流行于苏州一带,故有此称。"我们如果读到清末丁柔克《柳弧》卷三的"妇女发式服式"一条,对"苏州俏"会有更形象的感知:

> 近日苏州妇人有"牡丹头""钵盂髻",后梳长髻,名"背苏州"。有《背苏州》一词最妙,诗曰:"吴鬟且莫唱,越髻且莫讴。四座静勿哗,我歌背苏州。苏州

肌理嫩如水，苏州颜色焕如雷。相君之背亦风流，时样梳妆斗娇美。灵蛇新式到杭州，日日凝妆上翠楼。明月圆时休正面，嫩云堆处莫回头。妆台软掠轻梳罢，留与南朝周昉画。山眉水眼且休论，雾鬟风鬓已无价。吁嗟乎，粉颈香肩骨肉匀，摹来背面果然真。只愁一顾倾城处，仍是西湖画里人。"

收入《而已集》的《扣丝杂感》中有一段：

> 凡知道一点北京掌故的，该还记得袁世凯做皇帝时候的事罢。要看日报，包围者连报纸都会特印了给他看，民意全部拥戴，舆论一致赞成。直要待到蔡松坡云南起义，这才阿呀一声，连一连吃了二十多个馒头都自己不知道。但这一出戏也就闭幕，袁公的龙驭上宾于天了。

袁世凯食量奇大，传说很多。跟随袁氏多年的张一麐在其《古红梅阁笔记》中记载，某天早晨，袁世凯召他商量公事，他去了。袁问他吃过饭否，他说已吃过，袁就让侍者把早餐端上来。袁世凯的早餐吃什么？张一麐看见的情形是，袁世凯"先食鸡子二十枚，继又进蛋糕一蒸笼，旋讲旋剖食皆尽。余私意此二十鸡蛋，一盘蒸糕，余食之可供十日，无怪其精力过人也"。二十枚鸡蛋，不是一般人一顿能吃完的，况且还有整整一笼蛋糕。但这是张一麐亲眼所见，不会有假。鲁迅说袁世凯一连吃二十个馒头，如非他处另有说法，显然是记错了。

旧体诗是不太好注的，原因倒不在用语和典故的精深——像苏轼和王安石学问太深，作注的人轻易不敢下手，怕该注的典故注不出——原因在分寸的把握。作者使用某个词语，可能用典，也可能没用典，注不出当然不好，不必注的硬去生搬硬套、过深索解，也不好。鲁迅的旧体诗不多，依我看，有些确系用事和化用前人词语，完全可以注出来供读者参考。这里只举《亥年残秋偶作》一例。

曾惊秋肃临天下，敢遣春温上笔端。
尘海苍茫沉百感，金风萧瑟走千官。
老归大泽菰蒲尽，梦坠空云齿发寒。
竦听荒鸡偏阒寂，起看星斗正阑干。

这里的"梦坠空云"，是有来历的。《西游补》的作者董若雨酷好记梦,他的《昭阳梦史》里记了一个"走白云上"的梦,大约说,"梯而登天,未至,下视白云如地,因坠云上,驰走数十里,误踏破云,堕水畔"。鲁迅熟悉董若雨,在《中国小说史略》里,对《西游补》评价很高:"造事遣辞,则丰赡多姿,恍忽善幻,奇突之处,时足惊人,间以徘谐,亦常俊绝,殊非同时作手所敢望也。"列举董的著作,"有《上堂晚参唱酬语录》,及《丰草庵杂著》十种诗文集若干卷"。《丰草庵杂著》十种就包括《昭阳梦史》(一名《梦乡志》)。

董若雨是登天不得而从云中下坠的,象征之意清清楚楚。追源其来历,是屈原的"吾令帝阍开关兮,倚阊阖而望予"。扣天门而不开,屈原说得还比较委婉。李白用这个典故,就满腹悲愤了:"阊阖九门不可通,以额扣关阍者怒。"到董若雨,还一个倒栽葱跌下尘寰。三个典故一路连缀下来,鲁迅的诗意或许就更显豁了吧。

有一些注释涉及对历史人物和事件,以及文艺作品的评价,前者带有时代烙印,在不断修改完善中,后者攸关注释者的个人喜好,带有强烈的主观色彩。近代人物不便说三道四,这里且举张献忠的例子。《华盖集·忽然想到》:

明末的腐败破烂也还未达到极点，因为李自成，张献忠闹起来了。而张李的凶酷残虐也还未达到极点，因为满洲兵进来了。

全集注："旧时史书（包括野史和杂记）中都有渲染李、张好杀人的记载。"鲁迅说张、李"凶酷残虐"，注解却说书中对他们杀人的记载是"渲染"，是"过分夸大"。鲁迅在其他地方对张、李二人的残酷说得更明确、更具体、更爱憎分明。

同胞张献忠杀人如草，而满州兵的一箭，就钻进树丛中死掉了。（《坟·再论雷峰塔的倒掉》）

张献忠的脾气更古怪了，不服役纳粮的要杀，服役纳粮的也要杀，敌他的要杀，降他的也要杀：将奴隶规则毁得粉碎。（《坟·灯下漫笔》）

张献忠在明末的屠戮百姓，是谁也知道，谁也觉得可骇的,譬如他使ABC三枝兵杀完百姓之后,便令AB杀C，又令A杀B，又令A自相杀。为什么呢？是李自成已经入北京，做皇帝了。做皇帝是要百姓的，他就要杀完他的百姓，使他无皇帝可做。（《坟·坚壁清野主义》）

《坟·坚壁清野主义》一处的注说：李自成"部队纪律严明，受到民众的拥护"。

鲁迅熟读《庄子》，《故事新编》有以《庄子》为题材的，杂文书信中更经常援引《庄子》。《庄子》书中有一个词颇能呼应他的感慨，契合他的寂寞心境，他喜欢用。就是出自《人间世》篇的"迷阳"。孔子在楚国，遇到狂人接舆，接舆唱了著名的"凤兮凤兮"之歌劝讽孔子。歌词最后一段说："迷阳迷阳，无伤吾行。吾行郤曲，无伤吾足。"鲁迅《秋夜有感》诗："望帝终教芳草变，迷阳聊饰大田荒。"注解说，迷阳是一种有刺的草，也就是荆棘之类。"迷阳聊饰大田荒"，意思和他的另一句诗"大野多钩棘"完全相同，一句正说，一句反说，反说益发有无可奈何之意。荆棘和菰蒲是鲁迅诗文中很可注意的两个意象。菰蒲表达了鲁迅对现世的厌倦，期望归隐安居以终老，荆棘则表达了他对现实的厌憎和绝望。早年致许寿裳的信中，他已经提到迷阳："闻北方土地多潟涫，而越中亦迷阳遍地，不可以行。"鲁迅身上有中国传统士人独善其身和兼济天下的两面性，尽管遍地荆棘，他还是要奋然前行，做义无反顾的"过客"："我不妨大步走去，向着我自以为可以走去的路，即使前面是深渊、荆棘、狭谷、火坑。"（《华盖集·北京通信》)这个意思,他在《两地书》《生命的路》中,曾经反复诉说。

鲁迅把迷阳等同于荆棘来使用,前后一贯,殆无疑问。但在《庄子》书中,迷阳是否一定指荆棘,却还是未解决的问题。近人王先谦《庄子集解》:"谓棘刺也,生于山野,践之伤足,至今吾楚舆夫遇之犹呼迷阳踢也。"刘武随即反驳,指出楚人并无此方言。鲁迅大概取的是王氏的解释。而在王氏之前,各家解释均与此不同。郭象和成玄英的注疏,认为迷阳二字,迷即亡,阳即明,迷阳意犹亡阳。"亡阳任独,不荡于外,则吾行全矣。"另一种通行的解释,是陆德明《经典释文》引司马彪的话,迷阳意思是诈狂。综合起来,大致是无所用心。迷阳释为荆棘,我还没有看到任何旁证。如果没有,当然只能按字面来理解。鲁迅的引用,是有意味的误用的例子,就像成语"大器晚成"是老子"大器免成"的误用一样。当然了,说误用是基于我个人认为王先谦的注解不可取。将来如有新资料发现,王先谦的解释成为定论也说不定。

2016 年 9 月 30 日

补记：承南昌段晓华老师告知，《背苏州》是道光年间梁绍壬的诗，见其《两般秋雨盦随笔》卷三。"焕如雷"，原诗作"烘如蕾"。丁氏稍晚出，乃转录。

鲁迅的样子

许广平在《鲁迅回忆录（手稿本）》中，用了将近三大段文字描述鲁迅的外貌。她说鲁迅是个平凡的人，走在街上，无论面貌、身形和衣着，都不会引起别人的注意。假如有人淡淡地扫一眼，得到的印象是，旧时代里一个迂腐、寒碜的人，一个刚从乡下来到城市的人。

他的面色灰暗，乍一看有似长期吸毒（鸦片烟）的瘾君子，更加以具有平常严峻的面孔，初看起来，不了解的会当他是拒人千里之外的不容易相处的人。在去杭州的时候，因此吃过亏，更加使当时的军警严厉的搜查。

但在人群中、在朋友之间、在讲台上，许广平说，鲁迅却有另一种风度：精神抖擞，灰暗的面孔放出异彩，让人觉得满室生辉。关于鲁迅的病弱和言谈，许先生引用了作家郑伯奇的回忆以为印证：

郑伯奇登门邀请鲁迅到大学演讲，当时，鲁迅先生"一个人在书房里，脸色很不好，他告诉我们他病了几天，夜里睡不着，牙齿都落掉了。他表示不能演讲，还把落掉了的一颗大牙齿给我们看"。但在学生们的期待下，鲁迅还是抱病去了。演讲时的情景，郑伯奇写道：

> D大学的礼堂兼雨操场是挤满了人，……大部分的学生是为瞻仰鲁迅先生的言论丰采才集合起来的。
>
> 怕是有病的关系吧，鲁迅先生的声音并不高，……口调是徐缓的，但却像是跟自己人谈家常一样亲切。
>
> 在朴实的语句中，时时露出讽刺的光芒。……引起热烈的鼓掌和哄堂的笑声。
>
> 偌大的一座讲堂是挤得水泄不通了，连窗子上面都爬着挟书本的学生。

鲁迅外观的卑微，使他第一次去内山书店的时候，发生了一幕小小的喜剧。当时,鲁迅与许广平两人的衣着都很朴素,"鲁迅似乎还带些寒酸相"。因此,店员把他们当作贼防着。许广平在回忆录中说:这是鲁迅逝世后,一位姓王的店员告诉她的,"当我们一到店里,他们打量了鲁迅这般模样之后,店里负责的一个日本人向王说:注意看着这个人,他可能会偷书。"当时偷书的事时有发生,还有人从精美的画册上偷偷撕下插图。店员如此警惕,不为无因。结果,看来不像会买书的人,不仅买了书,还一下子买了四本。后来鲁迅多次去买书,店员印象深,报告了老板内山完造。内山先生于是和鲁迅结识,成为好友。

以貌取人,本属寻常,我们人人都是如此。但碍于面子,出于礼貌,不会轻易显露。所谓势利者,不过将其发挥到极端而已。鲁迅《南腔北调集》里有一篇《上海的少女》,开头就说:

> 在上海生活,穿时髦衣服的比土气的便宜。如果一身旧衣服,公共电车的车掌会不照你的话停车,公园看守会格外认真的检查入门券,大宅子或大客寓的门丁会不许你走正门。所以,有些人宁可居斗室,喂臭虫,一条洋服裤子却每晚必须压在枕头下,使两面裤腿上的折

痕天天有棱角。

这还是日常的小喜剧,换了占据一定地位的势利者,又带着偏见和恶意,就不止是"普通的白眼"了。

许广平记得鲁迅在杭州遭受过刁难,鲁迅在《再谈香港》一文中,则生动地记述了"手执铁签"的"两位穿深绿色制服的英属同胞"在检查行李时的嘴脸。

> 我出广州,也曾受过检查。但那边的检查员,脸上是有血色的,也懂得我的话。每一包纸或一部书,抽出来看后,便放在原地方,所以毫不凌乱。的确是检查。而在这"英人的乐园"的香港可大两样了。检查员的脸是青色的,也似乎不懂我的话。

此后的诸般细节,我们在抗战电影中鬼子汉奸搜检民众的镜头里早已司空见惯。事情过后,船上的茶房"和我闲谈,却将这翻箱倒箧的事,归咎于我自己"。他对鲁迅说:"你生得太瘦了,他疑心你是贩雅片的。"弄得鲁迅哭笑不得,因此在文中自嘲说:

我实在有些愕然。真是人寿有限,"世故"无穷。我一向以为和人们抢饭碗要碰钉子,不要饭碗是无妨的。去年在厦门,才知道吃饭固难,不吃亦殊为"学者"所不悦,得了不守本分的批评。胡须的形状,有国粹和欧式之别,不易处置,我是早经明白的。今年到广州,才又知道虽颜色也难以自由,有人在日报上警告我,叫我的胡子不要变灰色,又不要变红色。至于为人不可太瘦,则到香港才省悟,先前是梦里也未曾想到的。

这里说到胡子。鲁迅的胡子,又粗又黑,微微上翘。看他各个时期的照片,胡子予人印象深刻,成了他形象的一个标志。鲁迅早年写过一篇《说胡须》,那里面提到,他因为胡子的特异,从日本回国时,便被家乡的船夫当作日本人——两人的对话极风趣:

"先生,你的中国话说得真好。"后来,他说。
"我是中国人,而且和你是同乡,怎么会……"
"哈哈哈,你这位先生还会说笑话。"

为什么会有这样的误解呢?鲁迅说,那时大家都认为,只有日本人的胡子是上翘的。无从辩解的结果,鲁迅"从此常常为胡子受苦",以至于某位"国粹家兼爱国者发过一篇崇论宏议之后,就达到这一个结论":"你怎么学日本人的样子,身体既矮小,胡子又这样,……"

鲁迅说:

> 可惜我那时还是一个不识世故的少年,所以就愤愤地争辩。第一,我的身体是本来只有这样高,并非故意设法用什么洋鬼子的机器压缩,使他变成矮小,希图冒充。第二,我的胡子,诚然和许多日本人的相同,然而我虽然没有研究过他们的胡须样式变迁史,但曾经见过几幅古人的画像,都不向上,只是向外,向下,和我们的国粹差不多。维新以后,可是翘起来了,那大约是学了德国式。

在《再谈香港》中,鲁迅所说胡子的颜色问题,是有所指的,指广州《国民新闻》副刊《新时代》发表的《鲁迅先生在茶楼上》一文,其中说:

> 把他的胡子研究起来,我的结论是,他会由黑而灰,

由灰而白。至于有人希望或恐怕它变成"红胡子",那就非我所敢知的了。

鲁迅性格敏感,不能忍受他人的轻薄和侮辱,这和童年的经历有关。十三岁那年,祖父因科场案下狱,周家陷入困境,鲁迅因此尝受到世态的炎凉。《呐喊》自序中的那段文字,是读者熟悉的:

> 有谁从小康之家而坠入困顿的么,我以为在这途路中,大概可以看见世人的真面目。
>
> 我有四年多,曾经常常——几乎是每天,出入于质铺和药店里,年纪可是忘却了,总之是药店的柜台正和我一样高,质铺的是比我高一倍,我从一倍高的柜台外送上衣服或首饰去,在侮蔑里接了钱,再到一样高的柜台上给我久病的父亲去买药。

伤害他自尊的经历,他总是耿耿于怀,经年难忘。有一些,对他是创痛巨深的。但随着年龄的增长,由于自信,由于看事眼光的深邃,加上他的社会地位越来越高,再有类似的遭遇,通过他自己的嘴讲出来,便成了喜剧性的小插曲。内山完造在《我的朋友鲁迅》中记下了他和鲁迅的一段闲聊。

（鲁迅：）我昨天去太马路上的卡瑟酒店见了个英国人，他住在七楼的房间里，所以我进了电梯。可是开电梯的伙计好像在等什么人，一直不上去。因为一直没人来，我就催他赶紧送我去七楼，于是这伙计回过头毫不客气地把我从上到下打量了一遍，说：你给我出去。我最后居然被赶出来了。

（内山：）啊？居然有这样的事？那个人真奇怪啊。那您后来怎么办的啊？

（鲁迅：）没办法，我只好爬到七楼去见了我要见的人，我们聊了差不多两个小时，走的时候那个英国人送我去坐电梯，正好赶上我之前要坐的那部电梯，英国人对我照顾有加，非常有礼貌。这回我可没被赶出去了，电梯里那伙计一脸惊异的表情。哈哈哈……

内山回忆道：

我听后仔细地看了看先生，只见他一头竖直的板寸，脸上留着并不精致的胡须，一身简朴的蓝布长衫，脚上更是随意踏了一双棉布鞋，再加上亮亮的眼睛，这个形象钻进上海最奢侈的卡瑟酒店电梯里，被伙计以貌取人也不算稀奇了。

在鲁迅同时代人的回忆中，由于回忆者和鲁迅的关系不同，有爱他的，亲近他的，敬仰他的，也有嫉妒和怨恨他的，和出于种种原因看不起他的，反映在他们眼中的鲁迅，也就有了不同的形象。比如走路的姿态，内山完造的描写是"身材小而走着一种非常有特点的脚步"。什么特点呢？他没具体说，但后文说，鲁迅"个子小却有一种浩大之气"。增田涉的形容是"走路的姿态甚至带有飘飘然的仙骨"。一九二七年，鲁迅在上海光华大学演讲，在记者笔下，鲁迅"演讲时，常常把手放在长衫的后大襟里，在台上像动物园内铁笼里的老熊一样踱来踱去"。这一比喻令人想起奥地利诗人里尔克在著名的《豹》一诗里对笼中豹子的刻画："强韧的脚步迈着柔软的步容，步容在这极小的圈中旋转，仿佛力之舞围绕着一个中心，在中心一个伟大的意志昏眩。"我的取义不在局限中的昏眩和诗的最后一段里世界的投影在一个强大心灵中的逐渐被吸收和克服，我想到的是缓慢

的踱步所映衬出来的广大时空。在萧红的回忆里,也有几段,可算是最细致的观察、最传神的刻画吧:

> 鲁迅先生走路很轻捷,尤其使人记得清楚的,是他刚抓起帽子来往头上一扣,同时左腿就伸出去了,仿佛不顾一切的走去。
>
> 鲁迅先生不戴手套,不围围巾,冬天穿着黑石蓝的棉布袍子,头上戴着灰色毡帽,脚穿黑帆布胶皮底鞋。胶皮底鞋夏天特别热,冬天又凉又湿,鲁迅先生的身体不算好,大家都提议把这鞋子换掉。鲁迅先生不肯,他说胶皮底鞋子走路方便。
>
> 鲁迅先生一推开门从家里出来时,两只手露在外边,很宽的袖口冲着风就向前走,腋下挟着个黑绸子印花的包袱,里边包着书或者是信,到老靶子路书店去了。

但在《蒋廷黻回忆录》里,鲁迅是"有点瘸,走起路来慢吞吞的。他和我们相处不仅很客气,甚至可以说有点胆怯"。我不知道鲁迅在西安,是否因故扭伤了腿,或是鲁迅天然有残疾。不过有一点,看鲁迅先生的照片,印象最深的,除了他的枯瘦、胡须及眉毛的浓黑、眼睛的有神,在合影照上，我们还能看出他个子的特别矮小。黄乔生《鲁迅像传》转引的一九三三年"大阪《朝日新闻》"刊载的记者原田让二的《中国旅行见闻》中，有对晚年鲁迅形象的描写，应该说是不那么带情绪的、比较客观的记叙：

> 他面庞泛出青色，两颊皮肤松弛，一望就让人生出疑虑：这恐怕是个抱病之躯吧。但他以清亮的声音操着漂亮的日语轻松谈论各种话题，又令人难以相信眼前竟是一个身体极度疲惫的人。他目光炯炯，精神矍铄。瘦小的身材，穿着海蓝色中式服装，戴着半旧的中折帽。他不太喝酒，却烟不离手。常常低着头，偶尔笑一下时会露出白白的牙齿，令人感到他的落寞。

除了上面说的四点，原田让二还写出了鲁迅的衰老、病态、疲惫、寂寞和嗓音的清亮。

对于自己的形象，鲁迅最有意思的说法，是一九三二年在北平演讲后对于伶开玩笑说的，他说自己"不很好看，三十年前还可以"。三十年前，鲁迅作《自题小像》诗题赠挚友许寿裳，其时他二十二岁。大约同时期的照片，有一张鲁迅穿留学生服的，平头，无须，眉毛浓黑，神态严肃而面貌清秀。一年后,一九三三年二月十七日,鲁迅在上海会见萧伯纳。萧伯纳对鲁迅说:"他们称你为中国的高尔基,但是你比高尔基漂亮。"鲁迅回答:"我更老时,将来还会更漂亮。"这两次的说法看似矛盾,大约各有所指。"将来还会更漂亮",有开玩笑的意思,也能理解为气度和神采之美——画家陈丹青谈鲁迅之好看,就是指鲁迅先生的容颜背后的气质。

鲁迅回忆与萧伯纳合影的情形时还说:

> 午餐一完,照了三张相。并排一站,我就觉得自己的矮小了。虽然心里想,假如再年青三十年,我得来做伸长身体的体操……

萧伯纳的个子确实太高了。

曹魏时期的刘劭在《人物志》中讲鉴人之道,以五行对应人之五体和五常,"木骨、金筋、火气、土肌、水血"。他说:"刚塞而弘毅,金之德也。……心质休决,其仪进猛。""筋劲而精者,谓之勇敢;勇敢也者,义之决也。"气质表现在形貌上,尤以眼睛最为鲜明。弘毅之人,"勇,胆之精,晔然以强"——勇决者的眼神特别明亮和强大。

秋天严峻而肃穆、明净而辽阔，刘勰的分类虽然不无牵强，他说的这种以代表秋天的金为表征的人，我觉得大体上很可对应鲁迅的形象，一个荷戟彷徨的战士、一个勇往直前的过客。不足之处在于，他没有想到，这个战士和过客心有大爱，时露笑颜。

萧红回忆鲁迅，起笔就写鲁迅的笑：

> 鲁迅先生的笑声是明朗的，是从心里的欢喜。若有人说了什么可笑的话，鲁迅先生笑的连烟卷都拿不住了，常常是笑的咳嗽起来。

但鲁迅留下的照片上，开怀大笑的不多。有一张和青年木刻家谈天的照片，他手持烟卷，笑得舒展自然。更早有他在香港作《无声的中国》演讲时的一张，立在听众之间，侧脸，面左，神态放松，并没微笑，却令人感觉到微笑的亲切。韩愈说，仁义之人，其言蔼如也。这两张照片的神韵，正是萧红的文字传达给我们的。遗憾的是多年来无数画鲁迅、雕刻鲁迅的人，多把鲁迅的形象变得硬邦邦的，仿佛不如此则不足显示其伟大。鲁迅诚然是一个愤怒的抗争和呐喊者，但我们不要忘了，他也是一位慈爱的父亲、一个亲切的朋友、一个书迷和影迷、一个收藏家、一个享受着生活方方面面的快乐的人,同时绝望和孤独。

2016 年 9 月 22 日

鲁迅与旧诗

写这个题目的文章,肯定满地都是。但我手头没有,懒得去查找了。亲友回忆中颇有相关内容,算是比较可靠的材料,那就据此简单谈一谈。

还是去年吧,一时兴起,照鲁迅旧诗的原韵,和了两首七律、两首七绝。老同学清角兄说,不妨把鲁迅的诗全部和一遍。我是有这个意思的,因为鲁迅的旧诗不多,和一遍不难,但忙一阵子就忘了。之后不久,和清角聊天,说起各自最喜欢鲁迅哪首诗。我想都没想,说最喜欢他一九三三年题写给日本友人的那首《无题·一枝清采妥湘灵》:

一枝清采妥湘灵,九畹贞风慰独醒。

无奈终输萧艾密，却成迁客播芳馨。

鲁迅有不少诗，短短几句写自己的形象，非常生动，如"寂寞新文苑，平安旧战场。两间余一卒，荷戟独彷徨"。还有著名的《自嘲》。清角兄喜欢的《亥年残秋偶作》，其中的"老归大泽菰蒲尽，梦坠空云齿发寒"，也是如此，写出了鲁迅心中的寂寞。单说这一联，在鲁迅的七律中也是我特别珍重的。

鲁迅旧诗功底深，但不有意做旧诗，这和他一贯的文学主张是统一的。发誓从文，立意在启蒙，"抨击旧礼教，暴露社会的黑暗，鞭策中国病态的国民性"，所以他选择最有力的武器——杂文和小说。他在书信里，特别是致杨霁云的信里，曾反复申明过。他的终生挚友许寿裳说："鲁迅之旧诗，多半为索书者而作。"许广平也说："迅师于古诗文，虽工而不喜作。偶有所作，系应友朋邀请，或抒一时性情，随书随弃，不自爱惜。生尝以珍藏请，辄遭哂笑。"尽管如此，许寿裳说："诗虽不多，然其意境声调，俱极深闳，称心而言，别具风格。"

许寿裳总结鲁迅旧诗的特色，计有四条：使用口语；解放诗韵；采用异域典故；讽刺文坛缺失。

第一条和第三条,系就鲁迅所做的戏拟体讽刺诗而言的,如"阔人已骑文化去,此地空余文化城。文化一去不复返,古城千载冷清清"之类。采用异域典故,最典型的一个例子是《自题小像》中的"灵台无计逃神矢"。"神矢"一词,早年还有读者的争议,许寿裳一语道破,是用了古罗马神话中小爱神丘比特的典故。

读鲁迅的诗,给人印象最深的是他和楚辞的亲密关系。许寿裳说,鲁迅熟读屈原作品,诗中采用屈赋词语最多。他仿照郭沫若摘录鲁迅文中的庄子语汇,用来论证庄子对鲁迅的影响,对鲁诗中的屈赋词汇作了摘引,共得十八条。此外,他说,像"一枝清采妥湘灵"这一首"全首用骚词",类似的还有《无题·洞庭木落楚天高》:"洞庭木落楚天高,眉黛猩红涴战袍。泽畔有人吟不得,秋波渺渺失离骚。"小说集《彷徨》的题词选用的是《离骚》中的名句:"路漫漫其修远兮,吾将上下而求索。"在北京时,鲁迅书房"老虎尾巴"的墙壁上,挂的是他集《离骚》句、由乔大壮书写的一联:"望崦嵫而勿迫,恐鹈鴂之先鸣。"

许寿裳回忆说,早年和鲁迅谈天,曾经问过鲁迅,《离骚》中最爱的是哪几句?鲁迅马上答出下面四句:"朝吾将济于白水兮,登阆风而绁马。忽反顾以流涕兮,哀高丘之无女。"

高丘无女，即回望故国、茫然无同道之人的意思。王逸注：女喻臣。这个典故，鲁迅曾反复引用，既见于《摩罗诗力说》："灵均将逝，脑海波起，通于汨罗，返顾高丘，哀其无女。"又出现在悼丁玲的诗中："瑶瑟凝尘清怨绝，可怜无女耀高丘。"《湘灵歌》中也有"高丘寂寞竦中夜"的句子。《离骚》此四句所表达的情怀，正应和了"老归大泽菰蒲尽"那一联。如果说，上下求索代表了鲁迅精神中的一面，哀高丘之无女，则代表了另一面。明知无望，依旧锲而不舍，以无望为希望，同时又愤惋于现实的强大和个人力量的微薄。鲁迅身上始终有一种易水潇潇的悲壮气氛，正源于他对黑暗的决不妥协和对现实的无奈。

喜取楚辞语汇，加上前面许寿裳所说四个特点中的使用异域典故，周作人认为总结得非常准确。他谈鲁迅旧诗，就采纳了许先生的看法。

文章，鲁迅最重南北朝，这是人所共知的。诗，周作人在《鲁迅的青年时代》里说："诗歌方面他所喜爱的，楚辞之外是陶诗，唐朝有李长吉、温飞卿和李义山，李杜元白他也不菲薄，只是并不是他所尊重的。"在另外的文章里，周作人还说过类似的话：鲁迅在留学时代爱读的诗，第一是李贺，其次是温飞卿，此外是那时盛行的新派诗，如《饮冰室诗话》里所录的谭壮飞（嗣同）、夏穗卿（曾佑）等人的作品。

有意思的是，李贺、李商隐、温庭筠，都是深受楚辞影响的，尽管表现不同：昌谷和飞卿重其辞藻，义山则得其寓意之深婉。义山还有意学习过李贺。

鲁迅的祖父周福清曾给少年鲁迅写过一张指导读诗的字条，上面说：

> 初学先诵白居易诗，取其明白易晓，味淡而永。再诵陆游诗，志高词壮，且多越事。再诵苏诗，笔力雄健，词足达意。再诵李白诗，思致清逸。如杜之艰深，韩之奇崛，不能学亦不必学也。

周作人回忆，这是在一八九八年前后，周福清把一部乾隆皇帝钦定的《唐宋诗醇》寄回家，字条就是夹在书中的。其中的诗，他说，大概唐朝选的是李杜白韩，宋朝是苏黄王陆，所以才有那样的话。（查资料，《唐宋诗醇》只选六家，唐是李杜白韩，宋是苏轼和陆游，没有王安石和黄庭坚。）

乾隆钦定的这个选本，不免狭隘。鲁迅的祖父是位保守的读书人，对于作诗，不甚看重。他说的从白到陆、从苏到李的学诗顺序，写过旧诗的人可能会觉得奇怪，因为不太符合逻辑。后来的事实也证明了这一点：无论是书中选收的六家，还是祖父从六家中再推荐的白陆苏李四家，对照现存的鲁迅诗作，都看不出对鲁迅有多大影响。这一点，周作人也早指出了。他说："鲁迅的诗，我不能指说它是哪一路的，但总之不是如介孚公所指示的从白陆苏李出来的。"他二十岁时写的《惜花四律》，新意无多而极其工稳，可以看出他的坚实功底。像第二首：

> 剧怜常逐柳绵飘，金屋何时贮阿娇？
> 微雨欲来勤插棘，薰风有意不鸣条。
> 莫教夕照催长笛，且踏春阳过板桥。
> 只恐新秋归塞雁，兰艭载酒桨轻摇。

非常圆熟，圆熟得就像《红楼梦》里贾政身边的清客和大观园的小孩子最喜欢的那些陆游作品，一望而知大致是宋调，陆杨范的影响都有一些。但学陆，也不是"志高词壮"一路。早前一年的《莲蓬人》：

芰裳荇带处仙乡，风定犹闻碧玉香。
鹭影不来秋瑟瑟，苇花伴宿露瀼瀼。
扫除腻粉呈风骨，褪却红衣学淡妆。
好向濂溪称净植，莫随残叶堕寒塘。

也是在晚唐和宋之间，写得十分老练。这是鲁迅的学习阶段，作品技巧完备，也有寄托，但还未形成个人风格。

周作人说鲁迅喜欢李贺、李商隐和温庭筠，当然不错，但鲁迅后来所读所学，显然不限于此。他对徐梵澄说过："不佞所好，则卑卑在李唐。"他喜欢唐诗，用功很深。刘大杰回忆他和郁达夫在内山书店和鲁迅谈文学，鲁迅有过这样的话："陶潜、李白在中国文学史上，都是头等人物。我总觉得陶潜站得稍稍远一点，李白站得稍稍高一点。这也是时代使然。杜甫似乎不是古人，就好像今天还活在我们堆里似的。"又说："杜甫的律诗，后人还可以模拟，古体的内容深厚，风力高昂，是不许人模拟的。"可见他对杜甫的了解。

鲁迅爱陶诗，爱李杜诗，但他很少写古体，写的多半是律诗。他的律诗，正如早期作品所展示的，技法是中晚唐和宋以后的，但没有晚唐的衰颓气，也不像宋人那样一意精雕细琢，气魄和寓意则是高古的。他的七律重理，偏向宋诗一路，七绝则有唐人的风致。比如这一首《无题·皓齿吴娃唱柳枝》：

> 皓齿吴娃唱柳枝，酒阑人静暮春时。
> 无端旧梦驱残醉，独对灯阴忆子规。

他有一些绝句和龚自珍相像，如前面说过的《悼丁君》，以及《赠人二首》之二：

> 秦女端容理玉筝，梁尘踊跃夜风轻。
> 须臾响急冰弦绝，但见奔星劲有声。

那是因为龚自珍也很受楚辞影响，不见得是鲁迅学他。像《自嘲》和《无题·惯于长夜过春时》，确有近代诗的影子。但我对近代诗所知不多，这方面说不出什么。

鲁迅个性强烈，文如其人。作为"余事"的诗，也是如此。所以要说鲁迅的旧诗像谁、接近谁，实在很勉强。古代常有某人诗作混入他人集子的情况，仅看诗本身，无从分别。鲁迅的文字风格独特，相对而言，不容易和别人混淆。

最后说句闲话。前面提到夏曾佑,关于夏曾佑,鲁迅日记有一条:为杨霁云书一直幅,录夏穗卿诗:"帝杀黑龙才士隐,书飞赤乌太平迟。"其后开玩笑似地注明:"此夏穗卿先生诗也,故用僻典,令人难解,可恶之至。"鲁迅不用僻典。他的戏拟诗用"今典",如不知本事,难以明白,又多反话,无异于杂文了。

2014 年 6 月 16 日

以忧延年

林文月编的《台静农先生纪念文集》，收录方瑜《梦与诗的因缘》一文，讲了台先生做梦的两个小故事。

台先生二十岁那年，梦中作了两句诗："春魂渺渺归何处，万寂残红一笑中。"醒后记得，却不明白是什么意思，写给同学看，也都不解。六十年后，台先生已是八十高龄，偶然想起这段旧事，就在后面续上两句，补成一绝："此是少年梦呓语，天花缭乱许从容。"

方瑜说，像"魂""寂""残红"这些字眼，"老师一向不喜，偏偏梦中会用"，其中缘故，很值得分析。其实这里没有奥秘。诗一看就是受了李商隐的影响，那些字眼也是李商隐常用的。年轻人多有说不清的怅惘和憧憬，即使明确写作爱情诗的，也未必有一个确定的、实际存在的爱慕对象。对这类诗，如果认死理，非要去索隐，无异水中捞月。我猜想台先生那一阵子读玉溪生诗集读得太入迷，就像写《画梦录》时的何其芳沉迷于李商隐和温庭筠一样，文字中的痕迹历历可辨。这两句梦呓之语，显然与李商隐的《燕台》四首，特别是其中的第一首《春》有关：

> 风光冉冉东西陌，几日娇魂寻不得。
> 蜜房羽客类芳心，冶叶倡条遍相识。
> 暖蔼辉迟桃树西，高鬟立共桃鬟齐。
> 雄龙雌凤杳何许？絮乱丝繁天亦迷。
> 醉起微阳若初曙，映帘梦断闻残语。

台先生的续句说"天花缭乱许从容"，用了《维摩诘经》的典故。天女以花撒向诸菩萨和大弟子，花到菩萨身上即皆堕落，到大弟子身上则粘滞不堕。天女解释说："结习未尽，花着身耳；结习尽者，花不着也。"晚年的台先生事不着心，自然能够从容。

第二个故事说到台先生的《春日甲子》诗，诗的起因是他梦到陶渊明，和渊明一起谈论《闲情赋》。醒来独坐，信笔写下一绝：

> 澹澹斜阳澹澹春，微波若定亦酸辛。
> 昨宵梦见柴桑老，犹说闲情结誓人。

这首诗也有李商隐的味道，让人觉得其中或有本事可考。关键是"微波若定"一句，近似李诗的"此情可待成追忆，只是当时已惘然"。这个难言之隐，倒不一定是男女之情。在台四十多年，由于早年与鲁迅的亲密关系，台静农一直是被监控的对象。他极少的回忆文章，避而不提鲁迅。到八十年代以后，情势丕变，依然如此。《台静农书艺集》序中说："战后来台北，教学读书之余，每感郁结，意不能静，惟时弄毫墨以自排遣。"书法是线条的艺术，相对比较抽象，内容可以抄古人诗文，不容易被人落实，从字缝里寻出微言大义来。

台先生著有《中国文学史》，附近图书馆藏有一套。读到方瑜文章，就想找来看看，对于陶渊明，他是如何论述的。但去了几次，记录上明明标着未借出，架上就是没有。

台先生对于陶渊明，读之既熟，感受尤深，看出的东西与他人不同。陶渊明《自祭文》结尾处写道："匪贵前誉，孰重后歌？人生实难，死如之何？"台先生从中拈出"人生实难"四字，作为一生的感慨：

> 我曾借用古人的两句话，"人生实难，大道多歧"，想请慕陵写一副小对联，不幸他的病越来越重，也就算了。当今之世，人要活下去，也是不容易的，能有点文学艺术的修养，总要活得从容些。如慕陵之好事，正由于他有深厚的修养，加以天真淡泊，才有他那样的境界。

"大道多歧"出自《列子》。人生多歧路，抉择艰难，所以杨朱才会临路而泣。

从前的人读《堂吉诃德》，当作饭后解颐之书。西班牙某主教说，如果看见广场上青年学子捧一厚书，边走边读边笑，一定是在读《堂吉诃德》。到十九世纪，浪漫派作家的看法就变了，他们觉得这是一本悲哀的书，为堂吉诃德"众人皆醉我独醒"的注定失败悲哀。这样解读得准确与否暂且不说，有件事是肯定的：好的书，不同的人会读出不同的意思。找台著文学史不得的那天夜里，睡前把陶渊明集翻一翻，确实感受到，陶渊明诗文的基调是悲凉的，就是回荡在《挽歌》和《自祭文》中那种不可抑止的悲凉。

而陶夫子为人称道的旷达和静穆,在这悲凉面前,有如霜后的菊花,便如杜诗所写"明日萧条醉尽醒,残花烂熳开何益"。

台静农是书法大师,也能制印,有一方为张大千刻制的印章,印文是"以忧延年"。我不知道这四个字有否出典,它匪夷所思,而又妙意无穷。

林文月据照片为晚年的台静农画了一幅肖像,她这样描述:

> 八十余岁的台先生身体已发福,面部也显然丰腴了许多,却更具长者的尊严与风貌。我重新惊异地发现,他挺直而骨肉均匀的鼻梁,炯炯智慧的眼神,厚薄大小适宜的嘴唇,和象征福寿的长耳,整个的配合,依旧是十分好看。我很少看到这样好看的老人。

好看的说法,陈丹青借用了,用来形容台先生的老师鲁迅先生。林文月的文章讲到台先生的胡须,很自然地,把鲁迅先生也引了进来:

> 他原来并不留胡须的,七十岁那一年太夫人过世,

依古制不剃,后遂留上须。他的胡须不如鲁迅先生的浓厚,但疏密有致,且又有几茎花白参杂其间,亦颇神气。

2017 年 3 月 13 日

沈从文的忧伤

巷子不深，不曲折，在当年，也算不得狭小。富贵一点的人家，宅第起两层或者三层，还要檐牙高耸，带飞腾之意，就愈发显得高。站在街上往两边看，视线不自觉地被挑起。除了屋脊的清姿瘦影，还有一堵堵直立的山墙，青灰色，光滑得想用手在上面来回抚摸。这些都加深了街巷的局促感。阳光很少能大大方方地挥洒，即使在正午，总有阴影，总有清凉。如果在冬季，则是无处不在的、不动声色的寒意。

地面是石板的，青色或者褐红色，但年久多磨，变成了青灰和褐灰色。事实上，褐色和青色中的原色只是淡淡的一点念想，看是基本上看不出来了。砖墙的情形类似，但更加洁净,除了风吹日晒和雨水侵袭,不会有人和牲畜的践踏,也不会有泥水和猪羊的矢溺。几十年以上的老墙,表层腐朽,砖粉碎落,墙面坑坑洼洼,给人沧桑之感。从这里你便知道,所谓沧桑是柔软的,是屈服和顺从的那种柔软,就算有不平郁结于内,也被沉积的时光掩埋了。就像人,岁月千方百计地剥离他,使他不得不归向自身,归向内心深处。从那里长出树木,开出花朵,在夜的幽深中闪烁如纤微的月光。

游客熙来攘往,穿行在雕花木窗和摆着旅游纪念品的小摊前,偶尔看到门口坐着的老人,衣服还是几十年前的黯淡颜色,这才给人带来一点真实感,然而也是从旧底片洗印出来的——

> 我可看到针铺门前永远必有一个老人戴了极大的眼镜,低下头来在那里磨针……又可看到一家染坊,有强壮多力的苗人,踹在凹形石碾上面,站得高高的,手扶着墙上横木,偏左偏右的摇荡。又有三家苗人打豆腐的作坊,小腰白齿头包花帕的苗妇人,时时刻刻口上都轻声唱歌,一面引逗缚在身背后包单里的小苗人,一面用放光的红铜勺舀取豆浆……我还得经过一家扎冥器出租

花轿的铺子，有白面无常鬼，蓝面阎罗王，鱼龙轿子，金童玉女……(《从文自传》)

新修的墙壁整整齐齐，砖色均衡。老墙上的砖，我注意到，色泽却并不统一。有的偏灰，有的偏黄，有的苍白，有铁锈色，还有古铜色，近看斑驳杂乱，远看也有和谐的色调。屋顶的瓦更难判断些，即使是新翻修的，经过多次雨水，也黑得舒服，斑斑点点的瓦松则加深了它们的年纪。

我的目光自动将附庸之物过滤掉，希望还原一百年前的旧景。这些空无一人的街，空无一人的房子，房子里什么都没有，甚至没有一张照片，更别提那些书籍和手稿了。你能想象年方五六岁的沈从文在这巷子里奔跑，你不能想象一个长衫的中年人，踽踽独行，像戴望舒一样惆怅。那不是沈从文。童年的沈从文应该无忧无虑吧，摘花，读书，捉蟋蟀，看水，下河洗澡，听船上苗族妇人的歌唱与言笑("小河边到了场期，照例来了无数小船和竹筏，竹筏上且常常有长眉秀目脸儿极白奶头高肿的青年苗族女人，用绣花大衣袖掩着口笑，使人看来十分舒服")，坐船，去乡下看猎取野猪、黄麂，看猎狐，爬上城墙，"坐在大铜炮上看城外风光"，听巫蛊和落洞的故事，听兵士打仗的故事……

沈从文的气质像李商隐，是颇为伤感的人。贯穿在他作品里的愁绪，从他文学起步时的习作，直到晚年的书信，基本不变。早年，他的哀愁中萦绕不去的是思；晚年，则是看透世事后的愤懑。他性情温和，但不豁达。他的隐忍是靠坚强的毅力支撑下去的。出生在一个山清水秀之地的人，如果天性敏感，有艺术天赋，很容易培养出内向深沉的气质。另一方面，也和自小经历过的事情有关。读《从文自传》，其中有对家乡和亲人的热爱，对童年生活津津有味的追忆，对自己义无反顾地寻求文学之梦的骄傲，这些都是一般作家和艺术家回忆录的题中应有之义。沈从文有湘西人兼苗民的执着和坚忍不拔——如我们在很多湖湘人物如曾国藩等人身上看到的，认准的路，走下去，从不后悔。在他的作品中，尽管那么情绪化，仍然看不到一般人容易陷入的追悔。遗憾自然很多，却非关个人行为的失当或选择的错误，而是在大时势面前的无奈。道德在他这里，是善，是美，尽管不切实际，还是要坚持。所以，有些事他是做不了的。做不了，就只能落后、退避三舍，像一只沉舟，让鼓满了时势之风的千百红帆白帆翩跹而过。人播下种子，希望收获，种瓜得瓜，种豆得豆。然而很多时候，甚至大多数时候，尤其是当他那一代人处在剧烈变革的时代，一切社会的规范和生活的伦常被彻底击碎，乘时者和宵小们肆无忌惮，打破做人的底线，却被赞扬为有决断、有担当，退而言之，也是明智和识时务。在这种大环境里，种瓜不仅不能得瓜，还会被锄犁所伤。播下龙种收获跳蚤，已是不幸中的万幸。因为播下龙种，也可能长出的是有毒的和会喷火的怪物。

《从文自传》写到辛亥革命的一幕，以冷静的笔触描写残酷的屠杀，写那些无辜的乡民在死亡面前的麻木。他是一个不相信善恶必报的人，因为历史和个人的亲闻亲睹早已证明了这种一厢情愿的美好愿望的虚妄。沈从文对辛亥革命的描写，可以与鲁迅先生的相关作品，如短篇小说《风波》和《药》参照。他们都是在冷静中看到了更深刻的东西，尽管关注点各有不同。《一个传奇的本事》更是浸透了哀痛之情，哀痛到使人不能卒读，尤其是读过《从文自传》和黄永玉的《这些忧郁的碎屑》之后。

《从文自传》写到小他四岁的弟弟沈荃，这个弟弟是他最亲爱的人。沈从文对这个弟弟的感情，胜过对大哥沈云麓，大概是年龄相近、情趣相投，而幼小时有过一段共同生死的经历的缘故吧：

> 到六岁时,我的弟弟方两岁,两人同时出了疹子。时正六月,日夜总在吓人高热中受苦。又不能躺下睡觉,一躺下就咳嗽发喘。又不要人抱,抱时全身难受。我还记得我同我那弟弟两人当时皆用竹簟卷好,同春卷一样,竖立在屋中阴凉处。家中人当时业已为我们预备了两具小小棺木,搁在廊下。十分幸运,两人到后居然全好了。我因此一病,却完全改了样子,从此不再与肥胖为缘,成了个小猴儿精了。

军官世家的沈家,父亲在儿子身上寄托着没有实现的"将军梦"。沈岳焕成长为沈"从文",武的那一面则在弟弟身上开花结果:

> 那小我四岁的弟弟,因为看护他的苗妇人照料十分得法,身体养育得强壮异常,年龄虽小,便显得气派宏大,凝静结实,且极自重自爱,故家中人对我感到失望时,对他便异常关切起来。这小孩子到后来也并不辜负家中人的期望,二十二岁时便做了步兵上校。

黄永玉的书中有沈从文和沈荃青年时的照片。沈从文一身白袍，谦和地微笑着，态度儒雅。沈荃比他略高，脸形略长，双目炯炯有神，透着镇定自信的神色，笑容怡人，气度非凡。

沈荃参加抗战，出生入死，屡立功勋。《一个传奇的本事》里这么写：

> 淞沪之战展开，有个新编一二八师，属于第四路指挥刘建绪调度节制，原本被哄迫出去驻浙江奉化，后改宣城，战事一起，就奉命调守嘉善唯一那道国防线，即当时所谓"中国兴登堡防线"。……属于我家乡那师接防的部队，开入国防线后，除了从唯一留下车站的县长手中得到一大串编号的钥匙，什么图形也没有。临到天明就会有敌机来轰炸。为敌人先头探索部队发见已发生接触时，一个少年团长方从一道小河边发现工事的位置，一面用一营人向前突击反攻，一面方来得及顺小河搜索把上锈的铁门次第打开，准备死守。本意固守三天，却守了足足五天。全师大部官兵都牺牲于敌人日夜不断的优势炮火中，下级干部几乎全体完事，团营长正副半死半伤，提了那串钥匙去开工事铁门的，原来就是我的弟弟，而死去的全是那小小县城中和我一同长大的年青人。

随后是南昌保卫战,经补充的另一个"荣誉师"上前,守三角地的当冲处,自然不久又完事。随后是反攻宜昌,洞庭西岸荆沙争夺,洞底南岸的据点争夺,以及长沙会战。每次硬役必参加,每役参加又照例是除了国家意识还有个地方荣誉面子问题在内,双倍的勇气使得下级军官全部成仁,中级半死半伤,而上级受伤旅团长,一出医院就再回来补充调度,从预备师接收新兵。

每一家都分摊了战事带来的不幸,因为每一家都有子弟作下级军官,牺牲数目更吓人。

八年抗战,凤凰子弟伤亡殆尽,然而劫难还没结束。内战爆发,"家乡人八年抗战犹未死尽的最后残余",在胶东一役全部覆没。

这是家国之殇,更是故乡之殇。自此之后,历史记忆和童年记忆中的凤凰,永远不复存在了。沈从文在此写下了他早年作品中最悲观的反思:

> 得到这个消息时,我想起我生长那个小小山城两世纪以来的种种过去。因武力武器在手而如何形成一种自足自恃情绪,情绪扩张,头脑即如何逐渐失去应有作

用，因此给人同时也给本身带来苦难。想起整个国家近三十年来的苦难，也无不由此而起。在社会变迁中，我那家乡和其他地方青年的生和死，因这生死交替于每一片土地上流的无辜的血，这血泪更如何增加了明日进步举足的困难。我想起这个社会背景发展中对青年一代所形成的情绪、愿望和动力，既缺少真正伟大思想家的引导与归纳，许多人活力充沛而常常不知如何有效发挥，结果便终不免依然一个个消耗结束于近乎周期性悲剧宿命中。

三十多年后，沈从文解释文章的成因，他说：

这个小文，是抗战八年后，我回到北京不多久，为初次介绍黄永玉木刻而写成的。内中提及他作品的文字并不多，大部分谈的却是作品以外事情——永玉本人也不明白的本地历史和家中情况。

事实上却等于把我那小小地方近两个世纪以来形成的历史发展和悲剧结局加以概括性的纪录。凡事都若偶然的凑巧，结果却又若宿命的必然。

悲剧是周期性的宿命,是逃避不了的必然。写于四十年代的这篇文字中的话,不幸在几年后一语成谶。

1949年11月9日,湖南"和平解放",沈荃随陈渠珍参加"和平起义";1951年,在"镇反"运动中,"起义将领"的沈荃和一大批原国民党人员被枪杀;1983年,沈荃获得平反。

黄永玉称沈荃为巴鲁表叔,他回忆中的沈荃是:

> 高高的个子,穿呢子军装,挂着刀带,漂亮极了。有时也回家乡来,换上便装,养大公鸡和蟋蟀打架,搞得很认真。有时候又走了。跟潇洒漂亮一样出名的是他的枪法。夜晚,叫人在考棚靠田留守家的墙根插了二三十根点燃的香。拿着驳壳枪,一枪一枪的打熄了它们。

湖南全省"和平解放",沈荃回到凤凰。他在南京国防部做中将的时候就说过,他不想打内战,厌倦了,他想解甲归田,与人合作写抗战史。黄永玉很"为他庆幸从火坑里解脱出来",在凤凰相见,"他还是那么英俊潇洒,谈吐明洁而博识。他在楠木坪租的一个住处,很雅致。小天井里种着美国蛇豆、萱草和两盆月桂。木地板的客厅，墙上居然挂着一对张奚若写的大字楹联"。他对形势看得很清楚，对黄永玉说的话显然带着自嘲和伤感："……我帮地方人民政府做点咨询工作，每天到'箭道子'上班，也不是忙得厉害，没事，去聊聊天也好！……"

对于弟弟之死，沈从文几十年里内心的痛苦，我们无从得知。

鲁迅曾说："年青时读向子期《思旧赋》，很怪他为什么只有寥寥的几行，刚开头却又煞了尾。然而，现在我懂得了。"好友嵇康和吕安被杀，向秀经过其旧居，"于时日薄虞渊，寒冰凄然。邻人有吹笛者，发声寥亮。追思曩昔游宴之好，感音而叹"，写下《思旧赋》。其中有句云："瞻旷野之萧条兮，息余驾乎城隅。践二子之遗迹兮，历穷巷之空庐。"这种心情，当沈从文晚年重回故乡时，也会和向秀一样，见旧居，思往事，"惟古昔以怀今兮，心徘徊以踌躇。栋宇存而弗毁兮，形神逝其焉如"。

在沈从文心中，凤凰将永远是寂寞的。

沱江两岸在明媚的秋阳下，一片艳丽的色彩：黑色瓦顶、暗色木结构的吊脚楼，挂着成排的红灯笼，以及绿色、粉色和蓝色的条幅、招贴，围栏上缠着白色的电线和灯泡，准备入夜后再造映带流波的火树银花。有一种小小旗帜的绿色特别惹眼，像越剧里俏丽丫环的衣裙一样的娇嫩绿色，仿佛一下子把这座古城拉回到歌舞扬州的世界。还有些吊脚楼的门窗板壁都被刷为木头原色似的棕黄色，晶亮晶亮的，再被红灯一衬，一排排都作夕阳般的金红。扮作苗女的导游和游客，满头银饰，穿上红色压金边、蓝色压红边、粉色压绿边和蓝边、白色加上红黄几道边的套裙，腰间垂着珠串和流苏，花枝招展、仪态万方地在水边小道上迤逦而行，在横跨水上的木墩上折腰扬手，作种种好看而不无失足落水之虞的姿势，拍照留念。

船行水上，和风细细，空气中飘卷着醉人的芳香。此处彼处，隐约传来喧闹声和鼓乐之声，分不清是播放的录音还是酒楼中的欢宴。在沿岸树和建筑的暗影下的江面，楼影袅袅，随波鼓荡，忽地四下碎散，像洒了一地琉璃八宝，忽地聚拢成形，依然扭曲着，前仰后合，逐渐平复下来。然而船已随着水流转向，景色又是一变。阳光无遮无拦地直射下来时，只见波影摇金，其余皆不可见，只有稍远处的山峦和近处坡上的茂密林木，深深浅浅、连绵不断，做了跃动着的繁华的沉实背景。

我想，如果是沈从文说的月下呢？没有游人，没有酒吧，没有招徕客人的吆喝声,夜色浓黑,吊脚楼上透出的萤火一般的灯光,刺破而不能刺透夜色。船在黑魆魆的水上,清晰地听见桨声。不远处传来男女间提高了嗓门的对话,是撩拨和笑骂,是没有心机的打情骂俏……也许还有夜猫子、各种奇怪的鸟,还有睡在梦乡里的成群的蜻蜓……

每个伟大作家的写作背后都有不可压抑的情感冲动,不管他的表现方式是什么。一个人的记忆和经验、一个人的思考和世界观,都是时代的投影。因此,从来没有一个写作者是脱离时代的,只有伟大与平庸、真诚与虚伪,以及风格之别。我上大学那时候,现代文学史对沈从文的作品一笔带过,只用一段话介绍《边城》。而《边城》还被批评为严重脱离现实,刻画一个虚幻的人间桃源。沈从文笔下的残酷现实是那些文学史家刻意忽视了的,桃花源本来也不是一个贬义词。沈从文会为他心中不老的桃花源骄傲,他是以这种超越各种世俗——以政治,以哲学,以历史,以一切意识形态和功利主义为幌子的世俗——的美来抵抗世界的一切不平等和不正义、世界的一切丑陋和罪恶的。

在叙说了那么多的悲伤故事之后,《一个传奇的本事》在后半部分转入他对文学的思考。沈从文坚信文字的力量,文字使他在面对时代的变迁无能为力之后,找到了自己的立足点，找到了他的立身之本。这同样是一种伟大的力量，和任何其他力量同样持久：

> 一个伟大艺术家或思想家的手和心，既比现实政治家更深刻并无偏见和成见的接触世界，因此它的产生和存在，有时若与某种随时变动的思潮要求，表面或相异或游离，都极其自然。它的伟大的存在，即于政治、宗教以外，极有可能更易形成一种人类思想感情进步意义和相对永久性。虽然两者真正的伟大处，基本上也同样需要"正直"和"诚实"，而艺术更需要"无私"，比过去宗教现代政治更无私。

唐人传奇中的名篇《虬髯客传》讲了这样一个故事：隋末天下大乱，群雄逐鹿，胸怀大志的虬髯客张先生，见到天纵英才的李世民之后，知道无力与之争雄，乃毅然退场，率领一群弟兄远赴海外，在扶余立国，另成一番事业。《虬髯客传》的本旨，是为大唐的正统地位立说，警告狼子野心的军阀势力，勿轻起叛逆之心。但这个故事可以当作一个寓言，来象征文学家在世界的处境：他们必须，也可以，在另外的维度建立自己的世界，以此与现实抗衡，并以此影响和改变现实。退一步讲,即使我们确实无力影响和改变现实,至少可求得内心的宁静。这个一己的桃花源,即使容不下天下万民,总可以使数百数千的会心之人,"黄发垂髫,并怡然自乐"。

俄国思想家和革命家赫尔岑,在其回忆录《往事与随想》中写道:

> 在个性泯灭的普遍性之间,在历史发展的诸元素,以及云影一般在它们表面飘忽移动的未来诸形象之间,人难免感到空虚和孤独。但这又算得什么呢?……在忧伤的时刻,僧侣靠祈祷获得解脱。我们不能祈祷,我们可以写作。写作就是我们的祈祷。

是的,写作就是我们的祈祷。

在散文《沉默》中,沈从文对于文学,表达的正是虬髯客和赫尔岑式的立场:

> 一个人想证明他的存在,有两个方法:其一从事功上由另一人承认而证明;其一从内省上由自己感觉而证明。我用的是第二种方法。我走了一条近于一般中年人

生活内敛以后所走的僻路。寂寞一点，冷落一点，然而同别人一样是"生存"。或者这种生存从别人看来叫作"落后"，那无关系。两千年前的庄周，仿佛比当时多少人都落后一点。那些善于辩论的策士，长于杀人的将帅，人早死尽了，到如今，你和我读《秋水》《马蹄》时，仿佛面前还站有那个落后的衣着敝旧，神气落拓，面貌平常的中年人。

伟大的作家应运而生，他是独立的，也是主动的，他引领而不跟随，从来不是一个附属物，更不会成为被豢养者，一个太监和弄臣。伟大的作家代表着时代的精神：

> 大多数伟大作品，是因为它"存在"，成为多数"需要"。并不是因为多数"需要"，它因之"产生"。（《一个传奇的本事》）

在苦闷的日子，沈从文有过怀疑，有过暂时的绝望，这是很容易理解的。他这一辈子，应该说，好日子不多。八十多岁去世时，他的作品已经得到比较公允的评价，一版再版。国外研究中国文化的学者，对他评价尤高。而善良的读者中,热爱和景仰他的大有人在。他暌违多年的故乡,终于有机会表达对这位流转千里的乡贤的情意,以他为荣,以他为标志。尽管如此,沈从文始终不能从过去的打击中恢复过来。

在1939年作于昆明的长文《烛虚》中,他这样写下对生命意义的怀疑:

> 看看自己用笔写下的一切,总觉得很痛苦,先以为我为运用文字而生,现在反觉得文字占有了我大部分生命,除此以外,别无所有,别无所余。
>
> 重读《月下小景》,《八骏图》,《自传》。八年前在青岛海边一梧桐树下面,见朝日阳光透树影照地下,纵横交错,心境虚廓,眼目明爽,因之写成各书。二十三年写《边城》,也是在一小小院落中老槐树下,日影同样由树干枝叶间漏下,心若有所悟,若有所契,无滓渣,少凝滞。这时节实无阳光,仅窗口一片细雨,不成烟,不成雾,天已垂暮。

他想起一个老兵死亡的故事:

因为《水上》，使我想起二十年前，在酉水中部某处一个小小码头边一种痛苦印象。有个老兵，那时害了很重的热病，躺在一只破烂空船中喘气等死，只自言自语说，"我要死的，我要死的"，声音很沉很悲，当时看来极难受。送了他两个桔子，觉得甚不可解，为什么一个人要死？是活够了还是活厌了？过了一夜，天明后再去看看，人果然已经死了，死去后身体显得极瘦小，好象表示不愿意多占活人的空间，下陷的黑脸上有两只麻蝇爬着，桔子尚好好搁在身边。一切静寂，只听到水面微波嚼咬船板细碎声音，这个"过去"竟好好的保留在我印象中，活在我的印象中。

在他人看来，也许有点不可解，因为我觉得这种寂寞的死，比在城市中同一群莫名其妙的人热闹的生，倒有意义得多。

这样的怀疑贯穿了他的一生。然而在"别无所有"的情况下，文学之路还是要走下去。石川啄木说文学不过是个人的"悲哀的玩具"，沈从文比他站得更高，他谦恭而不自我菲薄。他说文学不过是一种"手艺"，是"做事"，而做事总是有意义的。四十年代末以后，他失去创作机会，改行做文物研究。一九七七年以后，环境比较宽松了，他在家书中回顾自己一生的工作，文学生涯尽管中道摧折，但既有的成就亦足自豪：

> 间或翻翻自己四十年旧作看看，如同看契诃夫、莫泊桑作品，料想不到竟是自己一篇篇写出，且又一本本印过书，在国内曾于某一时占压倒趋势的。更料不到，放手又已快四十年！……已很少明白我是个做什么工作的人。（《沈从文家书》1977年12月7日致儿子沈虎雏）

他在家信中，对文学史"学者"给他的待遇非常气愤，屡屡言及，对学会了乖巧处世、在不同时代都能如鱼得水的名流们表示极端的轻蔑。但私下里，他明白自己作品的份量和价值。他对儿子说，他觉得自己的旧作即便与契诃夫和莫泊桑比，也并不逊色。一九八三年二月致大姐沈岳锟的信，是《沈从文家书》中收录的最后一封信。在这封信里，他对自己四九年后所做的文物研究工作，同样作了很高的评价。他说：

> 在博物馆作一名普通工作人员，不知不觉间就过了

三十年，我并不觉得什么委屈，倒反而学了不少东西。前年在香港出版那本有关衣服的书——倒很像本还有意义、有分量的图书！重订本今年若可以印成，我一定寄一本来给你看看，就可知这三十年来，大部分熟人都死去了，或作了什么部长，委员，我却不声不响的作了不少事情。

理解一个人很难。需要耐心，需要时间。

上天给人生命，给他一个成长的环境，决定他一生的遭际，就连围绕在他身边、自小陪伴直至终老的亲人，也是上天的选择。他有那样的情感世界，起源和决定于他的性情、他的悟性和慧根。天地间的万物，不因个人的存在与否而变更，自然产生与发展。星辰教人灵魂的远游，山脉教人厚重和坚定，水义无反顾地流逝，从容变化于千百种形式。就像智慧本身，没有确定的规范，是自由的。草木使大地山川充满生气，鸢飞戾天，鱼跃在渊。路伸向美好的去处，伸向未知，也伸向死亡；桥连接两座山，也连接善与恶；鸿沟隔开人群，消除了他们之间相亲或相仇的可能性；雪使我们愉快地遗忘，雨使时间有了厚度和密度……

在一九〇二年，在一九一〇年，在此后若干年，湘西以及曾经被唤作镇筸城的凤凰小城，是一幅黑白照片，没有其他颜色。房屋是黑瓦白墙，河水非黑即白，苗女的银头饰雪白而她们的裙摆是粗黑的，日子分为两部分——白天与黑夜，像人的眼睛，黑白分明。一个人从生到死，是从黑发到白发，人的记忆没有色彩，只有黑白和黑白之间广大的神秘地带，那是黑白的混合，浅淡不同、厚薄不同的灰。唯其如此，梦也是没有颜色的，因为梦是如此真实，铭心刻骨到疼痛难忍。

一九九五年八月，沈从文先生已去世七年，陪伴了沈从文先生半个多世纪的张兆和，在《沈从文家书》后记里写道：

> 从文同我相处，这一生，究竟是幸福还是不幸？得不到回答。我不理解他，不完全理解他。后来逐渐有了些理解，但是，真正懂得他的为人，懂得他一生承受的重压，是在整理编选他遗稿的现在。过去不知道的，现在知道了；过去不明白的，现在明白了。他不是完人，却是个稀有的善良的人。对人无机心，爱祖国，爱人民，助人为乐，为而不有，质实素朴，对万汇百物充满感情。

越是从烂纸堆里翻到他越多的遗作，哪怕是零散的，有头无尾，有尾无头的，就越觉斯人可贵。太晚了！为什么在他有生之年，不能发掘他，理解他，从各方面去帮助他，反而有那么多的矛盾得不到解决！悔之晚矣。

理解一个人很难。没有足够的善意和同情，不从唯我为是的执见中跳出来，你不可能理解。

就此而论，张兆和不容易，也了不起。

这段不长的文字，写尽了沈从文的忧伤，也写尽了她自己的忧伤。

2017年3月31日

4月5日改

虎耳草

汪曾祺回忆沈从文的文章,我都读过多遍。在《星斗其文,赤子其人》的结尾,汪先生写道:"沈先生家有一盆虎耳草,种在一个椭圆形的小小钧窑盆里。很多人不认识这种草。这就是《边城》里翠翠在梦里采摘的那种草,沈先生喜欢的草。"

沈从文五十年代后改行研究文物,无心插柳,成就斐然,对中国古代服饰史的研究贡献尤其大。汪曾祺说,沈先生到北京后,喜欢收集瓷器,随手捡拾,欣于所遇,单件买,不配套,对青花很有心得。钧瓷贵重得很,他这只小盆,不知何处所得,大约亦是闲逛时慧眼识宝,在冷摊以廉值买下。钧瓷古朴大雅,并不华丽,不像清三代的官窑五彩,上手一瞥就是洋洋洒洒的皇家气派，不懂的人，未必看在眼里。钧窑盆和虎耳草都很朴素，也都很珍贵，然而其中微意有寓存，二者配合，相得益彰。

虎耳草有人种植，以小盆置于案头或窗台，颇可怡神悦目。但究竟不过是乡间野草，说它珍贵，原因仅在于，在小说《边城》里，山崖上的虎耳草是纯美爱情和美好人生的象征，充满了梦幻的色彩。单纯而美丽，又似乎难得，因为它不是生在田间地头，而是生在需要攀爬的高崖上。虎耳草叶子圆圆的，大小形状如铜钱，披满绒毛，有人觉得像老虎的耳朵。开细白花，米粒一般，远看不起眼，近看却很雅致，而且有紫红色的漂亮斑纹。在彩色图谱上看放大的图片，你完全不能相信这就是虎耳草的花。

《边城》写到虎耳草，最重要的一次是在某天夜里，其时翠翠心中已经萌生了对二老的爱。

祖父夜来兴致很好，为翠翠把故事说下去，就提到了本城人二十年前唱歌的风气，如何驰名于川黔边地。翠翠的父亲，便是唱歌的第一手，能用各种比喻解释爱与憎的结子，这些事也说到了。翠翠母亲如何爱唱歌，且如何同父亲在未认识以前在白日里对歌，一个在半山上竹篁里砍竹子,一个在溪面渡船上拉船,这些事也说到了。翠翠问:"后来怎么样?"祖父说:"后来的事长得很,最重要的事情,就是这种歌唱出了你。"

老船夫做事累了睡了,翠翠哭倦了也睡了。翠翠不能忘记祖父所说的事情,梦中灵魂为一种美妙歌声浮起来了,仿佛轻轻的各处飘着,上了白塔,下了菜园,到了船上,又复飞窜过悬崖半腰——去作什么呢?摘虎耳草!白日里拉船时,她仰头望着崖上那些肥大虎耳草已极熟习。崖壁三五丈高,平时攀折不到手,这时节却可以选顶大的叶子作伞。

翠翠被歌声托起来,在空中飘浮飞翔。这是谁的歌声?是父母对歌的歌声吗?沈从文暂时不说,埋下一个伏笔。

紧接着在下一章,二老路过渡口,与翠翠的祖父交谈。

"二老,我家翠翠说,五月里有天晚上,做了个梦……"说时他又望望二老,见二老并不惊讶,也不厌烦,于是又接着说,"她梦得古怪,说在梦中被一个人的歌声浮起来,上悬岩摘了一把虎耳草!"

二老把头偏过一旁去作了一个苦笑,……老船夫就说:"二老,你不信吗?"

那年青人说:"我怎么不相信?因为我做傻子在那边岩上唱过一晚的歌!

你瞧,原来翠翠梦里的歌声并不完全是梦,是真的。是二老为她唱了整整一晚上。

老船夫说:"你并不傻,别人才当真叫你那歌弄成傻相!"

祖父当然是想促成他们的好事的。他年事已高,来日无多,走前要为翠翠寻找一个好归宿。祖父和二老对话那当口,翠翠出门掘竹鞭笋去了。等她回来,"把竹篮向地下一倒,除了十来根小小鞭笋外,只是一大把虎耳草"。

翠翠是否听到了祖父和二老的话?她的虎耳草是爬上悬崖半腰采摘的吗?在二老唱歌那地方?

我不记得沈从文在他数量惊人的文字里,还有什么地方提到过虎耳草。很多读者记住了虎耳草这个象征,因此把青年沈从文苦苦追求的张兆和比喻为"悬崖上的虎耳草"。

糜华菱编、中华书局出版的《沈从文的凤凰城》一书,收录了田时烈的《家乡人迎葬沈从文》一文,记述沈从文先生晚年回乡的事迹。而且很难得的,沈先生对作者谈到

了虎耳草:

一九八二年五月七日,沈从文夫妇和黄永玉夫妇一同回凤凰,十一日,坐当地的"竹叶扁舟"从东门的水门码头顺着沱江缓缓地漂流。

> 小船在杜田的凉水井旁边靠了岸,上岸后,见井旁岩壁上长满了茸茸的"虎耳草",沈先生告诉我们"虎耳草"很能适应各种土质,开小白花,是消炎去毒的一种好药。看!它们每片叶子都很完整,虫子是不敢去咬它的。农民常用它消除一些无名肿毒。我以前没注意过这种小草,这时便走近岩壁上细看"虎耳草"叶子,真的每片叶子都很完好,没有一点虫咬的痕迹。

文中还记载,沈从文去世后,一九九二年五月,他的儿子虎雏、孙女沈红、生前的助手王亚蓉,坐船把他的骨灰撒入沱江,剩余部分安放在墓穴。葬事已毕,夫人张兆和以及亲友们采来虎耳草,"小心翼翼地把它栽在墓碑石下的周围"。

人把理想和情感寄托于世上的微小事物,这事物因此从自然中超脱出来,进入人类的文化和审美世界。自古及今,我们的文化史中相当的一部分，就是由这些我们敬爱的人物将个人的美好情感客观化而留下来的。心有灵犀的异代读者由此得到滋养，丰富自己的心灵。这些花花草草，与无数其他的细节一起，构成我们的精神故乡。孔子的幽兰，屈原的蕙草，陶潜的菊花，苏东坡的海棠，无不如此。

沈从文曾在散文《烛虚》中写到他的孤独和清静，写他面对大自然的山水和草木虫鸟油然而生的思索，这是他归向内心的感人文字，如对有心人倾诉，毫无隐瞒，更不装腔作态。文中那些"小小蓝花白花"，河边的"紫花，红花，白花，蓝花"，其中都有虎耳草的影子：

> 我需要清静，到一个绝对孤独环境里去消化消化生命中具体与抽象。最好去处是到个庙宇前小河旁边大石头上坐坐，这石头是被阳光和雨露漂白磨光了的。雨季来时上面长了些绿绒似的苔类，雨季一过，苔已干枯了，在一片未干枯苔上正开着小小蓝花白花，有细脚蜘蛛在旁边爬。河水从石罅间漱流，水中石子蚌壳都分分明明。石头旁长了一株大树，枝干苍青，叶已脱尽。我需要在这种地方，一个月或一天，我必须同外物完全隔绝，方能同"自己"重新接近。

仿佛某时，某地，某人，微风拂面，山花照眼，河水浑浊而有生气，漂浮着菜叶。有小小青蛙在河畔草丛间跳跃，远处母黄牛在豆田阡陌间长声唤子，上游或下游不知何处有造船人斧斤声，遥度山谷而至。河边有紫花，红花，白花，蓝花，每一种花每一种颜色都包含一种动人的回忆和美丽联想。试摘蓝花一束，抛向河中，让它与菜叶一同逐流而去，再追索这花色香的历史，则长发，粉脸，素足都一一于印象中显现，似陌生，似熟习。本来各自分散，不相粘附，这时节忽拼合成一完整形体，美目含睇，手足微动，如闻清歌，似有爱怨。稍过一时，一切已消失无余，只觉一白鸽在虚空飞翔，在不占据他人视线与其它物质的心的虚空中飞翔。

花的背后是一个仿佛出自楚辞或南朝民歌中的理想人物，长发素足，倏然而至，倏然而逝，明明似有诉说，却不闻一言一语。

2017 年 3 月 30 日

辑五

梦中的忽必烈汗
——给儿子的一封信

罗素在《西方哲学史》中为浪漫主义思潮专辟一章,重点分析了拜伦。罗素总结说:

> 浪漫主义运动的特征总的说来,是用审美的标准代替功利的标准。蚯蚓有益,可是不美丽;老虎倒美,却不是有益的东西。达尔文赞美蚯蚓;布雷克赞美老虎。浪漫主义者的道德都有原本属于审美上的动机。但是为刻画浪漫主义者的本色,必须不但考虑审美动机的重要,而且考虑趣味上的变化,这种变化使得他们的审美感和

前人的审美感不同。关于这方面，他们爱好哥特式建筑就是一个顶明显的实例。另外一个实例是他们对景色的趣味。

喜欢奇异的东西：幽灵鬼怪、凋零的古堡、昔日盛大的家族最末一批哀愁的后裔、催眠术士和异术法师、没落的暴君和东地中海的海盗。

浪漫主义者的地理很有趣：从上都到荒凉的寇剌子米亚海岸，他们注意的尽是遥远的，亚细亚的或古代的地方。

关于浪漫派文学，你读了罗素这几段话，高屋建瓴，就有了一个总体的把握。我不说"了解"，而说"把握"，你要明白我的意思：作品参差纷繁，而真正的理解是简单的。所有文学家都是一样的，每个文学家又都有自己的个性，这单纯和丰富多彩的两极，就是智慧阅读的乐趣所在。你读英国浪漫派诗歌，重要的作家都接触到了，我要建议的是，多注意一下济慈。罗素的话有些是以小说为例证的，比如幽灵古堡那一段，落实到济慈身上，多少有些偏差。说济慈喜欢遥远的、古代的事物是没有问题的，但他不是那么偏嗜奇异。在这方面，济慈的温和接近华兹华斯。与拜伦和雪莱等相比,华兹华斯是内向和沉静的。拜伦的热情对年轻人很好,对我,已经不太适宜了。我有太多激情,全都水一样弥散了。而你,你不欠缺激情,但你克制得太厉害了。适度的克制如风在草上,草顺着风微微摆过去,然后轻轻地荡回来。过度的克制无异于压抑,可能折断茎枝。你可以多读读拜伦和雪莱,同时记住,他们的诗还不是一流的境界。他们多少有些幼稚,凡事想当然,常常在很小的事情上冲动。在最迷恋诗的年龄,像你这么大,我只读过几首华兹华斯的诗,其他的找不到译本。他那首写湖畔水仙的诗,被选入英语课本,大家都读熟了。印象里,他,还有其他湖畔派诗人,就是整天在湖边散步的人。黄水仙,就是西洋水仙,春天开花早,独看不算好看,花形和茎叶单调,和风信子、三色堇这些搭配一下,才略具姿态。你看曼哈顿的街道,种在路边的,都是这样的搭配。

济慈是个天才,艺术品位高,可惜死得太早,虚岁才二十七岁,和中国的李贺一样。济慈的诗透着高贵的气质,读济慈,你会想,高贵不一定和出身有关。济慈的父亲是旅馆的养马人,而有些贵族出身的作家,身上反倒时时散发出市侩气,或者更糟糕,给人很贱很脏的感觉。浪漫派作家一个突出的特征是情感充溢的想象,济慈亦然,但他尽管天马行空一样驰骋想象力，却能保持美学意义上的节制。这种节制必然是天生的绝高知性的结果。因此可以说，济慈的诗是知性基础上的最瑰丽丰腴的感性，同时又是感性基础上最单纯明晰的知性。一般诗人在二十多岁的年纪，一定程度上的滥情和感伤在所难免。难得的是，济慈不是这样，他的感伤也像山间溪流一样清澈。因此，他的诗有着大多数杰出诗人中年才会形成的庄严风格。

由于年轻，济慈谈不上博学，但他凭借有限的知识达到了别人借助博学覃思才能到达的境界——天才往往如此。对于艺术家来说，想象力是天才的重要标志。我觉得激情也是。我是指那种艺术和哲学思索不可缺少的激情。这些都是与生俱来的。

你喜欢威廉·布莱克。确实，布莱克比雪莱好多了。拜伦我不敢说，太多年没读他，但我喜欢他的《恰尔德·哈洛尔德游记》。有人说《唐璜》讽刺犀利，比较深刻，大学时没太认真读，后来也没再读。对于讽刺要保持警惕，如果没有深刻的见解和可爱的个性，讽刺要么流于刻薄，要么等同俗套，那就连它讽刺的对象都还不如了。雪莱我曾经非常着迷，一开始读西方诗歌就读到他，郭沫若翻译的《西风颂》和《云雀》又那么豪放，简直像李白一样。

十九岁,我读他的诗剧《被解放了的普罗米修斯》,沉醉其中。后来自己也写,写了两千多行,当然是浪费时间,乱来。布莱克还是画家,他的画有神秘色彩,宗教题材,但关注点还在人。我觉得他是希望人能超越和升华。人和神接近,也可以理解为,神的世界和人的世界是不同的世界,中间横着一道鸿沟。他的诗对你,可能不好理解。他写了《天真与经验之歌》。获得经验是以丧失天真为代价的。经验是珍贵的,就其有用而言;天真也是珍贵的,就其无用而言。这些,你长大了就会明白。

布莱克喜欢老虎,阿根廷的博尔赫斯——还记得他的"侦探小说"《交叉小径的花园》和《死亡与罗盘》吗?——也喜欢老虎。记住了,第三个喜欢老虎的人是我。为了老虎,我喜欢猫。为了猫,我喜欢猫头鹰。它们的眼睛多美!多有力!还有它们行走和奔跑时的体态。布莱克说老虎,直截了当。老虎是什么,是暴力的美,火热又残酷,是现代科学和技术,是人类文明的技术进步——为什么说技术进步?道理很简单,人的智慧和道德大概不会再进步了,虽然整个人类社会的文明程度肯定比过去好一些。但博尔赫斯的老虎非常神秘,它是一个梦,是所有我们不能理解的、神秘的、值得期待的事物的总和。不管它是什么,它美,而且由于神秘而神圣。但它是可以把握的。按博尔赫斯的说法，你可以在一个陌生地方的夜晚遇到它，这是老虎和神不一样的地方。

无论我们崇拜什么，我们崇拜的事物一定比我们大，比我们有力。原始的崇拜对象，多以形体上的巨大震撼人类。现在还有这方面的遗留，比如电影里的大金刚，同样来自日本的怪兽哥斯拉——其实是存在过的霸王龙——现在变成娱乐了。可是，为什么观众喜欢它们？根源还是在最初对巨大事物的崇拜。再后来，比较侧重智慧和能力上的大，于是，宙斯的雷电就显得小孩子气了，后羿射杀太阳、盘古用斧头开辟世界，就显得粗笨了。神力变成看不见摸不着的东西，好像老子书里说的"道"，一个哲学概念，无所不在，无为而无不为。你看不见，你就无法发现它的痕迹，更不可能找到缺陷，于是，它就变得完美了。布莱克喜欢老虎，和这些都有关系。

浪漫派的诗人多有些孩子气，有些是天生的，有些是装的。为什么装？因为那是时尚。动作快的人坐上"浪漫主义"这辆马车跑上道了，后面的人拼命追，不追就赶不上车了。这个追，就是装。现在还有类似的说法，比如说赶时髦。人家穿黄色的衣服我也穿黄色的衣服，人家喝卡布奇诺我也喝卡布奇诺，人家读村上春树我也读村上春树。这就是装。现在和过去比，过去是一部分人开风气，一部分人跟。现在是百分之九十九的人跟，盲目地跟，跟不上也要跟，装着跟上了，其实什么想法都没有，就是跟。而那百分之一也未必是真心喜欢，没准儿只是炫耀。炫耀当然也是装。

浪漫主义是一种运动，出发点很好。如罗素所说，他们厌倦了工业社会古板、无聊和不近人情的一面，就像几十年前有人把都市称作钢铁和水泥的丛林，那里面透着一股子愤恨和无奈。十八世纪、十九世纪，人口不像现在这么稠密，还有大量的安静乡间，牛羊遍地，鲜花盛开，河流还是清澈的，空气也是新鲜的。地球上还有不少角落，人类足迹罕至，给我们留下想象的余地。现在呢，我们对地球的想象已经不多了，只好把目光移向太空，或者移向古代。

从实用的角度看，想象是个废物——科学家也用得上想象，尤其是大科学家，科学成果当然实用，这是少见的例子。越是机械性的工作，越是追求效率，需要团队精神，每个人都是机构这个大机器上的小部件，就越不需要想象。也可以说，越是不需要个性的工作，越不需要想象。所以，想象只能用于私人生活，纵然如此，也没有很多人珍视这个能力，原因还是它没用。但我跟你说，人得到快乐，得到精神上的满足、智力上的满足，很大程度上是借助想象实现的。没有想象的人、放弃了想象能力的人，他可能钱比你挣得多、官做得比你大，一切的一切，你都难以望其项背。但他的幸福微不足道，因为那是感官的愉悦，或是精神层面上很低级的东西，距离人类之外的动物很近——你知道，如果触发键盘上的某个键会接通电极，给大脑传递电讯号，造成快感的刺激，一只老鼠都知道不停地去敲击那个键，直到精疲力竭。

想象能创造出什么？你以为我们在博物馆看到的米罗、达利、毕加索、马蒂斯、卢梭、恩斯特、凡·高和莫奈，嗯，还有马克·夏加尔，等等，都是纯粹想象的产物吗？未必。他们确实使用了想象，但他们更多的是带着艺术创作的目的而强制性地、诱导性地使用了想象。这是想象的一条路。还有别的路。别忘了读一读柯勒律治的《忽必烈汗》，他在梦中所得的一首诗。关于这首诗，有个非常有名的传说，是柯勒律治自己讲的。当然，自己讲的未必就是真的，事后追忆，难免添枝加叶。但你知道了故事再读诗，感觉会有所不同。柯勒律治患有风湿病，经常服用鸦片酊止痛。

止痛药一般都是麻醉剂,也是致幻剂,服药后,人会进入幻觉状态。夏天某一天,他住在乡间,服用鸦片酊后,坐在椅子上读一本东方游记,书里写到忽必烈下令在上都——现在中国的内蒙古地区——修建一座花园。柯勒律治不久即沉沉入睡,梦中见到了忽必烈花园的奇异景色。醒来后,梦里的情景栩栩如生,他就拿起笔,把梦写下来,写成一首诗。他原本要写几百行的,可是开始不久,有客人来访。他接待客人,耽搁了很长时间。客人走后,他的梦记不清楚了。因此,这首《忽必烈汗》只是一个断片,但作为断片也不短,有五十多行。

很多人赞扬《忽必烈汗》是英国浪漫派最精美的一首诗,这话太过分了。这首诗的迷人处只在它的梦幻色彩,写得神秘又朦胧,而且没头没尾。比如这样的句子:

> 但沿着松柏苍苍的山坡
> 急转直下,却是悬崖深谷!
> 一片荒芜!好像施过魔术,
> 会有女子在下弦月下出没,
> 为她的恶魔情人哀哭!

结尾一段开头说：

> 我梦幻中看见
> 一个操琴的女郎——
> 阿比西尼亚姑娘，
> 她轻轻拨动琴弦，
> 把阿波拉山吟唱。

英文真是很美，太美了！很像在铜版画上看到的中古骑士传奇中的场景，更像现在流行的幻想画。所以说，即使是梦，即使是借助致幻剂做出来的梦，想象力仍然是有限的。你读读波德莱尔就更清楚了。很多人在觉得才力不足的时候，借助致幻剂寻找灵感，有用，但作用有限。想象力是一种天分，人为地拔高、透支，高不到哪里去。

济慈在《夜莺颂》里说：

> 我的心在痛，困顿和麻木
> 刺进了感官有如饮过毒鸠
> 又像是刚刚把鸦片吞服
> 于是向列斯忘川下沉

后面还有：

唉，要是有一口酒！那冷藏
在地下多年的清醇饮料
一尝就令人想起绿色之邦
想起花神，恋歌，阳光和舞蹈
……
我要一饮而尽而悄然离开尘寰
和你同去幽暗的林中隐没

他反复提到毒药、鸦片、各种酒，我在想，他是不是和柯勒律治一样，也有服药和饮酒的习惯呢？

你学过叶芝的诗。他早年的诗，有类似柯勒律治的情调，比如那首著名的《茵尼斯弗利岛》，以及那些关于库楚兰的诗，是不是有点像《忽必烈汗》呢？把梦中景物写得朦胧迷离、有超人世的奇丽，后来也算一种时髦。直到二十世纪初，美国还有诗人在模仿柯勒律治，我偶然知道的一例便是康拉德·艾肯的《空中花园》。说实在的，就诗论诗，《空中花园》比《忽必烈汗》写得好多了，比它更精致。可是没办法，艾肯晚出，他是模仿。

叶芝是象征主义的大诗人，但在我心里，他是个不折不扣的浪漫主义者，这是就其对现实的态度而言的。同理，我也是。在他人以为幼稚的地方，是浪漫主义的病根在作怪。叶芝写过一本记录爱尔兰人的神鬼传说的小书，叫作《凯尔特的薄暮》。那里面没有像《聊斋志异》那样曲折复杂的故事，多半是简单的传说，但简单的传说被叶芝写得如天际浮云，悠然卷舒、自由自在。他叙事从容，仿佛华盛顿·欧文，但不像欧文那么烦琐。他非常优美，同时一点也不累赘——西方的散文作者，一旦优美很少有不累赘的。另外，叶芝是沉迷于幻想的人，他相信幻想，相信通灵。因此，他在神话世界中非常轻盈。相比之下，陶渊明那么散淡的人，在他最理想的桃花源里，现实沉重的影子还是挥之不去——他关心朝代的更换，希望没有税收，恐惧战乱——这不是陶渊明的问题，是陶渊明面临的现实的问题。这个区别是不同时代的中国和爱尔兰的区别。

浪漫派的特点，我抓住两个字：好奇。喜欢奇异的事物：蛮荒异域、奇风异俗、神鬼仙灵、生死轮回，等等。他们内心，就此而言，其实很单纯。浪漫派诗歌在中国二十世纪初有个短暂的回响，是一种时间上的错位。波德莱尔之后，一个稍有文学意识的人，无论多么天真，很难再回到浪漫派那里，写"她走在美的光彩里"那样的小夜曲了。浪漫主义作为一种精神——不仅是文学艺术的，也是道德的——比浪漫派文学更好，它自然不是我们精神世界的全部，但却是其中很珍贵的部分。

2015 年 6 月

2016 年 3 月 1 日改

甘口的良药

儿子喜欢狄更斯，读完了他除《艰难时世》以外的全部长篇，就中最爱《大卫·科波菲尔》，其次是《匹克威克外传》和《荒凉山庄》。说来惭愧，后两部我还没读过。《匹克威克外传》以幽默著称，我在书店找了几年，看到一本下册，没有上册，问营业员，说可能被人插放到别处去了。结果，我过段时间去书店一次，找那本上册，始终没找到。再以后，下册也没了踪影，估计被清理掉了。等到回北京，网购一套带走，却读不下去。可能是译文不够顺，也可能是因为读的时候，赶上情绪不对路，反正我没读下去。《荒凉山庄》也是因为找不到中译本。读英文，毕竟太累了，总使我想起上学时为考试而强读的情景，现在可是决不肯了。

我读过六七种狄更斯，喜欢《远大前程》，不太喜欢《双城记》。前者有青春的苦涩和甜蜜，后者弥漫着疯狂和野蛮。狄更斯的善恶有报情结太重。小说在报上连载，他必须照顾大众口味。故事的发展，几乎都是好人从小遭遇不幸，在艰苦环境下顽强成长，最后阴差阳错，遇到贵人，或发现孤儿本是富贵之家的弃子，于是一夜之间，命运逆转，终归是某种形式的大团圆。悲欢离合的故事，少不了巧合，少不了误会，少不了奇遇，更少不了千里伏线，到关键时刻突出奇兵。善恶有报是读者的期望，我承认自己看到最后，恶人败露，游子还家，有情人终成眷属，心里也高兴。放下书本，有如释重负之感。中国的"三言二拍"浸透了类似的世故，而且要借此作劝诫。但编书人并非每次都存不忍之心，一些善良的人物仍旧命运悲惨。《玉堂春落难逢夫》是何其标准的狄更斯模式，狄更斯小说的要素，它一项不缺。同是好结局的《卖油郎独占花魁》，就和狄更斯不沾边，有点像意大利传奇了。《杜十娘怒沉百宝箱》是悲剧，但悲壮而不低迷，《王娇鸾百年长恨》才是散不去的哀婉气氛。论劝诫，悲剧的效果胜过大团圆。不过以药相比，良药苦口利于病，自然是情理中事。利于病而又不苦口甚至甘口的良药，岂不是加倍受欢迎吗？问题是，世界永远不会是我们期待那样的，就连神灵也难以随时如愿。世界不彻底相反已算是相当客气了。先哲说，逆境磨炼意志、激发智慧，顺境养出懒惰、造成退化。人类历千万年没有绝灭，还在进步，证明我们的世界一直是逆境。现实果真如狄更斯所示，有因果，有逻辑，就不会有乌托邦主义，不用再借助伟人去实现什么理想了。

暑假回家，儿子从图书馆借了《艰难时世》，预备补课。我说，这一本不看也罢，非常乏味，说不定是他长篇小说里最差的一部。我在大学学欧洲文学史，近代以来的长篇小说，大名家，一人选一部，谓之代表作。英语作品是翻译较多的，然而十九世纪以前的英国小说，一个作家读一部也办不到，原因很简单，没书。像塞缪尔·理查逊，找不到译本。于是教授两眼望着屋顶，神游八极之外，谈谈《帕米拉》，谈谈《克拉丽莎》。我们听着，记着，准备着期末的填空和问答题。这种"放空枪"的基本训练，如果有心，可以终身受益。《战争与和平》一百万字，你没耐心读，可又要让别人佩服，怎么办？好办，借部好莱坞电影，查查维基百科，认真点的，借一本像样的欧洲文学史，之后就可以语重心长地对着一众后生小子侃侃而谈了。三十年过去，理查逊我只字未读。但没关系，如果需要，我也可以继续给别人讲这位十八世纪了不起的小说家。说他如何影响了卢梭，说他写一个多愁善感如林黛玉、心性高洁也如林黛玉的小女子，用书信体，讲一段爱情与欺骗的故事，足足写了一百万字。春花春雨，秋月秋风，处处都是泪水。你看看，什么叫感伤主义？你得无比细腻、无比敏感才行啊。没读过的书，你可以讲得更空灵，也更令人佩服，因为你不着色声，别人无迹可寻。

狄更斯是高产作家，被誉为名作的，足有十几部。我们的课本选代表作，八十年代初，别具只眼，选了很少人知道的《艰难时世》。要不是学英文读了简写本的《远大前程》和《雾都孤儿》，凭对《艰难时世》的印象，我就把狄更斯和写《穿破裤子的慈善家》的罗伯特·特雷塞尔看作一类货色了。《远大前程》是关于梦想和惆怅的，在穷小子匹普心中，那是富丽堂皇的伦敦和迷人的斯苔拉。匹普身上何尝没有巴尔扎克小说里来到巴黎闯天下的外省青年拉斯蒂涅的影子呢。虽然同途殊归，到底都是有志青年的习气。郝薇香小姐那样的角色，中国文学里没有——也许和曹七巧沾点边？因此给人印象深，以至她在招人厌憎的情况下，增添了小说的魅力。稍后读到福克纳的《献给艾米莉的玫瑰》，对于更有哥特气质的艾米莉，反而不以为怪，觉得是相当普通了。

早年读《大卫·科波菲尔》，对于从一个人出生讲起的故事，颇不耐烦。肖斯塔科维奇在口述自传里，对于这种写法——他是指传记或回忆录，狠狠挖苦了一通，我特别能理解。同样，对毛姆的《人生的枷锁》，也印象淡漠。现在读《大卫·科波菲尔》，拿起来就不能罢手。有些章节，必得读两遍才能尽兴，如贝西姨奶奶大战摩德斯通姐弟。狄更斯的好，就是人物超常的特异性格所造成的喜剧效果。但从艺术上讲，这种与生俱来、恒久不变的个性，使人物扁平化了。所以他笔下的人物的名字，不少都成为英语中的普通词汇。不变的独特个性，自然无可非议。人物要成熟、成长，个性要发展，是我们受教育那年代的文学理论反复强调的。我不是拿这个来抱怨狄更斯。说狄更斯的人物扁平，是因为在现实中，人的性格和内心世界是极其丰富的、多面的，在不同的环境下，有相应的表现。人常常做出连自己都觉得不可思议的事，事后平静下来，细细推理，也不是毫无缘由可寻。然而可能性太多，每一个都有缘由，都不是一朝一夕之功，却还是不可悬猜。人在关键时刻的作为，以及由此而积累和连缀成的所谓命运，究竟还是神秘。

狄更斯慈悲为怀，感动读者、摧其泪下之余，希望他们快乐。《大卫·科波菲尔》中，娇弱如温室花朵的朵拉不声不响地病逝，读者甚至来不及叹息再三。他不像言情小说家那样，压抑不住煽情催泪的本能，女主人公越是善良、越是美丽，越要延长其痛苦，使得死亡成为读者心头一扇永远擦不干净的油腻玻璃窗——福楼拜在《包法利夫人》中强化描写爱玛的死是有深意的，不可同日而语。这样，朵拉如在画中，分花拂柳而来，似云似雾而去，来去轻盈，形象从头到尾是统一的，没有矛盾。而在恶徒希普觊觎之下的艾妮丝，与大卫自小相识，大卫视之为良师益友，却出于谦和而有意保持距离。结果，这种狄更斯有意展现的彬彬君子的高尚行为，加上艾妮丝出于同情和理解的自我牺牲精神，实际上给希普制造了霸占艾妮丝的机会。在这种情况下，朵拉的夭折就成了天理上的必然，成了对大卫和艾妮丝的救赎。朵拉夭折，大卫方知艾妮丝一直深爱着他，有情人最终走到了一起。善恶有报，这种弱不禁风的道德理想，就其虚幻性而言，使得狄更斯无异于另一种面目的理查逊。问题还不仅仅是一点林黛玉式的哀婉或李义山式的缠绵，而是它让经世事还不多的人容易对世上的一切抱以善良的幻想。他们觉得辛劳得酬是理所当然的，他们把"赠人玫瑰，手有余香"抄在纸上，搁在微博微信的签名档，他们以为春风十里就永远是春风十里……呜呼，"自从盘古开天地"，太阳之下，宁有此乎。一句话，年轻人读太多狄更斯，天真绵延，徒染伤感。

那么，读谁的小说能教人坚韧和开朗？是《堂吉诃德》？《战争与和平》？还是励志经典的《约翰·克利斯朵夫》？我知道，要学得心肠硬，最好读巴尔扎克。想想高老头，想想拉斯蒂涅，想想拉斯蒂涅的恩师伏脱冷。要善良，读契诃夫。可是契诃夫心肠太软，太温良。在这个硬邦邦的社会，心肠太软的人很难生存。也许读读《水浒传》和《西游记》最好。《水浒传》教你豪迈和旷达，教你对朋友仗义。最重要的，是教你在某些时候，在可能的情况下，需要勇气，需要一点无拘无束，甚至自由放纵。我们生活在规范中，我们自身亦是规范，是自己也是他人的规范。《水浒传》告诉你的是，也许一生只有一次，在规范的完美圆形封闭上，找到一个缺口、一道裂缝，然后跳出去。《西游记》轻快、风趣、机智、勇敢，有一种不屈不挠的精神。在这背后，还有一个人对理念的坚持和春风和煦的自信。在西行四众的道路上，除了路和时间，其他什么都不重要，山、水、妖怪、神仙都不重要。到最后，连时间也不重要。

《水浒传》和《西游记》的英文书不好读。美国的中小学生必读《富兰克林自传》,很好,但仅此一种,不免单薄。有理智,有胸怀,拿得起,放得开,该庄重的时候庄重,该洒脱的时候洒脱,读什么书能把人培养成这样?如果有,其唯《论语》和《庄子》乎。

2015 年 10 月 28 日

玛丽亚·尤金娜

一

我一直奇怪,好莱坞电影中,为什么很多喜剧性质的狂人都是歌剧爱好者。比较近的例子是《超人回归》中凯文·斯佩西扮演的勒克斯·路得,在他游艇的狭窄空间里,我们听到了《拉克美》和《卡门》的著名片段。喜欢音乐算不上一件事,奇怪在于所好与其性情相距太远。历史人物亦然。我很想知道林肯是否爱听管弦乐,罗斯福是不是会唱民歌。我知道克林顿吹萨克斯管,希特勒崇拜贝多芬和瓦格纳,列宁自称爱听贝多芬的钢琴协奏曲。斯大林喜欢什么呢?他喜欢玛丽亚·尤金娜的演奏。

玛丽亚·尤金娜（一八九九~一九七〇）是俄国犹太裔钢琴家，以演奏巴赫和贝多芬著名。有人说，她对巴赫作品的处理，开了后来名声如日中天的加拿大钢琴家格伦·古尔德的先河。尤金娜是个虔诚乃至狂热的基督徒，特立独行，有如隐士和颠僧。在苏联时代，她无所畏惧，敢做敢言，而且运气奇迹般地好，既没有死于秘密警察的枪口，也没有失踪于劳改营。

尤金娜和作曲家肖斯塔科维奇是圣彼得堡音乐学院的同学，也是好朋友。尤金娜演奏当代人的作品，其中自然少不了肖斯塔科维奇。肖斯塔科维奇在晚年口述的回忆录《见证》中，对于尤金娜有很多精彩的描述和评说：

> 尤金娜是个奇怪的人，非常孤独。
>
> 因为她对贝多芬的理解极为深刻。我印象特别深的是听她弹奏贝多芬的最后一首奏鸣曲（作品111），第二乐章特别长，特别沉闷，但是听尤金娜弹奏的时候我似乎感觉不到这一点。
>
> 从外表看，尤金娜的弹奏没有多少女性特征。她通常弹得很有气势，很有力量，像男人一样。她的手很有力。颇像男人的，手指长长的，很强健。她抬手时有一

种独特的手势，用一个陈腐的比喻：像鹰爪。

她在年轻时穿的是长裙子的黑衣服。尼古拉耶夫常常预言她年老时一定会披着透明的长衫在台上出现。她的听众总算幸运，尤金娜没有实现他的预言，她还是穿没有样式的黑衣服。

在我的印象中，尤金娜在她整个一生中都穿着同一件黑衣服，又旧又脏。但她在最后几年还加上了一双运动鞋，不论冬夏。当1962年斯特拉文斯基来到苏联时，她穿着运动鞋去参加招待会。"让他看：俄罗斯先锋派是怎样生活的。"

但是尤金娜显然相信她自己是个圣徒，或者说是个先知。尤金娜演奏的时候一向像是在宣教。那没关系，我知道尤金娜对音乐有一种神秘的看法，举例说，她把巴赫的《戈尔德伯格变奏曲》看成是一系列圣经的插图。

她读帕斯捷尔纳克的作品，而且是在他被查禁的时候。……当然，她那出名的朗诵（我记得是插在弹巴赫和贝多芬的作品之间）是尤金娜一连串遭到非难的怪事中的一大怪事。

肖斯塔科维奇奇怪：尤金娜不是颠僧，怎么行为完全

像颠僧呢?

比如冬天,身为教授的尤金娜,除了薪水,还有演出收入,却要向人借五个卢布。因为她房间的窗户玻璃碎了,风往里灌,冷得没法住。他们把钱借给她,但不久之后去看她,玻璃没有补上,用破布塞着。钱呢?尤金娜说:"教会穷,我把钱给教会了。"

二

晚年的肖斯塔科维奇谈起朋友和同时代的名人,多出怪言,如说托斯卡尼尼的指挥,是"把音乐剁碎了,在上面浇上令人恶心的调味汁"。斯特拉文斯基的音乐,"结构像脚手架那样外露,缺乏交融,缺乏自然的过渡"。这些说法显然太主观,太夸张了。他讲尤金娜的轶事,但愿没有胡编:

> 总的说,我不喜欢看见尤金娜——每当见到她时,我总会惹上一点不愉快的和尴尬的事情。她不断出一些怪事。有一次,我在列宁格勒的莫斯科车站。"啊,喂,喂,上哪儿去?""上莫斯科。"我说。"啊,太好了,太巧了。我在莫斯科有一个音乐会,但是我去不了了,

劳你驾代替我去开这次音乐会吧。"这个料想不到的建议当然使我吓了一跳。……尤金娜把她的曲目告诉了我。"不,我不行……怎么行呢?这会叫人奇怪的。"说着,我赶紧上了车。从火车窗口,我看到尤金娜在月台上来回地走,大概还想找一个去莫斯科的钢琴家能接受她那个怪建议。

肖斯塔科维奇说:

> 尤金娜为人正派、善良,但她的善良是歇斯底里的。她是个歇斯底里的教徒。……只要受到一点点刺激,尤金娜就会跪下来或者吻人的手。

他特别不习惯尤金娜一见到他就热切劝告:"你离上帝很远。你一定要靠近上帝。"有一次在墓园,尤金娜匍匐在地,还忘不了这么劝告,肖斯塔科维奇只得一挥手,落荒而逃。

对于认定正确的行动,尤金娜不管别人怎么看,恣意而为,无所忌讳。肖斯塔科维奇回忆说:

卡拉扬来到莫斯科，入场券一抢而空，无法买到。剧院门口围着警察，有的骑在马上，有的站着。尤金娜在剧院门口摊开裙子席地坐下了。当然，一个警察走了过来。"女公民，你妨碍秩序了。怎么回事？"尤金娜说："不让我进音乐厅，我就不起来。"

如此行事当然要付出代价。朗诵帕斯捷尔纳克诗的事发生后，列宁格勒禁止她演出。禁演事件还发生过好几次，然而尤金娜每次都有惊无险，平平安安活到七十岁，寿终正寝于莫斯科。原因简单得不可思议：她是斯大林最喜欢的钢琴家。

最有趣的一件事便发生在尤金娜和斯大林之间。

三

肖斯塔科维奇说，有一个时期，斯大林经常几天不见人，自己猫在屋里听收音机。有一天，他给莫斯科电台打电话，问他们有没有莫扎特《第二十三钢琴协奏曲》的唱片。此前一天，电台刚播放了这首曲子。斯大林还说，要尤金娜演奏的。

电台领导连声说，有，当然有。实际上没有，因为音乐会是实况转播。他们不敢说没有。说没有的后果，丢饭碗是小事，掉脑袋就不好玩了。"那好，"斯大林说，"把唱片送到我的别墅来。"

电台领导们顿时慌了，连夜把尤金娜和乐队找来赶录唱片。所有人都吓得发抖，只有尤金娜例外，她历来不把任何人放在眼里。

尤金娜告诉肖斯塔科维奇，第一位指挥太紧张，根本没法工作，只好把他送回家。请来另一位指挥，结果这一位好不了多少，一通乱来，把乐队整糊涂了。熬到凌晨，换上第三位指挥，才把曲子录完。

唱片整理好，立即送给斯大林。不久，尤金娜收到斯大林送来的两万卢布——这在当时是很大一笔钱。尤金娜写了这样一封信给斯大林：

> 谢谢你的帮助，约瑟夫·维萨里昂诺维奇。我将日夜为你祈祷，求主原谅你在人民和国家面前犯下的大罪。主是仁慈的，他一定会原谅你。我把钱给了我所参加的教会。

肖斯塔科维奇的口述随兴所至、松散凌乱，但下面这两段描述，却难得地清晰简洁：

> 尤金娜把这封自取灭亡的信寄给了斯大林。他读了这封信，一句话也没说。他们预期他至少会皱一下眉毛。当然，逮捕尤金娜的命令已经准备好了，只要他稍稍皱一皱眉头就能叫她消失得无影无踪。但是斯大林一言不发，默默地把信放在一旁。
>
> 尤金娜什么事也没有。他们说，当领袖和导师被发现已经死在他的别墅里的时候，唱机上放着的唱片是她所演奏的莫扎特协奏曲。这是他最后听到的东西。

故事流传甚广，肖斯塔科维奇回忆录披露的细节也不是最详细的。关于录音，可以补充的是：

当领导们把莫斯科广播电台交响乐团的全体成员以及尤金娜和指挥全部召齐，已经过了晚上十点。第一位指挥因为紧张，连连出错，连开几次头都不成。换上的第二位指挥，到场时喝得醉醺醺的，乱糟糟地试了二十分钟，乐队成员不干了，放下乐器抗议，于是这位指挥也被送回家。第三位指挥对这首协奏曲了如指掌，他到场时已经半夜一点半，被告知要演奏的曲目后，脱下大衣，登上指挥台，说了一句:"啊哈,莫扎特!"然后一气呵成,录完全曲。

第三位指挥之所以能够镇定自如,可能是因为他不知道是在为斯大林特别录制唱片。

关于斯大林和那封信,可以补充的是:

信送到斯大林的别墅,秘书拆开读过,立即通知莫斯科的警察首脑,后者赶紧转呈克格勃头子贝利亚。三人会合后,一起来见斯大林。斯大林读信时,他们目不转睛地注视着斯大林的脸,只要斯大林有一点暗示,他们将立刻让尤金娜彻底"消失"。但斯大林读完信,没有任何恼怒的表示,只是默默地把信揉成一团,扔进垃圾篓。

一九五三年三月五日,斯大林去世,尤金娜的唱片还在他的唱机上转着。

四

赶录的莫扎特协奏曲,虽然只为斯大林制作了一张唱片,苏联解体后,发现母带还保存着,现在已经制成唱片公开发行了。

至于那封信,在肖斯塔科维奇的回忆录出版后,有人表示怀疑,因为太不可思议了。肖斯塔科维奇在口述时,特地做过解释。他说:"我知道这件事看上去简直不可相信,但是，尤金娜虽然有许多怪癖，我还是可以说一句：她从来不撒谎。"

肖斯塔科维奇说，斯大林很迷信，因为迷信，在涉及宗教的事情上，他会表现出令人意想不到的宽容。肖斯塔科维奇认为，斯大林"袒护"神职人员，是因为他小时候在宗教学校念书，毕业后又进了俄国东正教的神学院。"那些教师把五花八门的宗教方面的东西灌进他的脑子"，他对教师又敬又畏，这种心理保持了一生。有一次在和平大会上，请来一位大主教讲话，结果他没有演讲稿，准备即兴演讲。这当然不行。会议僵住了，主持者请示上级，谁都不敢做决定，最后只好报到斯大林那里。没想到，斯大林说，他爱怎么讲就怎么讲。

俄罗斯的颠僧传统是人所共知的，肖斯塔科维奇也提到暴君和颠僧的关系。事实上，如果上面的故事连细节都属实，尤金娜比起历史上的任何颠僧都不逊色，包括肖斯塔科维奇喜欢的穆索尔斯基的歌剧《鲍里斯·戈都诺夫》中的皮蒙。

肖斯塔科维奇没有提到的，更富传奇色彩，同时也不太可靠的一个细节是：唱片送到斯大林那里，只听了开头几小节，斯大林就热泪盈眶。

这个，我倒是可以理解。我更想知道，当他听完深沉的第二乐章，心情又是如何。

尤金娜的录音我听了多遍，事隔几十年，母带保存不佳，声音有点沙。柔板部分感觉更慢一些，第三乐章则激情洋溢，这样，两个乐章的对比就更加强烈。肖斯塔科维奇说尤金娜的演奏是情绪控制的，钢琴家里赫特说尤金娜的演奏个性突出，但在这里，一切都还是优雅，并没超出常规。莫扎特到底是莫扎特，谁弹莫扎特，都只能跟着莫扎特走。就像在光亮面前，无论暗黑还是浅灰的影子，都会展露出本来的形象一样。

2012 年 8 月 17 日

布伦特之罪

阿加莎·克里斯蒂在小说《无人生还》中写到一个名叫埃米莉·布伦特的人，一个自命清高、曾经相貌很好看的女人，铁杆清教徒，单身，家境不错。有位患了绝症的退休法官，决意在死前以一己之力伸张正义，从那些犯下了严重罪行而法律对他们无能为力的"恶徒"中挑选出九人，诱骗到孤岛上杀害。布伦特就是其中之一，她的罪行是逼死了女仆比阿特丽斯·泰勒。泰勒，一个年轻女孩，在恋爱中做了某些"伤风败俗的事"。布伦特不仅给她以严苛的道德裁判，称她"品德败坏、放荡不羁"，而且"一分钟也容不得"，将她逐出家门。结果，在布伦特和女孩父母"毫不姑息"的逼迫下，女孩投河自尽。

在书中人物维拉的眼里，布伦特的形象是：

> 一身黑绸衣衫，等着吃晚饭，现在，她正坐在自己的卧室里，读《圣经》。她喃喃地嚅动着嘴唇，逐字逐句地念道："异教徒们自作圈套自己套，借网藏身反而自投罗网。上帝的审判，执法不阿；作恶之人作孽自受，作恶之人必入地狱。"她闭上嘴，紧撅着，合上了《圣经》。她站起身来，颈项上别了一枚苏格兰烟晶宝石别针，下楼吃饭去了。

录音留言宣读各人的罪状，众人先是震惊，继而愤怒，然后是出自本能的自辩，而布伦特不然。她面对质疑，"挑着双眉"冷冷地说："我没有什么好说的。""根本谈不到辩护问题。我做事从来不违背我的良心。我没有什么好谴责自己的事情。"

冷峻，傲慢，坚定，神一样的道德优越感。

当维拉对于泰勒的死表示不忍时，布伦特说："那个没人要的东西，良心上背了一条罪过还不够，还要造孽。自己去寻了短见。"维拉说："但是，如果说就是因为你的——狠心肠——逼得她出此下策的话……"布伦特恶狠狠地打断她:"她自作——咎由自取——她自受。要是她规规矩矩安分守己,这些事本来不会发生的。"

克里斯蒂对布伦特令人不寒而栗的冷酷描写得栩栩如生,在岛上人物一个个横死之际,维拉看到的布伦特,尽管深知难逃厄运,依然镇静如常,正襟危坐织毛衣。

一想到她,就好像看到一张灰白色淹死人的脸,头发上缠着海草……这张脸曾经很好看——好看到可能把什么东西都不放在眼里的程度——如今,这张脸却连怜悯和恐惧都没有了。

在布伦特身上我们看到了什么呢?首先,她有信仰,坚信自己站在道德的制高点上。其次,面对死亡时,尽管内心惊恐,却保持着表面的镇定,显示出视死如归的样子。她严守清教徒的戒律,生活得单调而孤独。因为第一点,她视自己的正确性高于一切,觉得自己是道德的化身,可以替神在尘世行使审判和惩罚的权力。不管做了什么事,决不认错,决不后悔。即使意识到错了,为了捍卫一贯的正确性,将不惜用更多的暴行来掩盖真相和证明自己的无误。事实上,她对泰勒的情爱的超乎寻常的愤怒,更可能出于嫉妒，因为那种青春亮丽的爱情，是她无从享受的。因为第二点，她在公众面前是一个品行高尚的形象。个人生活的严谨乃至清苦，给了她谴责和惩罚他人的理由。就像中国古代的某些清官或者道学家，以己律人，自己禁欲便容不得他人的放纵，自己清寒到不近人情，便容不得他人的正常生活，结果苛政严刑、残暴成性，成为民众谈之色变的酷吏。正如刘鹗在《老残游记》自评中所说的：

> 赃官可恨，人人知之；清官尤可恨，人多不知。盖赃官自知有病，不敢公然为非；清官则自以为我不要钱，何所不可，刚愎自用，小则杀人，大则误国，吾人亲目所见，不知凡几矣。

孔子爱谈君子、小人之分，小人这个词，意思有多种，我们只取最常用的一义——坏人。世上的坏人千千万万，粗略分一下，至少有三种。第一种，就是不折不扣、真正如王麻子剪刀或狗不理包子一样货真价实的坏人，人人都知道他是坏人，彻头彻尾坏到底，不做坏事那就奇怪了。比如现在电影里的希特勒，还有金庸小说《天龙八部》里的四大恶人，尤其是专门污辱妇女的云中鹤，那是丝毫不值得原谅的,自然,也不能骗人。第二种,众所周知,是假装好人、背地里坏事做尽的家伙,所谓伪君子是也。伪君子因为善于伪装,坏事做得更绝、更大、更多、更容易成功,往往在不幸灭亡之前,还背负盛名,欺骗善良百姓。比如金庸《笑傲江湖》里的岳不群妄图一统江湖,名门正派的左冷禅本来实力大得多,稳操胜券,可他的野心亦如司马昭之心,路人皆知,结果便被深藏不露的小人岳不群逆袭成功,"篡夺了胜利果实"。

伪君子可怕,也遭人鄙视,但我觉得,还有一种人比伪君子坏得多,也可怕得多,这就是那种认为或假装自己手握真理的人。他们以真理之名、以神或正义之名杀人越货,破家灭国,从不内疚,从无罪恶感。衣履素洁、鼻子秀挺的埃米莉·布伦特就是这样的人,在我眼里,她比横刀剪径的强徒令人讨厌得多。谴责布伦特这样一个平凡且赢弱的妇人,显然小题大做,但在我眼里,布伦特不是一个具体的人,而是一种具体的思想、一个符号、一种势力,那又岂是一个"讨厌"可以形容的?人类的德行往往体现在微小的事物中,体现在日常生活中那些寻常的细节上。想想欧洲中世纪的宗教裁判所,想想奥威尔的大洋国,我们再潇洒淡然,也该用上"恐怖"这个词。

孔子谈小人，最切中要害的一句话是："君子而不仁者有矣夫，未有小人而仁者也。"仁是根本。布伦特的"执法不阿"名义再好听，其如不仁何！

2017年1月3日

尼采的幻象

一、驱逐黑暗

说到人,法国作家安德烈·马尔罗在其著名的《反回忆录》中反复强调:看人,要看他隐瞒的部分,看他即兴表现出来的那一部分。他说:

> 从本质上讲,人是他自己所掩饰的东西。了解一个人,在今天看来主要是了解他身上非理性的东西,他自己控制不了的东西和从自我树立的形象中抹去的东西。

换句话说,"人不过是一小堆可怜的秘密"。这段话容易引起误解，因为它显然不能普遍适用。在马尔罗的书中，一个未曾明确交代却毫无疑问的前提是：他指的是名人，他的议论是就身处特殊环境中的那些特异人物而言的，比如尼采和戴高乐。

马尔罗的叔公沃尔特是尼采的好友，他了解尼采，因此很清楚，俗世对于这个痛苦的哲学家积存了多少偏见。他指着墙上的尼采画像，对马尔罗的父亲说，他认识尼采的相貌，可惜相片传递不出尼采的眼神：尼采有一种女性的温柔，尽管留着凶神般的胡须。

他讲了尼采这样一件事。某年，尼采在都灵突然精神失常，沃尔特和另外两位朋友送他回巴塞尔。由于身上没带足够的现金，他们只好坐三等车厢。

> 从都灵到巴塞尔，旅途漫长，车厢里挤满了穷人和意大利工人。小旅店的老板们再三告诫，要我们注意弗雷德里希的发病。总算找到三个座位。我站在过道里，欧弗贝克坐在弗雷德里希左边，密斯舍牙医坐在他右边；旁边是一位农妇……母鸡不住地从农妇的竹篮里探出脑袋，她旋即把它按进去。车厢里的气氛让人心烦意乱，我是说令人烦躁！对于一个……病人会有怎样的后果呢！

列车驶入刚竣工的圣·戈迭尔隧道,这条隧道很长,穿过隧道需要整整三十五分钟。在这段时间,四周一片漆黑,而三等车厢里没有电灯。对此,沃尔特很担心:"尽管车身哐啷作响,我仍能听见母鸡啄竹篮的声音,我等待着。要是黑暗中突发意外怎么办?"

就在令人焦虑的黑暗中,尼采突然唱起歌来,唱起一首他们不曾听过的歌,声音"盖过车轴的喧嚣声"。这就是他最后的一首诗《威尼斯》:

> 褐色的夜,/我伫立桥头,/金色的雨滴/在颤动的水面上溅落。/游艇,灯光,音乐——/醉醺醺地在朦胧中飘荡……/远处传来歌声,/我的心弦/被无形地拨动,/悄悄奏起一支船歌,/颤栗在绚丽的欢乐前。/——你们可有谁听见?……

沃尔特说:"我不太喜欢弗雷德里希的音乐,平淡无奇,但一首歌,我的上帝!这般雄伟壮丽。"

在列车驶出隧道前,尼采停止了歌唱。不久,列车驶出黑暗,一切恢复了原样。

尼采的诗充满孤傲,有与这个世界隔绝的感觉。他俯瞰众生，推倒陈旧的偶像，树立新的标准，让人作智慧和精神上的超越。他的救世思想看来是那么不合时宜，人们觉得，与其说他是先知，不如说他是疯子。在哲学著作里，尼采给人的感觉是暴君一样的自信与专横。而在诗里，他展示了另外一面：敏感，忧郁，渴望快乐……在疯狂与绝不妥协的信念上，作为一个艺术家，他和凡·高有相似之处。

尼采说：我的灵魂平静而明亮，宛若清晨的群山。又说：白昼的光，如何能够了解夜晚黑暗的深度呢？

对于尼采，悲伤是一把双刃剑。它滋养他，也伤害他，它滋养他多少，也就伤害他多少。奇怪的是，他在悲伤中并不孤独，并且因悲伤而强大。一辈子都在与以一切面目而唯独不是恶的面目袭来的恶搏斗。他用歌唱来驱逐黑暗。

马尔罗见过和尼采有过亲密交往的女子莎乐美，那时她已上了年纪，穿一身粗布衣裳。阿莱维夫人问她，喝茶还是波尔图甜酒？莎乐美回答："我不是为此而来。"马尔罗回忆道：

> 我们来到客厅一隅单独交谈，我先跟她谈起她那本

写尼采的书,然后把话题切到尼采本人。她抬起经过美国牙医休整过的下颌,那双美丽的明眸失去了神采,回答说:"我倒是真想回忆一下,在科姆湖北边的那条路上——你也知道——是否吻过他。"

2016 年 1 月 25 日

二、尼采的幻象

长期以来,我一直自以为是喜欢尼采的人,对他也很了解。超人,瓦格纳,酒神精神,上帝死了,偶像的黄昏。想起来,一个个仿佛李白的"床前明月光"似的。实际上,我对尼采所知有限,连初级的爱好者都谈不上。但若说他对我影响巨大,也非虚言。有限的肤浅理解也能影响人的一生,而且这影响是正确的,不是种豆得瓜那一类。这情形要说很奇怪,然而却是那么理所当然。

我读过尼采的诗,买过一本印刷得很粗劣的尼采诗选,好像是绿色的粗纸封面,没有图案和纹饰,绿底子上印一行黑字做书名。一字不落地读完,印象不深。抄下了两三首,如今也毫无印象。原因呢?是书装帧得太丑,还是译文太平常？不明白。

那天在微博上看到一句话，关于月亮的："月亮，走过星星地毯的猫。"好美的诗句！一查，居然是尼采的诗。三十年没摸过尼采的诗集了，尼采还写过这样的诗句？

等到周末，满世界找尼采的书。三家中文书店看过，当然没有。图书馆，没有，就连英译的也没有。书架上有一本新到的《超译尼采》，台湾商周出版，是一本尼采箴言集，日本人白取春彦编选的。草草一翻，类似励志小段子，而以选自《人性的，太人性的》一书为最多。不管怎么说，借回看看。

回家后细细一想，这么多年，到底读过尼采什么书呢？大学前后读了《苏鲁支语录》，这是因了鲁迅的推荐。不过他介绍的徐梵澄本，多年后才买到一册商务印书馆的汉译学术名著版。然后是《悲剧的诞生》。

《苏鲁支语录》让我记得的只有两点：打破偶像，要做超人。其中的深意，被我简单理解为傲慢，就是在读过的中外大作家身上见到或想象出来的那种傲慢，恰好投合了青春年代不可一世的意气。《悲剧的诞生》教会我一对新词：阿波罗精神和酒神精神。同样，酒神精神很自然地被理解为李白加波德莱尔式的狂放。

傲慢和狂放，在我身上一分钟也没实际展露过，我也不觉得它们曾经存在过。它们深埋在心底，如同一个见不得人的秘密，其实是一个幻象——我们的行为，有这么多是靠幻象支撑着的，即使在我们意识到它不过是一个幻象之后。

在北京期间，还买过一本书，同样的简陋印刷品，但我怎么都想不起是哪一本书：《善恶的彼岸》？《偶像的黄昏》？《人性的，太人性的》？肯定是它们中的一种。以后在书店见到这三本书，每一本都似曾相识，终于每一本都不肯买下。

今年春天，因为朋友的不断说起，终于把在书店搁置很久的《尼采遗稿选》买回。除了买了又丢失的那本，这是我手头的第三本尼采著作，也是认真读完的第四本书。这本书唤醒了我对尼采的喜爱，即时的成果是在网上看完一部名叫《当尼采哭泣》的电影。电影把尼采说得很善感、很脆弱，我觉得不符合尼采的性格，也不符合我对尼采的想象。

其实我还有一本雅斯贝斯大名鼎鼎的专著《尼采》，但自买回读过序言后就没动过。它在桌面上搁置了很久，似乎只要不时看一眼黑色封面上的尼采头像就满足了。现在，终于不知沉埋在壁橱深处的哪一个纸箱子里。

商务印书馆的汉译学术名著丛书还收入了尼采的《权力意志》，厚厚的上下两卷。几次想买，觉得太贵，要五十多美元呢，还要加税。要是只有一卷就买了。由此看来，我对尼采的热爱是有保留的，区区五十美元就可打败它。我爱尼采艺术激情的一面、抗争斗士的一面、蔑视权威的一面，但我不喜欢"权力"这个词，它看起来太刺眼。

说到这里，已经暗下决心，买一套《权力意志》。尼采的诗呢，不知道有没有好的中译。

《超译尼采》马上就要归还，作为翻阅的纪念，我从书中抄了几段话，留在日记里。这是其中的一段：

> 高喊"平等"的人，其实内心隐藏着两种欲望。一种是企图将别人拉低到与自己同样水准的欲望，一种是希望自己能提升到别人同样水准的欲望。

阿弥陀佛，我再也不上当了。

2013年9月25日

堂吉诃德及其他

一、"刍狗"和堂吉诃德

《堂吉诃德》第二部第十二章，两位主人公有一段关于演戏的对话。堂吉诃德说："戏剧演员的衣着服饰若是做成真的就不合适了，只能做假的。这就同戏剧本身一样。""没有任何东西能像戏剧那样，表现我们现在的样子和我们应该成为的样子。在戏剧里，这个人演妓院老板，那个人演骗子，这个人演商人，那个人演士兵，有人演聪明的笨蛋，有人演愚蠢的情人。可是戏演完后，脱下戏装，大家都是演员而已。"

堂吉诃德接着说："戏剧和现实一样。这个世上，有人当皇帝,有人做主教,一句话,各种各样的人物充斥着这部戏。不过,大幕落下之时,就是人生结束之日。死亡将剥掉把人们分为不同等级的外衣,到了坟墓里,大家就都一样了。"

桑丘说:"这类比喻我已经听过多次,譬如说人生像一盘棋。下棋的时候,每个棋子角色不同。可是下完棋,所有棋子都混在一起,装进口袋,就像人死了埋进坟墓一样。"

读这段对话,使我想起老子的名言:"天地不仁,以万物为刍狗。"

"刍狗"一词已经进入英语,译作"稻草狗"(Straw Dogs)——古代祭祀时用草扎成的狗。萨姆·佩金帕1971年的同名电影,使这个词迅速流行开来。在影片里,稻草狗有微贱和行尸走肉的意思,近似"草民"而意思更深一层,相当于"苟活的草民""浑浑噩噩的草民"。魏源解释"刍狗"说:"结刍为狗,用之祭祀,既毕事则弃而践之。"英语大约取意于此。

《老子》的注释是先秦经典中最复杂的,"刍狗"这一段自不例外,关键的分歧在"不仁"的"仁"字。仁者爱人,仁的本意是"亲爱"。但《老子》的话,如果解释"仁"

为"仁爱",含义就单薄了。苏辙《道德真经注》释"仁"为不偏私,虽非创见,却是最准确的。我看过几种英译本,采纳的都是他的注解。苏辙说:

> 天地无私,而听万物之自然,故万物自生自死,死非吾虐之,生非吾仁之也。譬如结刍以为狗,设之于祭祀,尽饰以奉之,夫岂爱之,时适然也。既事而弃之,行者践之,夫岂恶之,亦适然也。圣人之于民亦然,特无以害之,则民全其性,死生得丧,吾无与焉。虽未尝仁之,而仁亦大矣。

大意说,天地对于万物,生老病死任其自然,不加干涉,虽然并未施以仁爱,体现的正是大仁大爱。

苏辙还写了一首《土牛》诗,进一步阐述他的观点:

> 天地非不仁,万物自刍狗。
> 土牛适成象,逡巡见屠剖。
> 田家挽双角,归理缫丝釜。
> 生无负重力,死作初耕候。
> 碎身本不辞,及物稍无负。

> 君看刘表牛,岂脱曹公手。

顾颉刚《浪口村随笔》说:

> 夫万物当春而荣,当秋而杀,而不任其常荣,此天地之不仁也。百姓得其时则富贵,不得其时则贫贱,而不任其常富贵,此圣人之不仁也。
>
> 重自然之变化,轻人为之矫揉,诚道家之中心思想。

苏辙说"大仁",顾颉刚说"不仁",意思一样:重自然,轻人为。他们的解释秉承的是庄子的思想。

注《老子》最有名的王弼,在此处犯了一个错误,他以为刍狗是刍和狗,是两种动物,因此发挥道:"天地不为兽生刍,而兽食刍;不为人生狗,而人食狗。无为于万物而万物各适其所用,则莫不赡矣。"顾颉刚因此猜测说,王弼不知道刍狗即草狗,估计到晋朝时候,已经没有刍狗之祭了。

这个猜测恐怕大胆了些,唐人刘禹锡的《汉寿城春望》诗中有一句"田中牧竖烧刍狗",牧童在田间烧草狗。假如是实写,那么,用草狗祭祀的习俗在唐朝依然存在。

《庄子·天运》篇很生动地描写了刍狗在祭祀前后的身份变化："夫刍狗之未陈也，盛以箧衍，巾以文绣，尸祝齐戒以将之；及其已陈也，行者践其首脊，苏者取而爨之而已。"庄子大概是想说，用过被弃的刍狗，想重温祭祀前的荣华之梦，恐怕是不可能的吧。

"以万物为刍狗"，老子的意思，实际上就是桑丘所说的：下棋之时，有王后、骑士、主教之分；下完棋，棋子入盒，最有权势的后、价值最小的兵，就都是一枚棋子而已。也是堂吉诃德所说，幕落之时，众生平等。

这就是天地的仁，也是天地的不仁。

2014 年 7 月 14 日

二、晚饭后读托尔斯泰

晚饭后读《战争与和平》，读到安德烈在大战前夜，于月下徘徊："夜雾弥漫，月光神秘地穿透雾霭。"想起一个朋友说，又到十五之夜了，这句简单的描写唤起很多联想，而窗外秋叶浓密，看不见月光，只看见昏黄的街灯。这是第一卷的结尾，奥斯特里茨战役的前夜。俄奥联军乱象纷呈，只有少数清醒的人感到焦虑不安。安德烈跟随着库图佐夫，想到这一次，可能战死沙场，心中对所有的亲人，包括一直冷淡相待的怀孕的小公爵夫人，忽然充满了柔情。又想起当年看法国电影《拿破仑在奥斯特里茨》，如读东坡赤壁词。那时的法皇，真是"羽扇纶巾，雄姿英发"。大学同宿舍的兄弟，哪个不是像拿破仑一样，对未来满怀蔑视和信心。西方小说中的几部大部头，这两年终于有耐心逐一补读或重读。读时漠然或感动，都无复年轻时的样子，或许理解深刻了很多，但问题的核心不在这里。问题的核心是，和原来以为的相反，阅读不是超然于世事之上，而是一丝一缕都和世事相纠缠，和自己相纠缠。类比的牵强近于荒谬，然而情绪真实，有不知该作何言的感叹。秋气渐深，托尔斯泰伯爵的巨著也成了深秋的风景了。

小说写到第二卷，未经世事的娜塔莎差点被骗子安纳托利设计诱拐。她和安德烈公爵仿佛罗密欧与朱丽叶一般诗意的爱情，形成一个大波折。善良的皮埃尔在看望和安慰了羞愧不已的娜塔莎之后，沉浸在爱怜之中，这时：

> 天气严寒而且晴朗。在肮脏的、半明半暗的街道上方，在黑乎乎的屋顶上方，伸展着撒满繁星的灰暗天空。皮埃尔只有在仰望天空的时候，才不觉得人世的一切，

比起他现在灵魂的高度,是那么卑鄙可耻。

顺着故事一路读到这段话,不得不放下书,对着空荡荡的电脑发一会儿呆。事实上,第二卷结束于此,图书馆借到的刘辽逸译本上册也结束于此。下册不知被何人借走,久久不还。去图书馆看过几次,都没有着落。现在书读完了,按捺不住立刻接着读下去的愿望。到周末,再去图书馆,然后把附近四家中文书店逛过,世界书局没有任何版本的《战争与和平》,专卖畅销书的新华书店有一套某师大出版社的所谓世界文学名著丛书,蚁头小字的两册《战争与和平》,译者是个陌生的名字。翻过几段,包括上引这一段,便立刻明白,又是一个葫芦僧判断葫芦案式的自由译作。中华书局有竖排繁体的草婴译本。由于竖排,书厚了很多,就不太喜欢。中国风书店的一套,我知道,不久前才卖掉。

怎么办呢?或许可以从头再挑选着读一遍吧。若说故事,后两卷的故事我早知道,邦达尔丘克长达六个多小时的电影也看过不止一遍。时隔三十年,《战争与和平》使我沉迷的,是书中无数的细节,这些都像一幅古画或一首南宋的慢词,重温本身就是极大的享受。娜塔莎深夜不肯入睡,拉着女友陪她看月光,这多像我们想象中,十几岁的李清照在小院掐花的瞬间呢，假如有过那么一个瞬间的话。还有更重要的一点：书中的每个人物都经历了人生的巨大变迁，他们的成长是忧郁的，也是幸福的，走到现在，形成一个定格。他们没有机会回顾往事，我们替他们回顾，结果看清的是现在的自己。

安德烈孤高，皮埃尔敏感，罗斯托夫热情，娜塔莎纯美如天使，他们是世界的善良之镜，照出妖邪，照出丑恶，又给沐浴在他们的清辉中的人，以平实的希望：很多事，我们都可以做，我们按照内心美好的愿望去做的时候，并不在乎世人的眼光和褒贬。

读《战争与和平》这样的书，读的时候，快乐中难免绝望，因为看到了他人的伟大和我们的遥不可及，看到了我们这个时代的平庸。这样的感觉，朋友说，是把自己往死处逼。话虽如此，这种绝望说到底还是一种幸福的绝望，因为仍然觉得，人可以变得更好，更希望自己变得更好。或者说，读这样的书，使自己充实，更有了蔑视世上某些事物的理由。一些诱惑不再是诱惑了。那么似乎也可以说，我们是比以前更高尚了些吧。

2014 年 10 月 15 日

三、《一朵小云》

儿子进大学的第一学期,英文课选了《都柏林人》。这是他喜欢的书,高中时候就喜欢。高中那门课逐篇讨论《都柏林人》的十五篇故事,写简单的读书笔记。老师说,十五个短篇越往后越复杂,越往后越好。儿子问我是否如此,我说,差不多吧。《都柏林人》也是我喜欢的书,我们俩的区别在于,我最喜欢《死者》(还有排在前头,不复杂,带着淡淡怅惘的《阿拉比》),他最喜欢《圣恩》。

开学不久,儿子交作业,是关于《一朵小云》的,两千多字。他说很久没让我看作文了,上大学后的第一篇有了一定长度,思路不得不复杂起来,因此觉得没把握,想听听我的看法。我找出《都柏林人》,把《一朵小云》读了两遍。再读他的文章,觉得理解没有问题。他就是不自信,大概听了教授的理论,唯恐故事里藏着更深的寓意。我告诉他,几个论点都站得住,需要努力的,是把它们加深,说得更透彻。

小说结尾,小钱德勒回到家,看到妻子安妮的照片。安妮本来很漂亮,现在他却觉得她不够可爱。还有家具,安妮亲手挑选的,本来很好,现在也觉得不够好。原因很简单，就是他刚见面的那位在外面混成了大记者的朋友加拉赫说的话：结婚，要找有钱的女人，有钱，才能改变平庸的生活。小钱德勒有理想，对现状不满，但他性格软弱，没本事，喜欢诗，没有诗才，那么，唯一的路就是钱了。安妮是个好女人、贤妻良母，唯一的缺点是她没钱，不能提供他向上爬的阶梯。这就是小钱德勒此时忽然对她有些厌弃的原因。

人都有理想，但不是每个人都有野心。有时候，理想和野心是一回事，有时候，不是。有理想的人不一定有野心，有野心的人不一定有理想。有人是二者兼备，有人是混二为一。道德上的区分，就在于如何看待理想和野心。

加拉赫的观念是不择手段攀向上层社会。小钱德勒有理想而无野心，在被加拉赫一顿洗脑之后，借着酒力，他几乎有自己的野心了。

等到安妮回家，从他手中接过由于他的粗暴而啼哭的孩子，小钱德勒在一旁悔恨得流出了眼泪。他觉得，仅仅因为一位不靠谱的朋友的话，就差点产生那么不应该的念头，是可耻的。假如生活平庸，那也只是因为自己本身就平庸，那就是他的宿命，和安妮无关，更和孩子无关。

八十年代初，第一次接触乔伊斯。在一本外国文学杂志上，读到《都柏林人》中的两篇，一篇即此篇，另一篇是《伊芙琳》。两篇的篇名都优美，杂志上还配有简洁线条的插图，情节尽管淡忘了，篇名却牢记在心。另外一个深刻不移的感觉是，乔伊斯真好，我喜欢。凭着这一点，《青年艺术家的画像》中译本一出来，立刻去买。以后选课，他和叶芝是仅有的两位我各选了两门课去追随的现代英语作家。《青年艺术家的画像》收入"二十世纪外国文学丛书"，我最喜爱的版本，被一位同事借走，没有归还。和其他书不一样，这本未还的书，我耿耿于怀。

乔伊斯的短篇小说情节很淡，不像在同一期杂志上读到的赫胥黎的《蒙娜丽莎的微笑》那么惊心动魄，但《都柏林人》经得起反复读，它挖得深。人物的心境，在琐屑的生活细节之后透露的无奈和悲哀，大约人到四十岁以后才能感同身受。乔伊斯不会鼓励你做什么，也不会说某些事是必有的理想，或者坚定地宣告，人必须改变不满意的现状。事实上，求变在大多数时候，不仅没有可能，连梦想变化也是一种罪过，在没有行动之前即已造成悲剧。因为求变之心势必带来态度的微妙变化，就像小钱德勒非常不应该地对待他温柔善良的妻子安妮。平淡的力量就在于它不允许改变。没有激烈的斗争,没有生死搏斗,没有激情和怒吼。但背后的一切不容置疑,就像开天辟地形成的格局,它在那里,就意味着永远。事实上,故事结尾,小钱德勒悔悟了,一切又回到了原点。也许未来的若干年,生活中还会有这样那样的波动,但读者确信,小钱德勒顶多是再画几个圈子罢了。

2013 年 5 月 21 日补记

乔伊斯的雪

中国人的墓地,不管多么华丽,都是在强调生死之隔,气氛是阴森的。小时候在乡下,别说夜晚了,就是阳光亮丽的大白天,也不敢在坟墓丛中玩耍。或者因此之故,坟头周边的草木多较别处更茂盛,肥美的野果也没人敢摘。西方人的墓地要随和得多,一应装饰皆如花园,很有淡化阴阳两界的意思。墓地附近的住户,也许会把墓园当作极好的散步之处。面对坟墓而居,心中没有阴影。二十年来,我虽然换过几次工作,上下班途中,总要经过大片墓地,久而久之,也看习惯了。

早年在报社上夜班。报社在唐人街,我住皇后区。从皇后区开车过去,走高速公路,上桥不久,就看见夕照下一片林立的墓碑，背靠东河的逝水，金光灿烂。对岸是曼哈顿整齐的楼群，越过新泽西斜抹过来的阳光，留给我墓碑正面浓重的暗影。但厚厚一层余晖铺在碑顶，愈加光彩夺目。

死亡离我还太远，我能以游戏的态度看待，就像更早的年代，以更轻佻的态度看待古人严肃地吟咏他们的脱发和落齿。三十多岁的杜甫在诗里自称老夫，让人忍不住发笑。后来想想，他只活了五十八岁。自称老夫那年，死亡离他不过二十年的光景。他的预感真真切切，不是夸张。

每当一个熟悉的人离去，每当听到远近的朋友传来伤逝的消息，我时常会想起詹姆斯·乔伊斯小说《死者》的结尾，爱尔兰静静地下雪那一段。书在手边，会拿起来读一读。还会把这段文字抄送给别人，希望能够抚慰他们失去亲人的痛苦。

偶尔也会想起潘岳的《哀永逝文》，但那是不宜多读的文字。

生物物种的遗传基因里，很多设定是为了保证种族延续，对于个体的消亡，并不十分在乎，就像人为的集体主义和鼓励自我牺牲一样。但没有考虑到的情形是，人有一天会进化到有感情、有思想，而感情和思想常常与理智作对，支配了人类的行为。如果预作安排,哀伤就不会那么强烈、那么具有伤害性了吧,宗教可能也会有不同的发展方向。

《死者》写了老小姐莫坎姐妹家的一场晚会。主人公加布里埃尔是莫坎姐妹的侄儿,一个快乐的年轻人。他带妻子格丽塔与会,因晚会上的一首歌唤起妻子的回忆,他也因此得知了妻子年轻时的一段往事:一个爱她的十七岁男孩迈克尔·富里,在她离家赴修道院的前夜,为了再见她一面,拖着病体,来到她家花园,长久守候在雨中,结果病重不治。

小说里,宴会之后,加布里埃尔回到旅馆,躺在妻子身边,想起妻子路上讲的迈克尔·富里之死,忽然觉得伤感。他的伤感不是因为觉得生命脆弱,而是因为柔情。他因为想象中的妻子的哀伤而油然生起深深的爱意,同时觉得,多年以来一直隐忍在痛苦中的妻子,因为痛苦和隐忍突然变得那么美丽。而她的美和哀伤,多年来他一直忽视了。他爱她,没错,始终对她满怀激情。结婚多年,他甚至还会因为触摸到她的身体而心跳加快,会在她身后看着她行走的步态而无比爱怜。但他的爱又有多深呢?他爱她的美貌,爱她性子温柔,爱她的贤惠——尽管他母亲不怎么喜欢她,她还是悉心照顾他母亲——这些都是诚挚的、持久的。但他也许太习惯自我中心了,习惯了妻子围着自己转,却不曾花一点工夫深入到她的内心世界,分享她全部的生活经验:她的成长,她曾经的期望和痛苦,她的一声"累了"之后的一切一切。不错,她确实是他那位为了赴宴"需要打扮三个小时",被他像孩子一样呵护的太太,但她不止如此。格丽塔不只是一个漂亮的洋娃娃,她的情感世界同样辽阔深邃。

加布里埃尔想到,人都会老,就像他的两位姨妈凯特和朱莉娅。凯特已经行动不便了,朱莉娅经常会突然陷入忧郁。对他和格丽塔,死亡也是随时即可到来的事情,就像每天到来的黎明和夜晚。他并不惧怕死亡。在他之前,已经有无数人离去,在他之后,还将有无数人出生、生活,然后一一离去。有什么可害怕的呢?他只是觉得,因为这个欢宴之夜意外插入的死亡主题,他的情感进入了一个从未到达过的世界:

> 泪水大量地涌进加布里埃尔的眼睛。他自己从来不曾对任何一个女人有过那样的感情,然而他知道,这种感情一定是爱。泪水在他眼睛里积得更满了,在半明半暗的微光里,他在想象中看见一个年轻人在一棵滴着水

珠的树下的身形。其他一些身形也渐渐走近。他的灵魂已接近那个住着大批死者的领域。他意识到，但却不能理解他们变幻无常、时隐时现的存在。他自己本身正在消逝到一个灰色的无法捉摸的世界里去：这牢固的世界，这些死者一度在这儿养育、生活过的世界，正在溶解和化为乌有。

接着，世界再度被围裹在温暖的雪中：

　　玻璃上几下轻轻的响声吸引他把脸转向窗户，又开始下雪了。他睡眼迷蒙地望着雪花，银色的、暗暗的雪花，迎着灯光在斜斜地飘落。该是他动身去西方旅行的时候了。是的，报纸说得对：整个爱尔兰都在下雪。它落在阴郁的中部平原的每一片土地上，落在光秃秃的小山上，轻轻地落进艾伦沼泽，再往西，又轻轻地落在香农河黑沉沉的、奔腾澎湃的浪潮中。它也落在山坡上安葬着迈克尔·富里的孤独的教堂墓地的每一块泥土上。它纷纷飘落，厚厚积压在歪歪斜斜的十字架上和墓石上，落在一扇扇小墓门的尖顶上，落在荒芜的荆棘丛中。他的灵魂缓缓地昏睡了，当他听着雪花微微地穿过宇宙在飘落,微微地,如同他们最终的结局那样,飘落到所有的生者和死者身上。

美国导演约翰·休斯敦根据《死者》拍了同名电影,效果并不理想。乔伊斯的小说是高度精神性的。《都柏林人》里的十五篇故事全都如此。故事情节是外在的一个比拟、一个象征罢了。电影结尾再现的迷茫雪景,还不如前几年的一部恐怖片《静山》(*Silent Hill*)。我看那部电影里雪中无人的深山小镇,想到的正是乔伊斯的文字。那时我忽然注意到,躺在床上的加布里埃尔,紧接着那一句"整个爱尔兰都在下雪"之后,所有的描写、视角都是自空中俯瞰的,就像《静山》中的很多镜头。实际上,加布里埃尔的视角不可能那样。那不是加布里埃尔之肉身的视角,而是他心灵的视角。他是和作者一起,也和我们以及未来更多的读者一起,从一个现实中不可能的高度,观望着人类生生死死的世界。

休斯敦选了自己的女儿做电影女主角,须知安吉丽卡·休斯敦是不适合这种角色的。她的面相怪异,身材又极高瘦。乔伊斯在小说里对加布里埃尔太太格丽塔有过迷人的描写,不是写她的姿容,而是写她的感伤之美。宴会

结束,即将离去,加布里埃尔在过道的暗处看见楼梯上的格丽塔:

> 一个女人站在靠近第一段楼梯拐弯的地方,也在阴影里。他看不见她的脸,可是他能看见她裙子上赤褐色和橙红色的拼花,在阴影中显得黑一块白一块的,那是他的妻子。她倚在楼梯扶手上,在听着什么。加布里埃尔见她一动不动的样子,感到惊奇,便也竖起耳朵听。但是除了门前台阶上的笑声和争执声、钢琴弹出的几个和音和几个男人的歌唱声音之外,就再也听不出什么了。
>
> 他静静地站在过道的暗处,试图听清那声音所唱的是什么歌,同时盯着他的妻子望。她的姿态中有着优雅和神秘,好像她就是一个什么东西的象征似的。他问自己,一个女人站在楼梯上的阴影里,倾听着远处的音乐,是一种什么象征。如果他是个画家,他就要把这个姿势画出来。她的蓝色毡帽可以在幽暗的背景上衬托出她青铜色的头发,她裙子上的深色拼花衬托出那些浅色的来。他要把这幅画叫作《远处的音乐》,假如他是个画家的话。

诺顿注释本《死者》有一条注释:"远处的音乐"或

许是有所指的，在狄更斯的小说《大卫·科波菲尔》中，远处的音乐被用来形容主人公在听人谈到已故的妻子时心中产生的情绪。

《死者》中的雪当然是关于死亡的，这从故事一开始就反复提到。先是兼任女仆的看楼人的女儿莉莉问刚进门的加布里埃尔："又下雪了吗，康罗伊先生？"然后凯特姨妈说：由于雪大，格丽塔告诉她，他们今晚上不打算坐出租马车回蒙克斯顿了。在宴会中间，关于室外的雪和寒冷的句子不时冒出来，但它隐藏在宴会的欢乐气氛中，令人难以觉察。直到宴会将散，歌曲《奥格里姆的姑娘》出现，死亡的主题才昂然浮出。格丽塔已经情不自禁，加布里埃尔还茫然未觉。然后康罗伊夫妇走出室内，仿佛摆脱了一个幻境，走进寒风和泥泞的雪地。乔伊斯特地提到，马车经过奥康内尔桥时，他们看到那尊覆盖着一层雪、像个"白色的人"的雕像，那是死于一八四七年的爱尔兰政治家丹尼尔·奥康内尔的雕像。这意味着，他们终于回到了真正由时间支配的世界。他们不再谈论那些虚无缥缈的话题，不再为是否要在演讲中引用白朗宁的高雅诗句而犹豫不决，他们面对现实。一个很小的细节是，他们进入旅馆房间，吩咐服务人员不要开灯，借着窗外透进的"一道长长的苍白的街灯光"解衣就寝。

为什么不要开灯?对比小说绝大部分篇幅的欢笑嬉闹的宴会场面,旅馆的两人世界是幽静的。正是在幽暗中,加布里埃尔得以沉浸在安睡中的格丽塔的心灵之中。在此之前,乔伊斯描写康罗伊夫妇进入旅馆的一段文字,意味深长,充满感人的暗示或象征:

> 门厅里,一位老人在一只椅背顶端突出的大椅子上打瞌睡。他在柜台间点燃一支蜡烛,领他俩上楼去。他俩一声不响地跟着他,脚步在铺了厚地毯的楼梯上发出轻轻的声音。她在看守人的身后登楼,她的头在向上走时垂着。她娇弱的两肩弓起,好像有东西压在背上,她的衣裙紧紧贴着她身体。他本来要伸出两只手臂去拥住她的臀部,抱着她的身体,只是他手指甲使劲抵在手掌心才止住了他身体的这种狂热的冲动。看守人在楼梯上停了一下,收拾他淌泪的蜡烛。他俩也停在他身后的下一步梯级上。寂静中,加布里埃尔能够听见熔化的蜡油滴进烛盘里的声音,和他自己的心脏撞在肋骨上的声音。

灯光是幻境的标志,这里不需要幻境。幻境营造的美,爱也能提供。与此对比,悄立听音乐的女人那段描写,是关于生命和爱的。应该说,死亡和爱息息相关,因为爱许诺了生死,同时超越了生死。而在约翰·休斯敦的电影里,所有这些都没有。

2013 年 9 月 30 日

关于《城堡》的二十五个随想

一

博尔赫斯说,世上任何一件事物都可能成为地狱(坏情绪?)的萌芽。他举了几个简单的例子:一张脸,一句话,一个罗盘,一幅香烟广告。每个人都可以换上自己喜欢的东西:一个名字,一个眼神,一种颜色,还有相信和不相信。

卡夫卡稍稍复杂一些,他选择的是:

一个小女人,一场斗争,一次眺望,一扇临街的窗户,一匹马戏团的马,驰驱在幽暗林中的信使,一只关怀老鼠的猫。

博尔赫斯说，一只肥硕懒散的猫睡在窗沿，那是我幻灭的命运的象征。

二

当时代最终追上卡夫卡的疯狂臆想，嫉恨他的人将喜不自禁：现实终于证明了卡夫卡的"浅薄"。呵呵，现实还将一次次证明卡夫卡的"浅薄"，直到他的作品灰飞烟灭。当现实回过头来预言那些文学先知的洞察力和想象力的时候，寓言只好逃向历史深处，成为比历史还苍白的东西，而卡夫卡将再一次死亡。

三

卡夫卡的大部分故事，涉及一个主题：在异乡。借用卡缪小说的说法，卡夫卡笔下的人物都是一个异乡人。《美国》中的卡尔，《猎人格拉库斯》中死后仍在全世界流浪的格拉库斯。《在流放地》明白指出异地的性质。即使那些在"家"的人，也因为变化而和世界隔绝，比如《变形记》中的格里高利，还有《地洞》中不知名的小动物。

K是这个异乡人系列中最坚韧的一个。

四

土地测量员是一个奇怪的工作,它容易使寻找意义的批评家联想到探索之类的主题,其实不然。卡夫卡根本没有介绍过这份职业,而 K 在村子里的所有时间,从没关心过他的工作:怎么着手测量,全部土地的面积有多大,需要什么工具,还有怎么开展对助手的培训。他希望自己的职位获得承认,希望能在村子里留下来,但这和从事什么工作关系不大。所以,哪怕充当卑贱的学校看门人,他也无所谓。他企图进入城堡的努力,逐渐变成他和几个女人的关系的发展。在失去弗丽达之后,他把注意力转移到佩披身上。原来佩披是微不足道的人物,相比之下,弗丽达则地位较高。但到小说结尾,弗丽达被贬得一钱不值,而佩披则越来越像开篇不久的弗丽达。

因为无能为力,在寒冷的冬天万里而来的土地测量员,实质上变成了一个专在女人身边厮混的无聊的人。

五

阿玛丽亚近乎圣女,而 K 对她没有兴趣。他对奥尔嘉可能有一些。弗丽达的嫉妒毫无根由。K 在《城堡》里不是一个道德上没有瑕疵的人物，相反，他是一个不择手段地利用他人的机会主义者。这一点，布洛德倒是说对了。

六

《城堡》的插图中，有一幅是阿玛丽亚赤裸着身子飞向天空。她像神，最终逃离了村庄。乍看之下，很多人会以为这是《百年孤独》中的"俏姑娘"雷梅苔丝。雷梅苔丝无法在马贡多立足，最后只能飞向天空。

卡夫卡没有让阿玛丽亚飞走。小说没写完。根据勃罗德的说法，后面将写到K的死。而K在死前因其不懈的奔走获得了一定补偿：尽管无章可循，当权者还是允许他留在村子里。K死掉，这就更和《在法的门前》一致了。留在村子里，看似一个成就，其实不然，它毫无意义，就像那位农民被允许留在法的大门口一样。在次要人物的情节中，卡夫卡当然可以让阿玛丽亚飞升而去，那是死的唯美说法。

插图者为什么这样处理阿玛丽亚的结局？他画的土地测量员K，在风雪的街道上行走，居然挂着两棵树。

七

K和弗丽达的故事,是卡夫卡从自己未成功的婚姻主题中引出来的一个变奏。弗丽达可能和菲丽斯有关。K对应K,F对应F。未完稿的小说,结束于K和几个女人的关系:和弗丽达——已经结束了,和佩披——刚刚开始,还有自始至终起关键作用的老板娘——正由微弱的独奏加强为乐队的齐奏,而且添加了定音鼓。她是影响K和弗丽达的关系的最重要的人物。残稿第二十节结束,我们想不到,竟然是关于她和K因为K就她的衣服发表的议论而引起的冲突。她向K展示自己的衣柜,并说还要给他看更多的衣服。

衣服是女人身体的延伸——卡夫卡当然明白。

八

学者们一致认为,卡夫卡是最拙劣的情书作者,尤以致米蕾娜·耶申斯卡的为甚。把情书当作沉思录来阅读是不会令人失望的,因为卡夫卡不分场合地保持着他的一贯风格。但作为情书,没有一个正常的愿意陷于恋爱中的女人受得了他。为了思想的深度,卡夫卡无意中把对方和自己对她们的爱否定了,或者贬低到不值分文。我们分不清什么时候卡夫卡真情毕露，他始终是矛盾的。一个最可能的误解是（同样可能的是绝对的真实），在卡夫卡的世界，所有人，他们的行为和命运，不过为了成全一个比喻。在比喻完成之后，他们连药渣也不如。

九

在《城堡》里，谈话构成了故事的主要内容。围绕着K，场景变化像电影镜头一样明确，就是干脆的切换，一刀下去，咔嚓。没有淡入淡出那套玩意儿，没有叠加，没有暗转，没有声音导入画面的小花招。场景变化意味着人物的变化，他们轮流和K交谈。

在这些漫长的对话中，人物围绕着自己的行动，始终在不厌其烦地说明和解释。解释者在说明他不得不如此的理由，谈到面临的困境，谈到微小的希望。质疑者则怀疑他的动机，指出他的矛盾，强调他的选择将以牺牲他人为代价。如此等等。每个人都认为自己是哲学家，在哲学的棋盘上移动自己，并相应地带动他人。卡夫卡的人物很少说服对手，但表达就是他们存在的胜利。显然，卡夫卡觉得这就是他的哲学：我们和世界的关系，是一种极其虚弱的关系，而且是单向的。行为者无能为力，甚至连逃避也不可能，那么，言说就成了唯一可能的事，不管能不能被理解，也不管有没有聆听者。

十

K的胜利是在村庄里建立了日益复杂的个人关系。终有一天，假如小说一直延伸下去，而且K没有死，他会认识所有的人，也就是说，把每个人都编织进他的网中。高不可攀的克拉姆将变得微不足道，城堡的主人也将现身，不管以什么方式。事实上，K的到来，已经改变了村庄的现状：信使迎来他的庄严使命，村长被迫清理他积压的文件，两个莫名其妙的年轻人获得新的身份，其中一个还得以把弗丽达弄到手，弗丽达的工作，还有佩披，都带来她们在村中地位的变化。K可以敲开任何一家人的门，请求帮助，寻找过夜的地方，问路，从而把他们过去的生活彻底颠覆。

十一

说城堡代表上帝或上帝的恩宠，象征他那个时代的奥匈帝国、官僚制度、权力，进入城堡的行为象征对普遍意义的追寻，象征在社会中寻找合法地位，和父子冲突有关。

或者说城堡代表人的本质属性,等而下之的,说它象征艺术理想和生命的目的。这些都像城堡本身一样虚妄。而我们也不是K。

读《城堡》,感觉是:这个世界是毫无逻辑的;个人对他所在的世界完全无能为力;追求或寻找都是借口,不是目的,是说服自己的手段。

十二

虔信城堡象征上帝的人,势必为教会所痛恨。如果城堡象征上帝的恩宠,那么,城堡的管理者,它庞大的官僚机构,腐朽的文牍主义,它的所有官员,无论是神秘的克拉姆,还是企图征用阿玛丽亚的意大利人,还是昏庸的村长,都成了教会的写照。城堡的一切构建,事实上都在阻挠一个人亲近城堡、了解城堡。教会的存在,难道是为了阻挠人接近上帝?

十三

如果卡夫卡没有试图烧掉留下的手稿,包括《城堡》,K的故事就成了谎言。

十四

K 和弗丽达的关系的建立,在小说中是突如其来的。K 的故事刚刚开始,除了第一夜的睡眠被一个莽撞的年轻人打扰,他还来不及认清未来的困境。弗丽达像是从天而降的救星,带着先念的目的而来,为他解围,帮助他,爱上他。当 K 躺在柜台下面躲避老板的追寻时,弗丽达把脚踩在他的胸膛上,那是一个安抚,又是一个调戏的动作,显示了他们之间的亲密无间,而实际上他们才刚见面。

在卡夫卡的小说里,一切都可以不合逻辑地出现,现实就是荒诞。尽管如此,K 和弗丽达的爱也是毫无理由的。K 可以利用弗丽达,但弗丽达用不着 K。正因为用不着,弗丽达后来可以像扔掉一块香蕉皮一样扔掉他。

布洛德说,弗丽达是米蕾娜的再现。对和米蕾娜关系的憧憬,造就了《城堡》里这个最温情然而最脆弱的细节:弗丽达居然会希望嫁给 K,让 K 带她到另外的地方,自由自在地过日子。K 身上有任何地方显示了一种安定生活的可能性吗?没有。K 的形象我们也不知道。他甚至没有身份。我们不知道他来自何方,为什么他会为一个不确定的临时性的工作,跋涉到这个冬夜寒冷又黑暗的村子。

弗丽达见过世面,她几乎是骄傲地告诉K,她是克拉姆的情妇。这表明她混得相当不错——阿玛丽亚不肯做情妇,全家等于被放逐。弗丽达为什么会看上K？为什么愿意帮助他？

十五

卡夫卡是一个在天堂和地狱之间毫不犹豫地信仰地狱的人。在他眼里,天堂无非是化了装的地狱,是地狱借助夜色向人世的投影,甚至就是,如众多哲学家所指出的,地狱的另一种形式。天堂的存在是为了一个引人寻找的骗局,地狱则无处不在,疆界超过它自身名称的限定。

弗丽达好比天使。可是,在一个挤满了愚昧粗鲁的酒徒的"下等酒馆",虽然不是"铺锯末的地面",但没有椅子,色迷迷的男人们坐在酒桶上,遥望高不可攀的、尽管并不漂亮的弗丽达,为奥尔伽的到来而欢欣。在这样一个地方,拯救和奇迹是可能的吗？

米蕾娜,那个被迫倾听的人,死于连《德意志安魂曲》也照耀不到的地方。

十六

在某种意义上,《城堡》可以说是《在法的门前》的扩展。一辈子想进入法律之门而不得的农民,在行将就木之际发问:"大家不是都想了解法律是什么吗?为何这么多年来,除了我再无别人要求进入法律之门?"门卫回答:"这里不允许任何人进去,因为这道门只为你一人而开。"可以说,城堡也是为K一个人而存在的。城堡存在的唯一目的,就是给K注定徒劳的奋斗一个虚幻的理由。真正的欺骗不会半途而废,它注定欺骗到最后,否定一切,不容置疑,甚至不惜以结局的伪善面目出现,期待永远不会有被揭穿的那一天。

十七

想到嵇康的事。

嵇康曾经结识采药人王烈。王烈入山,看见山崖崩裂,青色的糖浆一样的石髓流出来,那是难得的仙药,服用可以长生。王烈取了一些,吃掉一部分,另一部分带回送给嵇康。嵇康打开包裹,发现石髓已经凝固为青石。王烈带嵇康重往山中,裂开的山口已复合如故。

还有一次，王烈在石洞里发现一卷仙书，他自己已经用不着了，赶紧告诉嵇康去取。嵇康去，书就不见了。

历史学家说，嵇康人品不啻神仙，所以屡有奇遇。可是王烈感叹说，嵇康有遇无分，志向虽高，其奈时运不济何。

所以终于被杀头。

十八

在饮酒回家的路上，借着酱油色的月光，庄子看见草丛中卡夫卡的髑髅。他唤来司命大神，让他把卡夫卡复活。

他们围绕着羊肉和蚂蚁讨论了半个晚上，结果一无所得。但卡夫卡总算明白了一件事，那就是，他遇到的人是庄子。

卡夫卡问他：那只蝴蝶后来怎么样了呢？

庄子说：根本就没有蝴蝶。

卡夫卡感到奇怪：你用了一个最优美的词形容蝴蝶的愉悦，那是只有实在生存着才会有的愉悦，因此那愉悦就提供了存在的证明，就是存在本身。那么，怎么会没有蝴蝶？

庄子说：因为愉悦，蝴蝶才会消失。

卡夫卡皱眉：它是在炉子里被熔化掉了吧。

蝴蝶是一片大海，太阳的瞪视在这样的激荡中也会变成偷窥。

庄子这样告诉卡夫卡：我给学生讲过一个人追逐自己影子的故事。有个愚蠢的宋国人害怕自己的影子，他想逃离，就加快步伐。可是他走得越快，影子跟随得也越快。他走，然后拼命跑，连吃喝和睡觉的间歇都没有，最后累死了。他躺在地上，影子还是温柔地卧在一边陪伴他。于是太阳，于是月亮，往复无穷。你瞧，从来没有我们可期望的黑暗。如果连黑暗也不可期望，那么你就知道，心怀恐惧是多么廉价的乐观主义。绝望等于对现实无来由的自信。如果恐惧和绝望是实在的，你还有什么发愁的呢？只要有一件事是肯定的，就给了你一个立足点，给了你无限发展的可能性。

卡夫卡摘下眼镜：你的意思是，世界太辽阔了。

庄子说：你不懂得辽阔的意义吗？

卡夫卡说：你是说，让我跑？让我追逐自己的影子？

庄子一笑，摆摆手，司命大神立刻把卡夫卡重新变回髑髅。

十九

卡夫卡和博尔赫斯交汇在秦始皇的长城之上。《万里长城建造时》是卡夫卡的故事中最具博尔赫斯特色的一篇。

区别只在于卡夫卡叙事语言的犹疑和表达的繁复，而博尔赫斯总是直截了当的。

皇帝驾崩，信使传诏。卡夫卡的此段描写又是《万里长城建造时》中最能体现博尔赫斯精神的：

> 信使即刻上路。他是一个身强力壮、不知疲倦的人，一会儿伸出这只胳膊，一会儿伸出另一只胳膊，在人群中奋力开路。遇到抵抗，他就指指胸前的太阳标记，因而他比任何人都更容易前进。可拥挤在一起的人是那么多，他们的房屋一望无际。如果面前敞开一片旷野，他将如何健步如飞，你马上就会听到他的拳头擂你的门。但事实正相反，他的一切都是白费力气。他依然还在拼死想挤出皇宫的内院，他永远也挤不出来。即使他成功了，那也没用，他还得挤下台阶。即使挤下台阶，仍然无济于事，他还得穿过好几重院落。穿过院落之后则是第二层的宫殿，然后又是台阶和院落，又是一重宫殿。如此下去，需要几千年。就算他终于冲出了最外面的那道宫门——这种事永远永远不会发生——横在他面前的还有整个京城，这世界的中心，挤满社会最底层的沉渣。谁也别想从这里挤出，带着皇帝的遗诏也不行。——然

而每当黄昏降临时,你却坐在窗边,梦想着那道圣谕。

破折号后的最后三句话,带着卡夫卡那里难得一见的梦幻般的诗意。而这一点,在卡尔维诺那里,是常用的佐料——意大利人清爽优美的紫苏。

这个故事不妨看作《城堡》的反向思维。问题从来就不是你此刻身在何处,而是你希望到达何处。因此,里和外无关紧要,进入和逃出也无关紧要。重要的是行为的意义和事实上的不可能。

当疯狂和愚昧距离我们无限遥远的时候,我们从中感到了诗意,即使调侃也是水汪汪的,如贵妇人的美目。

博尔赫斯为卡夫卡找到的先驱,包括质疑麒麟的韩愈。博尔赫斯的着眼点在似是而非的矛盾。其实他可以从庄子那里找到更好的例证,比如关于是非和是非判断的那段著名辩论。

卡夫卡是读过《庄子》的,假如雅诺什的记载可靠。

二十

按照《城堡》开头的描写,K 是有家室的。显然,卡夫卡一开始是想让人物 K 和自己拉开一点距离的。但到后面他忘记了这一事实。K不厌其烦地和弗丽达谈论婚姻，要弗丽达嫁给他。客栈老板娘以弗丽达的母亲自居，坚持K给予一定的保证。弗丽达则甘心嫁给K，放弃眼前的生活，跟他远走高飞。

K的理想是留在村里，获得确定的地位。他再也没有提到他来自何处，他的家，他以前的生活。他难道永远不想回去？

卡夫卡的残稿中有另外一种开头，出现了一个叫伊丽莎白的女孩。她是客店的服务员。老板为K的到来严阵以待，像迎接一位巡回的钦差。K受不了被过于严肃的对待，决意离去。伊丽莎白哀求他留下。在现在的版本里，弗丽达要在第三章才出现，而且K是被奥尔嘉挽着手带去见到她的。那时K几乎不能在村里立足，弗丽达是他唯一的依靠。

身材矮小又瘦弱的弗丽达和庞然大物的老板娘形成对比。卡夫卡刻意突出这一点。他写道：站着的弗丽达还不及坐着的老板娘高。

弗丽达不美，老板娘年轻的时候一度美丽过。她们都是克拉姆的情妇。共同之处在于：一、她们都不介意这段历史；二、必要的时候，可以作为身份的标志来炫耀。因为都曾经是克拉姆的情妇，她们觉得有权利在婚姻中对男方提出额外的要求。

弗丽达在小说开头可能是漂亮的,但越来越丑,最后和粗蠢的佩披互换了形象。

老板娘在小说开头是笨重的,但越来越有姿色,最后竟然归结到她的衣饰之美。

二十一

浮在云端的城堡主人,一位伯爵,只是一闪而过。城堡这庞大的迷宫,实际是握在女人之手。弗丽达让K透过壁上的小洞看到了官僚克拉姆,他看到的是一具行尸走肉。是睡着还是醒着,是死了还是活着,是真人还是一尊木偶,都难以辨明。K面对的村长,是靠太太护持着的。

K有一个也许是唯一的真正的救星,那个气质和容貌明显不属于村子、抱着孩子的高贵女人。假如小说完成,卡夫卡还会赋予她什么使命?死前的拯救?她也许是城堡驻在村庄的灵魂,一座形而上的城堡,从她那里接近才是可能的。

二十二

城堡是一个活物。K第一次见到的城堡——注意,是在晴朗的白日——并非遥不可及,而且一点也没什么了不起:不过是一些房子而已,和山下的村庄并无不同,唯一特殊的地方,是它是石头建造的。K觉得城堡最突出的尖塔,还不如他家乡的壮观。

K在自己营造的噩梦中不断把城堡放大,我们再没见到城堡的鲜明形象。随着故事的推移,一天又一天,城堡变得虚无缥缈,同时又沉甸甸地压在我们心头。K指望踏过官僚机构的文牍而进入城堡,却忘记了还有一条实际的道路,他茫然走过,遇到教师和学生的那条路。K在沉迷,在臆想,实际的路就成了象征,而象征是无法打破的,假如设定如此。

二十三

因为个人的缺陷而造成悲剧,和因为运气不好而造成悲剧。这两种悲剧,哪一种更悲哀?

当然,比较只能是理论意义上的,最好离开现实。我们不能拿别人的生死充实自己的文字,如果只为了充实。

要知道,假设一样能促成堕落,或者揭示了堕落的真相。

二十四

如果还死抱着真理不放，就不能理解卡夫卡。
没有爱情，也没有爱情的虚拟。沉重到只能飞翔。
第四性。

二十五

既要当浮士德，又要当靡菲斯特；既要被诱惑，又要诱惑；自己是自己的反动，又是自己的原型。

这里全面理解我的人一个也没有。假如有这么一个理解我的人，比如一个女人，那就意味着在所有方面获得支持，获得上帝。

寻求进入城堡的努力，不知不觉地演变成在几个女人间的笨拙周旋。卡夫卡日记中的话肯定了这一点。
仍然归结到女人，甚至归结到歌德那里。

相关资料，请参看：
卡夫卡书信致菲莉斯和米蕾娜部分（对于了解卡

二十四

⋯抱着真理不放,就不能理解卡夫卡。
⋯,也没有爱情的虚拟。沉重到只能飞翔。

二十五

⋯浮士德,又要当靡菲斯特;既要被诱惑,又要
⋯是自己的反动,又是自己的原型。

⋯全面理解我的人一个也没有。假如有这么一个
⋯人,比如一个女人,那就意味着在所有方面获
⋯获得上帝。

⋯城堡的努力,不知不觉地演变成在几个女人
⋯。卡夫卡日记中的话肯定了这一点。
⋯到女人,甚至归结到歌德那里。

⋯资料,请参看:
⋯卡书信致菲莉斯和米蕾娜部分(对于了解卡

面他忘记了这一事实。K不厌其烦地和弗丽达谈论婚姻,要弗丽达嫁给他。客栈老板娘以弗丽达的母亲自居,坚持K给予一定的保证。弗丽达则甘心嫁给K,放弃眼前的生活,跟他远走高飞。

K的理想是留在村里,获得确定的地位。他再也没有提到他来自何处,他的家,他以前的生活。他难道永远不想回去?

卡夫卡的残稿中有另外一种开头,出现了一个叫伊丽莎白的女孩。她是客店的服务员。老板为K的到来严阵以待,像迎接一位巡回的钦差。K受不了被过于严肃的对待,决意离去。伊丽莎白哀求他留下。在现在的版本里,弗丽达要在第三章才出现,而且K是被奥尔嘉挽着手带去见到她的。那时K几乎不能在村里立足,弗丽达是他唯一的依靠。

身材矮小又瘦弱的弗丽达和庞然大物的老板娘形成对比。卡夫卡刻意突出这一点。他写道:站着的弗丽达还不及坐着的老板娘高。

弗丽达不美,老板娘年轻的时候一度美丽过。她们都是克拉姆的情妇。共同之处在于:一、她们都不介意这段历史;二、必要的时候,可以作为身份的标志来炫耀。因为都曾经是克拉姆的情妇,她们觉得有权利在婚姻中对男

方提出额外的要求。

弗丽达在小说开头可能是漂亮的，但越来越丑，最后和粗蠢的佩披互换了形象。

老板娘在小说开头是笨重的，但越来越有姿色，最后竟然归结到她的衣饰之美。

二十一

浮在云端的城堡主人，一位伯爵，只是一闪而过。城堡这庞大的迷宫，实际是握在女人之手。弗丽达让 K 透过壁上的小洞看到了官僚克拉姆，他看到的是一具行尸走肉。是睡着还是醒着，是死了还是活着，是真人还是一尊木偶，都难以辨明。K 面对的村长，是靠太太护持着的。

K 有一个也许是唯一的真正的救星，那个气质和容貌明显不属于村子、抱着孩子的高贵女人。假如小说完成，卡夫卡还会赋予她什么使命？死前的拯救？她也许是城堡驻在村庄的灵魂，一座形而上的城堡，从她那里接近才是可能的。

二十二

城堡是一个活物。K 第一次见到的城堡——注意，是

夫卡的内心世界，特别是和女性的关系以及对婚姻的看法极为重要，和未婚妻菲莉斯的关系构成了《城堡》一书中相关描写的基础）

卡夫卡日记（大量神经质的深刻的自言自语）

雅诺施《卡夫卡谈话录》（尽管文笔拙劣，可取的材料不多）

马克斯·布洛德《卡夫卡传》

博尔赫斯的短篇小说《德意志安魂曲》和随笔《卡夫卡及其先驱者》

贝克特的短文《论卡夫卡》（非常精彩，尽管与本文无关）

2012 年 8 月 22 日

马尔克斯和巴托克的钢琴曲

杜甫在《观公孙大娘弟子舞剑器行》的诗前小序中讲了一个故事：大书法家张旭善作草书，早年在邺县观赏公孙大娘舞西河剑器，从此"草书长进，豪荡感激"。他还回忆说，开元三年，自己年方六岁，也曾在郾城见过公孙大娘的剑舞，印象里"浏漓顿挫，独出冠时"。五十年后，困顿早衰的杜甫暂时栖身于四川，在夔府别驾元持的家里，再见公孙大娘弟子李十二娘的表演，抚古思今，感慨万分，写下这首歌行体名作。其中形容李十二娘的剑舞："霍如羿射九日落，矫如群帝骖龙翔。来如雷霆收震怒，罢如江海凝清光。"这四句用以形容张旭的字，也恰如其分。

张旭看剑舞，书法大为长进，德国小说家、《布登勃洛克一家》和《魔山》的作者托马斯·曼，则从瓦格纳的音乐里得到小说结构的启发。

克劳斯·施略特在为托马斯·曼写的传记中说，托马斯·曼自小醉心于瓦格纳的音乐，终其一生，兴趣不减，尽管其间如尼采一样，对瓦格纳的思想倾向有过反思。在中篇小说《特里斯坦》里，身在疗养院的科勃扬特夫人，由于过分沉迷地弹奏瓦格纳歌剧《特里斯坦与伊索尔德》第二幕的爱情二重唱而引起致命的大咯血。在构思多卷本的《约瑟和他的兄弟们》的过程中，托马斯·曼"头脑里总是萦绕着瓦格纳《尼伯龙根的指环》的富丽结构"。瓦格纳提出"主导动机"的概念，用特定的旋律表示某一主题，无论是一个人物、一个物件——比如宝剑和莱茵河的黄金，还是一个抽象的概念。施略特说，主导动机的运用"意在将发生的全部事件总括为一个音乐象征的综合形象。托马斯·曼后期的作品，如《魔山》和《约瑟和他的兄弟们》，那些在重复出现的细节中发展升级的各种关系，大概就是从瓦格纳的主导动机中提炼出来的"。

他说，不少批评家都注意到了托马斯·曼叙事方式中的瓦格纳特征。他的中篇小说《死于威尼斯》以作曲家马勒为原型，也显示了他对音乐非同寻常的爱好。

所有艺术都是相通的，区别只在形式。推开形式之门，看到的同样是心灵的风景。很多人被形式这道门吓住了，尚未尝试就觉得与自己格格不入。在文学艺术领域，没有喜爱打不开的障碍。只有真正地喜爱，而非附庸风雅，才能投入，才会有耐心。那么，一个人去理解另一个人，不管他是曹雪芹还是毕加索，是贝多芬还是庾信，是波德莱尔还是瓦格纳，有什么困难呢？马勒为尼采和歌德的诗谱曲，马拉美的《牧神午后》变成德彪西的管弦乐，拉斐尔前派画莎士比亚，穆索尔斯基又把展览会上的图画变成钢琴曲。韩愈赞叹颖师的琴声："颖乎尔诚能，无以冰炭置我肠"，琴声能造成他那么强烈的情绪反应。

因为相通，写作从音乐和绘画中获得灵感，就像从风景和故事中获得灵感一样，自然而然。杜甫和苏轼的题画诗出名的又多又好，仿佛王绩和李白咏酒、海涅和叶芝歌唱女人。大作家的丰富，很多时候体现在广泛的包容上，从那里我们得见一个时代特定阶层的物质和精神生活，其中曹雪芹和普鲁斯特肯定是最令人印象深刻的两位。他们的精神世界丰富广大，不仅有艺术，还有历史、哲学、宗教乃至风俗和博物知识。

艺术之间的影响往往是不着痕迹的，若关涉到具体的对应，如测字算命一般，就显得非常神奇。在这方面，我记得几个有趣的故事。

阿根廷作家博尔赫斯在访谈时说，有一次他和朋友卡萨里斯夫妇一起，弄了一堆唱片，希望从音乐中寻找灵感。唱片一张张听过，有的有用，有的没用。他们把没用的剔除，有用的留下。"我们发现不能给我们带来灵感的全是德彪西的作品，能够激发热情的是勃拉姆斯。所以，我们就专听勃拉姆斯。"勃拉姆斯的作品很多，博尔赫斯没说是哪些。他写过一首题为《勃拉姆斯》的诗，开头就说："我只是一个不速之客，贸然闯入了你慷慨留给后世的百花园。"他似乎听过不少勃拉姆斯的曲子，我猜主要是管弦乐和钢琴曲，也许还有声乐作品。因为他说"激发热情"，那么，情感上比较克制的勃拉姆斯室内乐大概不合他的胃口。博尔赫斯的短篇小说也有一篇以勃拉姆斯的作品为题，即《德意志安魂曲》。我是勃拉姆斯迷，也爱德彪西。博尔赫斯和他的朋友显然不太欣赏法国人的舒缓、精致和优雅。

同是拉美人，哥伦比亚小说家马尔克斯对古典音乐的爱好比博尔赫斯更深、更专业。他习惯在创作长篇小说期间反复听音乐。在墨西哥写他的旷世杰作《百年孤独》时，手头只有两张唱片，他就一遍又一遍地听，以至把唱片都听坏了。这两张唱片,一张是披头士的专辑,另一张,博尔赫斯听了可能哭笑不得,正是他觉得"对唤起灵感没用"的德彪西——德彪西梦一般恍惚的《牧神午后前奏曲》。

马尔克斯说:"大提琴是我的最爱,从维瓦尔第到勃拉姆斯;小提琴,从科雷利到勋伯格;古钢琴和钢琴,从巴赫到巴托克。"可见其涉猎的广泛。起初,他没法边写作边听音乐,那会使他把心思专注在音乐而不是写作上。后来他不仅习惯了,还"学会了为写作挑选合适的背景音乐",比方说,小说"平缓的段落听肖邦的小夜曲,幸福的下午听勃拉姆斯的六重奏"。

在自传《活着为了讲述》中,马尔克斯说,这些年写回忆录,"我再创奇迹,无论听什么类型的音乐都不会干扰写作"。而写作《家长的没落》的经历使他觉得,借助音乐来促进创作还有潜力可挖。《家长的没落》出版后,两位年轻的音乐家登门拜访,用"一堆图表曲线和复杂的分析",令人信服地论证,这部小说的结构与巴托克《第三钢琴协奏曲》的结构完全一致。惊奇之下,马尔克斯感叹说:"写作《家长》期间,最常听的确实是巴托克奇妙的《第三钢琴协奏曲》","它使我内心产生了一种十分特别、有点儿奇异的情绪,但我从未想到,它对我的影响竟然会渗入我的文字"。

读到这里,我合上书,找出巴托克的曲子,仔细听了两遍,试着去对应马尔克斯的小说,寻找那种奇妙的感觉,结果却什么也没感觉出来。井月痴猿,真是可爱又可笑。对音乐的感受,大概如陶渊明所说"此中有真意,欲辨已忘言",或如李白所说"但得酒中趣,勿为醒者传"。都是如鱼饮水,冷暖自知。尽管千真万确,却是风过无痕、云过无迹。

马尔克斯当然没有浮夸,他也用不着。此事为瑞典文学院得悉,当马尔克斯获得诺贝尔文学奖时,颁奖仪式上的背景音乐,就特地选用了巴托克这首曲子。

担任过北京鲁迅博物馆馆长的孙郁先生写过一本《鲁迅藏画录》,这本书我很喜欢,读过不止一遍。其中的《印象派之影》一文,谈到印象派绘画对鲁迅的影响。孙郁主要讲了三点:

第一,鲁迅在印象派比较高超的作品里,看到了冲破思想束缚的出路,"天地之色为之一变,人在极限之中找到精神的另一可能"。他特别提到了《野草》。

其次,在小说《补天》中,起笔时"对天地之色的描写,有着色欲的美":"粉红的天空中,曲曲折折的漂着许多条石绿色的浮云，星便在那后面忽明忽灭的睐眼。天边的血红的云彩里有一个光芒四射的太阳，如流动的金球包在荒古的熔岩中；那一边，却是一个生铁一般的冷而且白的月亮。"女娲的形象让人想起凡·高笔下的女子，"耀眼的光有着性感的充实"："伊在这肉红色的天地间走到海边，全身的曲线都消融在淡玫瑰似的光海里，直到身中央才浓成一段纯白。"

孙郁说，鲁迅文字的用色非常大胆，形容词与名词的奇特搭配"让我们目瞪口呆，却获得了意外的审美愉悦"。

第三，一些印象派画家的气质，有鲁迅喜欢的元素，比如凡·高的"忧郁和不安于忧郁的低回雄放"。他们在"绝境中还能创造出绚烂的美"。

类似的例子还可以举出更多，从中可以看出，鲁迅所受印象派画家的影响，不止来自于凡·高和高更。下面这些全部摘自《野草》：

> 我仿佛记得曾坐小船经过山阴道，两岸边的乌桕，新禾，野花，鸡，狗，丛树和枯树，茅屋，塔，伽蓝，农夫和村妇，村女，晒着的衣裳，和尚，蓑笠，天，云，竹，……都倒影在澄碧的小河中，随着每一打桨，

各各夹带了闪烁的日光,并水里的萍藻游鱼,一同荡漾。诸影诸物,无不解散,而且摇动,扩大,互相融和;刚一融和,却又退缩,复近于原形。边缘都参差如夏云头,镶着日光,发出水银色焰。(《好的故事》)

鬼䀹眼的天空越加非常之蓝,不安了,仿佛想离去人间,避开枣树,只将月亮剩下。然而月亮也暗暗地躲到东边去了。而一无所有的干子,却仍然默默地铁似的直刺着奇怪而高的天空,一意要制他的死命。(《秋夜》)

这是死火。有炎炎的形,但毫不摇动,全体冰结,象珊瑚枝;尖端还有凝固的黑烟,疑这才从火宅中出,所以枯焦。这样,映在冰的四壁,而且互相反映,化成无量数影,使这冰谷,成红珊瑚色。(《死火》)

熟悉印象派作品的人,很容易看出鲁迅的文字和绘画间的联系,第二段还是凡·高,第一段很像莫奈,第三段则近似于表现主义画家如蒙克了。

我自己作文,有过借助图片展开描写的经验,据此可以把细节写得非常生动,因为图片唤起了回忆,并由此生发想象。图片之外,身临其境的经验当然更重要。在具体的环境中,感受是多方面的,除了视觉印象,还有声音、温度、气味、触觉、情绪等因素。这些就构成了一种氛围，是图片所不能替代的，而图片提供了很好的回忆和想象的基础。

中国古典文论认为，写文章，文气要饱满，前后贯通，如江河直下。我一直觉得音乐对写作帮助很大，潜移默化，使得文章流畅、有精神。当然这是在理想的情况下。具体的例子也有，自然不能和马尔克斯的经验相比，因为我写的是随笔，不像长篇小说，具有殿堂式的宏伟结构。写《一池疏影落寒花》的序的时候，纯粹为了好玩，写的时候，突发奇想：第一段从古诗词的角度谈写作，第二段从贝多芬的晚期四重奏谈写作，那么第三段为何不再回到古诗词，形成简单的奏鸣曲的结构呢？

结果就这么写了，效果似乎也不坏。无论如何，总是我对音乐之敬意和爱意的一次有意识的表达。

2017 年 8 月 15 日

也说哈姆雷特

《列子·周穆王》篇讲了宋国人阳里华子中年得健忘症的故事，说他"朝取而夕忘，夕与而朝忘；在途则忘行，在室而忘坐；今不识先，后不识今"。家人请来占卜师、巫师、医生，都治不好他的病。最后来了一位鲁国的儒生，顺应自然，感化其心，"积年之疾一朝都除"。华子病愈，不仅不感谢，反而勃然大怒，把老婆孩子一顿臭骂，又操起兵器，将儒生轰出家门。邻居们劝阻，说他不知好歹。华子说："我过去遇事就忘。有没有天，有没有地，一概不知，何等逍遥自在。现在记忆恢复了，几十年的得失荣辱、喜怒哀乐，全都涌现出来，使人心乱如麻。我再也不能享受过去那种宁静了。"

在《列子》和《庄子》的著作里，这种齐生死、等万物的"病忘"，是至人和真人们才能达到的境界，阳里华子于不经意间得之，譬如天籁，不假人力，值得羡慕。但在现实中，求遗忘的人，往往是因为痛苦不堪忍受，要靠时间来医治创伤。遗忘本质上是一种逃避，虽然无可非议，却是柔弱的表现。

阳里华子的拒绝记忆，让人联想到莎士比亚笔下最难索解的人物哈姆雷特。在其"生存还是毁灭"的著名独白里，这位而立之年才刚刚开始留学生涯的丹麦王子，面对为父复仇、整顿乾坤和忍辱退让、一死了之的二重选择，本来是倾向于自杀的："但愿这一个太坚实的肉体会融解、消散，化成一堆露水，或者那永生的真神未曾制定禁止自杀的律法。"基督教禁止自杀，奥菲丽亚自杀而死，几乎不能得体面的安葬。哈姆雷特下不了自杀的决心，主要是因为宗教戒律。然而戒律只是外因，他内心纠缠难解的，是一个在常人看来荒诞不经的理由，害怕死后会做梦：

> 死了；睡着了；睡着了也许还会做梦；嗯，阻碍就在这儿：因为当我们摆脱了这一具朽腐的皮囊以后，在那死的睡眠里，究竟将要做些什么梦，那不能不使我们

踌躇顾虑。人们甘心久困于患难之中，也就是为了这个缘故；谁愿意忍受人世的鞭挞和讥嘲、压迫者的凌辱、傲慢者的冷眼、被轻蔑的爱情的惨痛、法律的迁延、官吏的横暴和费尽辛勤所换来的小人的鄙视，要是他只要用一柄小小的刀子，就可以清算他自己的一生？谁愿意负着这样的重担，在烦劳的生命的压迫下呻吟流汗，倘不是因为惧怕不可知的死后，惧怕那从来不曾有一个旅人回来过的神秘之国……

担心死后下地狱受种种磨难，这是可以理解的，然而因为不知道死后会做什么梦而畏惧死亡，是十足书生气的念头。事实上，即使在书生和怪异的艺术家那里，这么想的人也是凤毛麟角——除非是一个天才加精神病人。

哈姆雷特是疯子，在剧中，这是不言而喻的。奥菲丽亚是真的发疯，因为爱情的沦没和父亲突然的死。哈姆雷特从父亲的鬼魂那里得知叔父篡弑的真相后，立刻决定装疯，以进一步试探对方并保护自己。在后面的大部分场次，我们发现，哈姆雷特的装疯，未必全是装疯，他像一个演员，进入角色太深了，以至分不清自己在戏里戏外的不同角色。如此，不仅老奸巨猾的国王克劳狄斯看不出（尽管一直怀疑），爱他的母亲看不出，人生经验丰富的御前大臣波洛涅斯看不出，就连情人奥菲丽亚也看不出。波洛涅斯一边感叹"他的疯病已经很深了，很深了"，一边不得不承认"他的回答有时候是多么深刻！"奥菲丽亚奉命前去试探，每一句小心翼翼的问话，都被哈姆雷特残酷地驳回。他骂奥菲丽亚（还有他母亲乔特鲁德）"烟视媚行，淫声浪气"，骂自己"我的罪恶是那么多，连我的思想也容纳不下，我的想象也不能给它们形象，甚至于我都没有充分的时间可以把它们实行出来"。他的话句句针对偷听的人，所以克劳狄斯断定"他的精神错乱不像是为了恋爱，他说的话虽然有些颠倒，也不像是疯狂"。国王看到的是一面，我们读到的是另一面：在奥菲丽亚面前，他是真疯和假疯交织着的。

哈姆雷特说："重重的顾虑使我们全变成了懦夫，决心的赤热的光彩，被审慎的思维盖上了一层灰色，伟大的事业在这一种考虑之下，也会逆流而退，失去了行动的意义。"好吧，我们姑且承认他害怕做梦就像希区柯克影片《迷魂记》里的退休侦探斯考蒂患有恐高症，那么复仇呢？迟疑的理由安在？有一次他说了，国王在祈祷时，他很容易动手，但他不愿意，因为这样做等于把恶人"送上天堂"。

他认为，克劳狄斯在他父亲"满心俗念罪孽正重的时候乘其不备把他杀死"，父亲因此沉沦到地狱，作为儿子，却把杀父仇人送进天国，"这样还算是复仇吗？"

这个理由尽管在修辞上是有力的，却不值一驳，无非是为一次次的延宕找借口。唯一的理由，也许我们至今未能确定其核心所在，但显然是由于他的性格。歌德在《维廉·麦斯特的学习时代》中的评说仍然是经典的：

> 这个皇族的花朵，本来是娇嫩而高贵的，在国王直接的庇荫下成长起来，在他身上同时展示出来的是正义与皇室尊严的概念、善良与纯正的情感，以及出身贵胄的自我意识。他是一个王子，一个天生的王子，他打算治理国事，只是为了善良的人不受任何阻碍，永远善良。……一个美丽、纯洁、高贵而道德高尚的人，他缺乏成为一个英雄的魄力，却在一个他既不能负担又不能放弃的重担下被毁灭了。每一个责任对他都是神圣的，这个责任却是太沉重了。要求他做的都是不可能的事，这些事的本身并不是不可能的，对于他却是不可能的事。

精辟之处就在："这些事的本身并不是不可能的，对于他却是不可能的事。"

孟子对可能和不可能的事有过绝妙的比喻。他说，看似不可能的事其实有两种情况，一是事实上的不可能，二是不肯做。"挟太山以超北海，语人曰'我不能'，是诚不能也。为长者折枝，语人曰'我不能'，是不为也，非不能也。"歌德所说，是又一种情形，也可以算"不肯做"的特例：不是不可能，只是对他而言不可能，是一种心理障碍。

在歌德看来，哈姆雷特的优柔寡断出于一种完美主义的考虑，要把一件事做得毫无瑕疵，不肯在克劳狄斯祈祷时下手就是一例。另外，在听了鬼魂的揭露之后，他还是不肯全信，一定要通过演谋杀戏观察克劳狄斯的反应。克劳狄斯果然又紧张又愤怒，哈姆雷特这才确信他真的犯下了弑君之罪。但弗洛伊德不这么看，他说，哈姆雷特并不像大家所为的，只是一介书生，他文武双全，也是个果决的行动者。比如说，在与鬼魂交谈之后，当即决定装疯，不惜把爱人抛弃；发现幕后有人偷听时，毫不犹豫地将波洛涅斯刺死；得知戏班子来演出，立刻安排插进与真实事件相同的情节，以逼使克劳狄斯现形；发现两位老同学助纣为虐，便暗改国书，借刀杀人，送了他们的命。弗洛伊德说，哈姆雷特凡事雷厉风行，他只有一件事做不到，就是杀掉谋害他父亲、娶了他母亲的人。理由很简单：叔父的恶行实现了他的潜在欲望——他的俄狄浦斯（杀父娶母）情结。

弗洛伊德的说法惊世骇俗，虽然饶有趣味，却没有根据，不能使人信服。在剧中，勉强可为此做佐证的，只有哈姆雷特面对奥菲丽亚时自我批判的那段话：

> 我自己还不算是一个顶坏的人，可是我可以指出我的许多过失，一个人有了那些过失，他的母亲还是不要生下他来的好。……我们都是些十足的坏人，一个也不要相信我们。

然而他的过失是什么呢？他为什么说自己是坏人呢？难道就是因为他内心不可抑制的隐秘愿望？

哈姆雷特与其父同名，父子情深，这是一个小小的象征。老哈姆雷特英明神武，战胜过老福丁布拉斯，夺得他的土地。小哈姆雷特尽管剑术甚高，却自知"一点儿也不像"古希腊英雄赫拉克勒斯，思虑太多而缺乏勇气。歌德说的沉重责任，如果仅指杀掉篡位的克劳狄斯，那就还是孟子所说的"不肯为",甚至还不够"不肯为"的标准。哈姆雷特能够做,也肯做,但他迁延太久,结果国王主动出击,陷他于被动。他靠了运气和最后的勇气,也只拼了个同归于尽。

哈姆雷特无力行动的原因究竟何在?这个问题说穿了,并不复杂。哈姆雷特在第一幕就说了:"这是一个颠倒混乱的时代,唉,倒霉的我却要负起重整乾坤的责任。"在第二幕,他对吉尔登斯吞和罗森格兰兹说,世界是一所牢狱,"丹麦是其中最坏的一间"。他对人心和世界彻底失望,所以才说"我们的帝王和大言不惭的英雄却是乞丐的影子了",连乞丐都不如。

世界病入膏肓,他不仅无力承担重整乾坤的责任,还由衷地厌恶这个乾坤:"人类不能使我发生兴趣"。杀死克劳狄斯不过举手之劳,难的是之后他要继承王位,"做一个贤明的君主",面对种种复杂的矛盾。在与吉尔登斯吞和罗森格兰兹的谈话中,他也提到了梦。他说:"倘不是因为我有了恶梦,那么即使把我关在一个果壳里,我也会把自己当作一个拥有着无限空间的君王的。"生前死后,人都不能从恶梦中摆脱出来。这就是为什么无论生死都不能心安,选择哪一条路都令人痛苦和踌躇的原因。

如此就又回到了歌德那里。事情本身并非不可能，而只是对哈姆雷特来说是不可能的。为什么对他不可能？因为他厌恶，他怀疑，他认为一切行为都没有意义，就如孔子同时代的隐者所言："滔滔者天下皆是也，而谁以易之？且而与其从辟人之士也，岂若从辟世之士哉。"所以他不肯。然而他既无从"辟人"，更难以"辟世"，只有死亡才能把他从尘世的一切污浊和卑鄙中解脱出来，成就他"独善其身"的理想：

> 人是一件多么了不起的杰作！多么高贵的理性！多么伟大的力量！多么优秀的仪表！多么文雅的举动！在行动上多么像一个天使！在智慧上多么像一个天神！宇宙的精华！万物的灵长！

因此，我们可以说，哈姆雷特独白里的疑问，除了生死，真正具有意义的是行为的选择：是"默然忍受命运暴虐的毒箭"，还是"挺身反抗人世无涯的苦难"？这两种行为，哪一种更高贵？哈姆雷特的回答是：哪一种都不高贵。对他来说，最好的路似乎是像阳里华子一样，在"病忘"中"快乐"地活下去。可惜他的梦被代表严酷现实的鬼魂唤醒了，一如艾略特诗中所言：

> 我们流连于大海的宫室，
> 被海妖以红的和棕的海草装饰，
> 一旦被人声唤醒，我们就淹死。

2017 年 5 月 18 日

后记

把近几年的读书文字编为一集,取名《此岸的蝉声》。一本书稿编定,最开心的事是写序,最头疼的事是取书名。人总是喜欢说说自己的,尤其是说自己所爱和所长之事,而且希望有人倾听。自序与请人作的序不同,是自由自在说心里话的,可以理直气壮地不周全,不管格式。书名,在古人是要表达个人志向和情趣的,这在今天则很难。抱书枯坐的时候,我常想,自己能有什么志向和情趣呢?无非是衣食住行、上班下班,若每本书都叫《朝九晚五集》或《柴米集》,那该多让人扫兴呢。《此岸的蝉声》略有飘逸的风致,然而既离题万里,意思又近俗,也不算多理想。

历来形容蝉声,多用"聒噪"二字。按照《西游记》

里孙猴子的用法，如在龙宫逼迫龙王们献出盔甲兵器等物后，临走连道几声"聒噪！聒噪！"聒噪相当于自觉理亏的打扰。现代人当然不会再因"西陆蝉声唱"而引起"南冠客思侵"的联想，蝉纵使不归于害虫之列，充其量不过盛夏应时的一种小生物而已。虽然如此，书名说起来还是有点来历，出自二十多年前所作，题为《夏日》的一首小诗。第一段的末尾说："此岸的蝉声犹似彼岸，说渡，其实也枉然。"借用了佛家词语，所指却并非佛家的超脱或解脱，更别提一夜彻悟、证得大光明自在之境了。"一水两岸"的比喻向来喜欢用，从年轻时一直用到现在，由此引申，桥、船、深渊、浮沉，屡屡在诗中出现，有时说的是隔绝，有时则是连通，有时是决心独立于某事某物的，有时则又期待着返归。此与彼是相对的事物，正像阴和阳，虽被强分为优劣善恶，然而潜消加渐进，物极而反，随时随地互相转化。我们看太极的图案就很明白。二十年前说渡河的枉然，日记没有保存下来，不知道确切想说什么。据字面看，意思无非是，智慧所限，难以横越，也可能是说，此岸与彼岸原本一体，不必另生事端。假如是前者，表明那时还相信智慧将随年龄以及读书更多和阅历更深而增益，假如是后者，就颇有颓丧或懒于进取之嫌。

齐物，消除差别，理论上说得漂亮，实际上不能做到。我连庄子是否能做到都不太相信，何况他人。但庄子的认识既深刻，态度亦真诚。春天百花齐放，秋天万木凋残，冰峰插天，芳野无际，一般人看到的，不是同一，而是差别。我们生活在其中的，是一个处处有差别的世界，等级制度便是最美妙的结晶。读书的好处——假如真有——便是教会我们认识和应对这些差别。

在写作《夏日》之前若干年，还在北京工作的时候，坐在俯瞰玉渊潭混浊池水的十几层高楼的办公室里，写过一首更短的诗《渡》，《夏日》其实是从《渡》发展而来的。《渡》的稿子已经找不到了，但还记得其中的一些句子，如"此岸和彼岸，被谁的一声叹息挑走"，带着可疑的伤感和没来由的自信。开头的两句"渡过那条河，芦花深处白鹭飞"，则相对爽快，仿佛一个人踌躇满志地在等待出发。有人形容舒伯特《流浪者幻想曲》的开头，在活泼的琴音中跳出来的，就是一个即将踏上征程的人的"兴高采烈的"形象。

而《流浪者幻想曲》后来的发展却是，很多人的一生，明明感觉的是渡溯无边、栈石星饭、八千里路云和月，到头来却发现身在中途，很尴尬地不上不下，甚至像是依然停留于原地。流浪者当然是再也回不去了，可是他用不着像舒伯特一样发愁，他失去的欢乐也许才是永久的欢乐。

读书大似福尔摩斯破案，既在探寻真相，也在演练智力。真相使人宽心，智慧使人愉悦。一辈子坚信太阳是三角形的人，自然也可以过得很幸福；一个疯子领着一个瞎子，自然也可以碰巧走上华丽的大路。可是我的幸福和他们不同，它微薄而单纯，如清泉在山，没有一点肮脏的东西。书就是这么一种简单的物件。读书可以说是很不现实的事，但阴差阳错，使得我们本来微不足道的生活，有一点点脱离了常规，获得一个与现实的舒适距离，成就一种特异的品质。在这个意义上，读书的世界，便是我们精神的彼岸。何必要到达呢？我们本来已履足其上。

我一向不区分散文和随笔的写法，想怎么写就怎么写，因此，所出的集子，散文集和随笔集不容易截然划界。称《书时光》和《不存在的贝克特》为随笔集，《空杯》和《一池疏影落寒花》为散文集，系就大面而言。《此岸的蝉声》算是我的第五本随笔集，和以前比，内容仍然杂，中国古典文学和西方近现代文学仍是主要的两个部分。我读书，用力也确实在这两方面较多一些，有心得，有快乐，提升了我的思考能力，也磨炼了我的记忆力。五四以来的中国现当代文学，我的涉猎范围很窄，但鲁迅先生对我的影响就像贝多芬之于勃拉姆斯，是一个最好的老师所能给予的全部，怎么说都不夸大。而从周作人、钱锺书和沈从文诸先生那里，我也学到了很多，正如写诗得益于何其芳、冯至、卞之琳和穆旦一样。这些年，写了不少读鲁迅的感想，此书收入三篇。关于沈从文的两篇，是两年前湖南之行的结果，可证"行路如读书"之言不虚。我对台静农先生深怀敬意，觉得他是台湾这几十年来最了不起的散文家。他的文章真正炉火纯青，尽管由于众所周知的原因，他写得很少。此外，本书的第一部分是泛论读书和写作的。我有几篇访谈，也可归于此辑，但篇幅略长，只得割舍。我很想就这一部分内容专门编一个集子，就像汪曾祺先生的《晚翠文谈》。读书和写作，诚如古希腊人所以为的，是一种技艺，靠长期的经验积累，也靠实际操作中的感悟。谈自己的经验，充其量供读者参考，这是不能上升到理论高度，也不必上升到理论高度的。经验贵在给人启发，而不是指点，言在此而意在彼。读者得鱼忘筌、登岸舍筏，会心处在文章之外，然而其可贵也是实实在在的。我喜欢苏轼和朱熹谈读书写作的文字，也喜欢阿根廷作家博尔赫斯乃至李慈铭的，但我并没有义务完全照他们的路子来。孙犁先生按照鲁迅书账来购书，是以当时能够有的方式表达对鲁迅先生的敬意。我没有那样的条件，如果有，我也会。

关于读书，还可以讲讲博尔赫斯的一件小事。在莎士比亚剧本《麦克白》的第一幕第六场，受邀前来过夜的苏格兰国王邓肯，赞扬麦克白的城堡位置好。大将班柯说，燕子也在这里筑下它们温暖的巢，证明这里的空气中有诱人的香味。他说，凡是燕子生息繁殖之处，空气总是新鲜芬芳。然而就是在这个城堡里，麦克白夫妇密谋，趁黑夜杀害邓肯，篡夺了王位。空气甜美的城堡成了血腥恐怖之地，更是此后一连串的猜疑和疯狂的源头。这段描写也与女巫出没的诡异荒野形成对比，其中自有深长的意味。博尔赫斯在文章里特意提到班柯的话，而我读《麦克白》多遍，原都是一带而过的，因了博尔赫斯，方得静心细品，尝到妙味。博尔赫斯富有理性，强于分析，且感觉敏锐、记忆超群，更难得的是，他具有高出这一切的通达，他的文章因此趣味盎然。这趣味是深刻和广博，是由高屋建瓴的总体把握和体察入微的细节探赜的完美结合而产生的。

感谢多年来一直关心与鼓励我的读者和腾讯《大家》《财新周刊》《光明日报》《书屋》《长江日报》以及纽约《侨报》的编辑们，他们使我觉得自己的一点微薄的工作还有存世的价值,并因这价值而欣慰。尤其要感谢商务印书馆的蔡长虹女士和本书的责编李艳华女士,是她们的耐心、诚恳和认真的工作,使本书得以问世,并将在我心里,永远留下美好的记忆。

  2018 年 10 月 3 日

图书在版编目(CIP)数据

此岸的蝉声/张宗子著.—北京:商务印书馆,2019
ISBN 978-7-100-16685-0

Ⅰ.①此… Ⅱ.①张… Ⅲ.①随笔—作品集—中国—当代 Ⅳ.①I267.1

中国版本图书馆 CIP 数据核字(2018)第 223496 号

权利保留,侵权必究。

此岸的蝉声

张宗子 著

商 务 印 书 馆 出 版
(北京王府井大街36号 邮政编码100710)
商 务 印 书 馆 发 行
北 京 冠 中 印 刷 厂 印 刷
ISBN 978-7-100-16685-0

2019年4月第1版　　开本787×1092　1/32
2019年4月北京第1次印刷　印张15¼
定价:56.00元